夜と跳ぶ

額賀澪

Re:東京
ゴールデン・エイジ

SHIBUYA STREET SKATER

PHP研究所

目次

第一話
神《かみ》邑《むら》シーサイド・ラン345

灰色のコンクリートを滑走するスケートボードの車輪《ウイール》の音が、競技場に反響する。客席に詰めかけた人々の熱気と合わさって渦を巻くように蠢《うごめ》いて、徐々にそれは大きくなる。

広々とした室内スケートボード場には、階段《ステア》、手すり《ハンドレール》、坂《バンク》といった街中を模《も》した障害物が配置されていた。

一人のスケーターがスケートボード片手に現れ、緩やかに滑り出し、軽快にジャンプする。スケートボードの板《デッキ》を裏表に一回転させてハンドレールに跳び乗って、甲高《かんだか》い音を立てながら滑り降りた。

危なげない着地に、会場中で渦巻いていた興奮と緊張がピンと弾《はじ》けて歓声に変わる。

『バックサイドスミスグラインド！　今度は成功させた！』

実況担当者が叫んだ。大技に解説者の声も弾《はず》む。あどけない顔をした十四歳の少年は、被《かぶ》ったヘルメットの位置を直しながら客席に向かって大きくガッツポーズした。

客席で一眼《いちがん》レフカメラを構えた与野丈太郎《よのじょうたろう》は、その笑顔を写真に収めた。撮ったところで出す場所などないのだが、スポーツカメラマンの性《さが》が勝手にシャッターを押してしまう。

でも、彼が決めたトリックの点数が発表され、82・44ポイントという数字を見届けたら、すぐに次の選手にレンズを向けた。

大会規定で着用が義務づけられているヘルメットを窮屈《きゅうくつ》そうに被った金髪の青年が一人、大きく伸びをしながらスタート位置に立った。

「来た来たっ、エイジ君」

隣にいた女子中学生が、スマホ片手に黄色い声を上げた。会場の空気が再び強《こわ》ばる。今日、何人もの選手があそこに立ち、滑り、自慢のトリックを決めた。

だがあの金髪が現れたときだけ、会場は異様な空気に包まれる。緊張の向こうから忙《せわ》しない心音が聞こえてくるのだ。

『さあ続いては――今日は何度だって言いましょう、この人が帰ってきました。東京オリンピック金メダリスト、大和《やまと》エイジ！』

実況者の声は淡々としているのに、彼の名を呼ぶときだけ粗《あら》っぽい熱量が滲《にじ》んだ。

東京オリンピックを境に表舞台から姿を消していたスケーターの、久々の公式戦。熱がこもるのもわかる。

そんなもの全く意に介さず、大和エイジはスタートを切った。デッキへの足の置き方《スタンス》は、いつも通り右足を前にするグーフィースタンス。緊張も気負いも感じさせない非常にリラックスした様子で斜面を滑り降り、レールに迫る。

爪先《つまさき》でデッキを叩いて、跳ぶ。エイジの髪を留める真っ赤なヘアピンと、デッキとウィールを繋ぐ金具《トラック》が、レンズの向こうで鋭く光った。

デッキと共に体を反転させ、そこにデッキを裏表回転させるキックフリップを織り交ぜる。

彼お得意のバックサイド180キックフリップはあまりに軽やかで、彼がいる場所だけ重力が掻き消えたみたいだった。

水を切るような鋭い音と共に、大和エイジはレールを滑り降りる。デッキの先端《ノーズ》のトラックをレールに押し当て、後方のウィールを持ち上げた不安定な体勢のまま、難なく金属製のレールを滑走し、着地する。

屋内のスケートパークにいるはずなのに、頬に炎天下の強い日差しを感じた。

二〇二一年の七月。東京の有明《ありあけ》アーバンスポーツパーク――オリンピックのスケートボード会場を駆け抜けるエイジの姿が、瞼《まぶた》の裏で色鮮やかに蘇《よみがえ》る。児童養護施設で育った、両親の顔を知らない十六歳の少年が、スケートボード一つで世界一に昇りつめた瞬間が。

オリンピックの撮影に入れなかった丈太郎は、その光景をテレビ越しに指を咥《くわ》えて見ていた。

バックサイド１８０キックフリップからのノーズグラインド――大和エイジが東京オリンピックで金メダルを決めた、当時の彼の代名詞ともいえるトリックだった。

それを自分のカメラに収める日が来るとは。生唾を飲み込みながら、一連のパフォーマンスを丈太郎は連写で写真に収めた。

エイジの着地と同時に会場が揺れて、今日一番の歓声と拍手が巻き起こる中、大きく息を吐き出す。彼のスタートからフィニッシュまでずっと息を止めていた。

見る必要もない気がしたが、会場内の大型ビジョンに表示された点数を確認した。92・16という数字に、そっとカメラを下ろす。

もう少し点数が伸びてもいい気がしたが、着地が少し乱れたから92点台で終わった。それでも、今日トリックを披露《ひろう》したどの選手よりも高い点数だった。

「最後は危なげなく決めたな」

ぼそりと呟《つぶや》いたら、隣にいた女子中学生が「やったー！　優勝っ！」と飛び上がり、勢いそのままに丈太郎の足を思い切り蹴ってきた。

「あ、ごめんおじさん、相変わらず真っ黒な格好だから全然見えなかった」

頭から爪先まで見事に黒一色（悲しいかな年々白髪だけは増えている）の丈太郎を——二十歳以上年上のおじさんを馬鹿にするように笑って、真中智亜《まなかともあ》はエイジの優勝を示す大型ビジョンにスマホのカメラを向けていた。ぴょんぴょんとジャンプするのに合わせて、ピンク色のエクステで飾られた髪が機嫌よく上下に揺れる。

「うるせえ、黒はスポーツカメラマンとしての俺の勝負服なんだって何度言えば」

「あーはいはい、今忙しいからあとでね」

バッサリと切り捨て智亜はフィールド上のエイジに手を振る。鬱陶《うっとう》しげにヘルメットを脱ぎ捨てたエイジが、他の出場者とハイタッチをしていた。顔は笑っているが、目尻のあたりに何やら不完全燃焼な様子がこびりついている。

「……それでも、優勝したか」

日本スケートボード選手権大会——文字通りスケートボードの日本一を決める大会で、大和エイジは勝った。予選と準決勝を順当にクリアし、堂々トップで決勝戦に臨み、優勝した。

来年から始まるロサンゼルスオリンピック予選シーズンの出場権を、これで手に入れられるということだ。

スケートボード競技にはストリート種目とパーク種目の二種目があり、エイジが出場した男子ストリートでは、決勝に残った八人が四十五秒でコース内のセクションを巡ってトリックを披露する「ラン」を二本、一発の技の完成度を競う「ベストトリック」に五本挑み、得点の高いラン一本、ベストトリック二本の合計スコアを競う。

トリックは難易度やスピード、オリジナリティや完成度を採点される。セクションに正面からエントリーするか背面《はいめん》からエントリーするかで難易度は異なるし、利き足がどちらかによって乗り方《スタンス》が変わるから、本来とは逆のスタンスでトリックに挑めばやはり高得点になる。

そんな小難しい採点基準など知ったことかという顔で、エイジは勝ってしまったのだが。

「おじさん、結構冷静に見てたのに、意外と心配してたわけ？」

「ベストトリックの一本目と二本目で盛大にすっ転んで0ポイントだったんだから、そりゃあハラハラするだろ」

大技に挑んで0ポイントで終わるなんてよくあることだが（事実、この大会中に何度目の当《ま》たりにしたか）、金メダリストが失敗すれば観客は悲鳴を上げ、どよめく。

しかし、エイジはそんなもの全く気にせず、うなじをカリカリ搔きながら0ポイントという表示を見上げ、「まあ、こんなもんか」と言いたげに待機スペースに引っ込んだのだ。本当に勝つ気があるのか、丈太郎は陰ながら肝《きも》を冷やしていた。

「いくら高得点の三本で競い合うルールだとしてもなあ、あんまりハラハラさせんなよ……」

丈太郎がそうぼやいたときだった。

すぐ側《そば》の手すりを、誰かが勢いよく飛び越えた。体操選手の跳躍《ちょうやく》のような軽やかで力強い動きに、丈太郎は言葉を失った。

客席と競技フィールドの境界を我が物顔で跨《また》いだのは、スケートボードを小脇に抱えた細身の少女だった。鮮やかなスカイブルーのツインテールが丈太郎の鼻先を掠《かす》めていった。

「――は？」

ネオンみたいな攻撃的な色合いの毛先から甘辛い香りがして、堪《たま》らず声に出した。

フィールドを大股で進んだツインテールの少女は、おもむろに会場を見回す。背後で見知らぬ観客が息を呑んだのがわかった。

「なんだ、あのプリキュアみたいなの」

トンとデッキに飛び乗ってフィールドを滑り出したその背中に向かって呟いたら、智亜がギヨッとこちらを見上げた。

「え、おじさんプリキュアわかるの？」

「娘がいるおじさんはプリキュアに詳しいんだ。おもちゃ買い間違えると大目玉食らうから」

突然の乱入者に、祝福モードだった会場が徐々に騒がしくなる。スカイブルーのツインテールは構うことなくコース内を駆け抜けた。

コンクリートを蹴る鋭い音に、丈太郎は無意識にカメラを再び構えていた。

滑走音が違う。今日滑った名のある選手達を軽くあしらう優雅で威厳ある音。大和エイジと同じ音だ。

ベストトリックのスタート位置についた彼女は、周囲に見せつけるようにツインテールを指先で払った。丈太郎は思わずカメラをズームした。

整《ととの》った顔立ちがアップになる。大粒のアーモンドみたいに大きな目は、先ほど大和エイジが大技を決めたレールを見据《みす》えていた。

ああ、来る。息を止めた瞬間、彼女は地面を蹴った。エイジとは逆の、左足をデッキの前側に置くレギュラースタンスだった。

「マシュー！　頑張れぇ〜！」

側《そば》にいた男性がそんな声援を送る。フィールドに目を凝らしていた智亜が「やっぱり！」と身を乗り出した。

「あいつ、姫川真周《ひめかわましゅう》じゃん！」

智亜が叫ぶのと同時に、少女は跳んだ。足の裏でデッキの後端《テール》を弾《はじ》き、体を反転させ、デッキを蹴り上げて裏表に一回転——エイジと同じバックサイド180キックフリップから、レールに飛び乗る。

ノーズのトラックだけでレールを滑り抜けるノーズグラインド——エイジと全く同じトリックを披露し、ダンスのステップでも踏むように、デッキを裏表回転させるキックフリップを織り交ぜて着地する。

鮮やかなツインテールが鳥の羽みたいに舞って、丈太郎は息を止めたままシャッターを何度も切った。

歓声は湧かなかった。誰も目の前で起こったことを飲み込めず、フィールドの中央でボード片手に仁王立《におうだ》ちする少女を凝視《ぎょうし》している。

「……なんだ、あの子」

丈太郎の言葉を掻き消すように、客席のどこかで誰かが「姫川真周だ！」と叫んだ。夢から覚めたように同じ言葉があちこちから飛んできて、いつの間にかそれは「マシュー！」という掛け声と拍手の嵐になる。あちこちでスマホを構えた人々が、黄色い声を上げながらシャッターを切っていた。

「マシュー、こっち向いて！」

先ほど彼女に「頑張れぇ〜！」と声援を送った男性が、意気揚々《いきようよう》とビデオカメラを回している。その隣で満面の笑みを浮かべた女性が「今日も世界で一番かわいいよ〜」と手を振る。完全に子供の運動会を見にきた両親だった。

ツインテールの少女は両親の声に満足げに手を振って応えると、すーっと表情を殺した。泡を吹きながら駆け寄ったスタッフを無視し、フィールドの一角に歩いていく。

迷いのない歩調で——優勝インタビューを受けるために待機していた、エイジのもとに。

インタビュアーからマイクを奪って、ツインテールと同じ鮮やかなスカイブルーに塗られた爪を煌《きら》めかせ、エイジを指さした。

「東京オリンピックの金メダリストさん、はじめまして。姫川真周です」

にこやかに笑って、少し掠《かす》れた低い声で自己紹介する。明らかに声変わりの途中で、成長期の途中の少年の声だった。

困惑する丈太郎をよそに、会場の四方からまた歓声が飛んだ。

「……え、嘘。男っ？　あの子、男なの？　女装男子？」

言ってから慌てて「ごめん、女装男子ってご時世的に不適切だったかもしれない」と智亜に告げる。「中学生相手に何をいちいち訂正してんの？」と眉を顰《ひそ》められたから、「中学生相手だからだよ」と返した。

「一年以上前のことなんてすっかり忘れちゃってるおじさんに教えてあげるよ」

智亜がスマホを差し出してくる。そこに映っていたのは、二〇二四年の七月から開催されたパリオリンピックのニュースだった。

スカイブルーのツインテールをした、どう見ても女の子にしか見えない姫川真周の写真と、「ここまで見守ってサポートしてくれた家族に感謝したい」というアスリートらしいコメントが見出しになっている。

「姫川真周、通称・マシュー。パリオリンピック、スケートボード男子ストリートの金メダリスト。オリンピックのときは中三で、今は高一」

確かに、写真の中の姫川真周の首から下がっているのは金メダルだった。フランスの国土を表す六角形の中に大会ロゴマークがあしらわれた洒落《しゃれ》たデザインのメダルが、それはもう華やかに光り輝いている。

「あの子はあの格好が通常運転なの。パリオリンピックのときに話題になったじゃん。散々テレビにもＣＭにも出てたのに、覚えてないの？」

「パリオリンピックの頃なんて、おじさんは全然それどころじゃなかっただろ」

一年と少し前、二〇二四年の八月。パリオリンピックで世界中が盛り上がる中、丈太郎とエイジはさまざまな大人および偉い人から逃げ回っていたのだから。

「あれが、パリオリンピックの金メダリスト」

「おじさんのことだから、オリンピックのあとにＣＭでマシューを見ても、自分には関係ないアイドルかなんかだと思ってたんでしょ」

鎮《しず》まらない歓声を手で制した真周は、無言のままのエイジを勝ち誇った顔で見据えた。

突然現れたパリオリンピックの金メダリストに、東京オリンピックの金メダリストは動じなかった。血統書つきの生意気な猫みたいな目で、姫川真周をじーっと見ている。

「ロスまで待つつもりないから」

三年後に開催されるロサンゼルスオリンピックの名前を出して、宣言する。

「来年から始まるオリンピック予選シーズンで、あんたのこと、ぶっ潰す」

エイジを睨《にら》み返し、真周はインタビュアーにマイクを返す。「ぶっ潰す」の残響がまだくっきりと漂う競技フィールドを、ランウェイかのように堂々と歩いていく。

会場中の視線が真周に集まる中、エイジがインタビュアーの握り締めたマイクに手を伸ばすのを丈太郎は見逃さなかった。

「すげーじゃん。ナイスメイク、パリの金メダリストさん」

真周がトリックを決めたレールを横目に、ふふっと頬を緩める。この状況でそういうことができてしまうのだから、やはりあいつはつくづく生意気なのだ。

「出る必要のない日本選手権にわざわざ来てくれてありがとう」

煽《あお》るようなエイジの口振りに、真周が静かに立ち止まる。振り返った真周の表情はこちらから見えなかった。でも、肩口のあたりにはっきりと怒りが見えた。

エイジの言う通り、パリの金メダリストである真周は日本選手権に出る必要がない。すでにオリンピック予選シーズンの出場権を持っているからだ。

真周が何か言い返すと思ったが、観客の一人が「宣戦布告だ！」と叫んだせいでそれどころではなくなった。今日何度目かの大声援は徐々に収拾《しゅうしゅう》がつかなくなっていく。「キャー」と「わー」と「うおー」が混ざり合った、獣の唸《うな》り声のような興奮が。

「無理もないか」

日本選手権で東京オリンピックの金メダリストが久々に公式戦復活を果たし、しかも優勝し、そこにパリの金メダリスト（しかも女装男子）が乱入して、「ぶっ潰す」だなんて。

それも、来年からいよいよ次のオリンピックに向けた長い長い予選シーズンが始まる、このタイミングで。

優勝インタビューのタイミングを失って呆然《ぼうぜん》とするインタビュアーをよそに、エイジが少しだけ眉間《みけん》に皺《しわ》を寄せたのがわかった。客席とフィールドとに隔《へだ》たれていても、よくわかった。

そして、こちらに向かって大股で歩いてくる姫川真周もまた、同じ表情をしている。

見れば見るほど男子高校生には見えないその顔が、ふと丈太郎を捉《とら》えた。

「カメラマンさん、もしかして大和エイジのフィルマーってやつ？　ストリートのスケーターって、そういう相棒みたいなのがいるんでしょ？」

再び手すりを飛び越えて客席に戻ってきた真周が丈太郎を見つめる。刺すような視線が胸に抱えたカメラに向けられていた。

「なんでそう思う」

「大和エイジのトリックを撮ってるときだけ、背中から殺気が出てた」

ふっと笑って前髪を掻き上げる仕草はなんとも優雅で、自分が最もかわいく見える角度を熟知している顔だった。

「そうだな、そのフィルマーってやつだな」

「じゃあ、去年の八月にあのスケートビデオを撮ったの、あなたってことね」

凜《りん》とした瞳《ひとみ》に、明らかな殺気が籠《こ》もった。これは相当恨みを買ってるな……と溜め息をつきそうになったら、丈太郎の背後からにゅっと顔を出した智亜が「そうでーす」と口の端を吊り上げて笑った。

「あのときはせっかくの金メダルが霞《かす》んじゃってごめんね。なんせ、パリオリンピックの競技場で、金メダリストのあなたよりすごいトリックをエイジ君が決めちゃったから！　悪いとは思ってたんだけど！」

やめろやめろと智亜を背中に追いやったが、真周は動揺一つしていなかった。

「目立ちたがり屋さんなのは結構だけど、アスリートならアスリートらしく試合の中で勝負するべきと思わない？　相手よりすごいトリックを決めた動画を公開してマウントを取り合うとか、スポーツマンシップの欠片《かけら》もなくて格好悪いだけ。そういうの、令和は流行《はや》んないから」

「自分だって乱入してエイジ君の優勝トリックを上書きしたくせに」

「あら、上書きされたって自覚はあるんだ。なら、復讐成功だね。まあ、どう考えたって今日のナンバーワンはボクだったもんねえ」

勝ち誇ったように目を細めた真周に、智亜が「うえ」と顔を顰《しか》める。

「そっちの畑で勝負してやったんだから、次は金メダリストらしく試合の中でちゃんと戦えって、あの人にも伝えて」

丈太郎を見上げ、やっと優勝インタビューが始まったフィールドを顎《あご》でしゃくり、真周はスキップでもするように去っていく。彼のファンなのか野次馬なのか、あっという間に人垣に囲まれてスカイブルーのツインテールは見えなくなった。

「あのう、うちの子がお騒がせして申し訳ございません。うちのマシュー、やると言ったら聞かない子でして……」

真周の両親らしき夫婦が深々と頭を下げてきた。「いえいえ、元気なお子さんで……」と言いかけたら、途端に二人ともにこやかになる。

「そうなんです、元気でかわいいんですよ、うちのマシュー！」

「世界一かわいいんですよ！」

夫婦揃ってどんな親馬鹿だよ！　と叫んでやりたかったが、寸前で堪えた。危なかった。「人がいい」を絵に描いたような柔和《にゅうわ》な夫婦なのに、何故《なぜ》ここまで親馬鹿になれるのか。

こういう両親のもとですくすく育った子供はあんな感じになるのか。瞼《まぶた》に焼きつくように残ったスカイブルーのツインテールを思い出し、丈太郎はつくづくそう思った。

真周の写真をくれと両親に言われてしまい、仕方なく連絡先を交換する羽目《はめ》になった。

＊

炎天下のパリのコンコルド広場に設置されたスケートボード・ストリートの競技場を、金髪のスケーターがたった一人駆け抜ける。〈PARIS 2024〉と書かれた燃え上がるような赤い壁面を背に颯爽《さっそう》と階段《ステア》を跳び、坂《バンク》でトリックを決める。

この数日前に、パリオリンピックのスケートボード種目はすべて終わっていた。誰もいない競技場で、東京オリンピックの金メダリスト・大和エイジはトリックを披露する。パリの銅メダリストより難易度の高い技を、銀メダリストより華麗に、金メダリストより力強く。

パリオリンピックの何もかもを蹴散らして、大和エイジがすべてを掻《か》っ攫《さら》っていった。

この映像はオリンピックの閉会式直後にネット上に公開され、当然ながら大騒ぎになった。カメラを回した張本人である丈太郎が、再生回数の増え方に震え上がったほどだ。

会場への無断侵入と撮影で大目玉を食らったのはもちろん（訳あって仕事を干されていた丈太

郎の復帰が数ヶ月延びた）、動画の真意を探ろうとしたマスコミにも追いかけ回されたし、ネット炎上なんて生易《なまやさ》しいものではなかった。あれは火災旋風だった。

不法侵入だとかテロリストだとかただの迷惑な奴らだとか、いろんな言葉が飛び交ったけれど、行方《ゆくえ》知れずだった大和エイジの復活とオリンピック会場でのパフォーマンスに喝采《かっさい》を送った人間も多かった。非難の火災旋風と同じくらい多かった。英語、フランス語、中国語、スペイン語、ポルトガル語……世界中のありとあらゆる言葉で、「よくこんなことをやったもんだ、最高だ」というコメントが書き込まれた。

「自分が金メダルを獲《と》った直後にこんな動画を公開されちゃあ、そりゃあ『ぶっ潰す』だよな」

飽きるほど見た映像をスマホで再生しながら、丈太郎は身震いをした。

潮風に錆《さ》びついたベンチが軋《きし》み、盛大なくしゃみが日本海を望むだだっ広い公園に響き渡る。十一月の新潟は東京よりずっと冷え込む。陽が傾くにつれて気温もどんどん下がってきた。

スケートボードの日本選手権がどうして新潟開催なのかと思ったが、新潟県の最北端にあるこの場所に、国内最大規模の室内スケートボードパークがあった。海岸線を走る国道の側、海を見下ろすいいロケーションだった。

熱戦が繰り広げられたばかりの「神邑《かみむら》市スケートパーク」という看板を遠目に眺める丈太郎のもとに、スケボーのウィールの音が近づいてくる。

「俺は上書きしただけで、恨まれる筋合いはないんだけどなあ」

海から吹きつける冷たい風に、エイジは気持ちよさげに目を閉じる。潮風に髪がべたつくのか、日が暮れても目立つ金髪をガリガリと掻いた。

「大技を決めたらその場所はそのスケーターのものになって、他のスケーターがもっとすごい大技を決めればそいつのものに上書きされるってやつか」

「そうそう、おじさん、よく覚えてるじゃん。すごーい」

八月に二十歳になったばかりのエイジは、馬鹿な飼い犬を褒《ほ》めるかのような口振りだった。

二十歳の若造に馬鹿にされる三十九歳の自分にも、すっかり慣れてしまった。

「あの姫川真周ってスケーター、『アスリートならアスリートらしく試合の中で勝負するべき』って言ってた。多分、お前の理屈は理解しないぞ」

「うわ、面倒臭そう。アスリートとか試合とか何だとか、おじさんみたいなこと言うじゃん」

彼の言う通り、スポーツカメラマンを二十年近くやっている丈太郎からしてみれば、夜の渋谷で警察官と警備員に追いかけ回されながら滑るエイジのようなストリートスケーターの価値観が不可解で仕方がなかった。今だって理解しているとは思っていない。

それなのに彼のフィルマーを――スケーターと共に滑ってカメラを回し、彼らの姿を映像に残す役割を引き受けてしまっているのは、結局はスケートボードの何かに心惹《ひ》かれてしまったからなのだが。

もっとはっきり言ってしまうなら、目の前にいるこのただただ生意気な金メダリストに。

「で？　姫川真周にやり返された今のご気分は？」

真周が日本選手権に、それもエイジが優勝を決めた直後に乱入したのは、エイジの言葉を借りるなら立派な〈上書き〉なのだ。自分の場所であったはずのパリオリンピックの場をエイジに奪われたから、今日の日本選手権でやり返しに来たというわけだ。

「お前が92・16を出したトリックより、姫川真周のトリックの方が高難易度だった。あちらさんは『そっちの畑で勝負してやったんだから、次は金メダリストらしく試合の中でちゃんと戦え』だとよ」

レールにエントリーする際のバックサイド180キックフリップ、その後のノーズグラインドまでは一緒だった。でも、着地にキックフリップを織り交ぜていた真周の方が当然ながらトリックの難易度が高い。

もしあのトリックに点数がつくのなら、間違いなく姫川真周の勝ちだったのだ。

「あれ、今日最後に決めたやつ、東京オリンピックで金メダル決めたトリックだったんだ」

「成功した瞬間、実況のアナウンサーが感極まってたもんなあ、よーく覚えてるわ」

予選を突破し決勝にコマを進めたものの、エイジは終盤までメダル圏外《けんがい》の五位だった。最後に挑んだトリックを見事成功させ、逆転で金メダルを勝ち取った。

親の顔を知らない児童養護施設出身の少年が、スケボー一つで世界一に昇りつめた感動の物語だった。日本中がそれを存分に味わって、消費し尽くして、いつの間にか忘れた。

「ちょっとは危機感を覚えたか？　オリンピックの予選シーズンギリギリまで大会にも出ないでのんびりしやがって」

二〇二一年の東京オリンピック以降雲隠れしていた大和エイジがロスオリンピックを目指す

と決めたのは、去年の夏――二〇二四年の七月、パリオリンピックの開会式の日だった。

三年も公式戦から離れていた彼は、まずは国内大会で結果を出す必要があった。なのに、エイジは今日の日本選手権にぶっつけ本番で臨んだ。「予行演習で別の大会に出ておけ」という丈太郎のアドバイスを「え、嫌だ、面倒臭い」と一蹴《いっしゅう》して、だ。

結果として日本選手権のチャンピオンになり、来年六月から始まるロスオリンピック予選シーズンへ派遣される権利を手に入れたから、よかったのだが。

「危機感っていうか、もうあのトリックは俺だけのものじゃないから、このままじゃ金メダルは無理だろうな、とは思った。この何年かで競技レベルも上がってるだろうし」

さらっと無理だなんて言って、エイジはすっかり暗くなった海に視線をやる。側の外灯が点灯して、無機質な白い光が彼のこめかみに差した。

「どういうことだ」

「やっぱりさ、誰かができちゃうトリックって点数が伸びないんだよ。そのスケーターにしかできない難しいトリックだから、点数が伸びて大会で勝てるってわけ。オリンピックで勝てるトリックって、そういうトリックなんだよ」

「じゃあ、ロスを目指すならお前にしかできない新技を編み出さないといけないわけか」

言葉にしたら簡単だが、長い道のりなのは間違いない。今が二〇二五年。来年から二年にわたるオリンピック予選シーズンが始まり、世界中のスケーターが大会を通して二〇二八年のロスオリンピックの出場権を競う。予選と銘打《めいう》っているが、完全にオリンピックの前哨戦《ぜんしょうせん》だ。

「うわっ、おじさん、楽しそうな顔してる。スポーツ馬鹿の血が騒いじゃってる」

「おう、騒いでる騒いでる。新技をマスターしないと勝てないなんて燃えないわけがない。見ろ、今日の姫川真周の乱入、もうニュースになってるぞ」

スマホを見せてやる。日本選手権を伝えるネットニュースのほとんどが「パリ金・姫川真周が日本選手権乱入！　東京金・大和エイジに宣戦布告」という見出しだった。ＳＮＳ上にも、会場でトリックを決める真周、エイジに「ぶっ潰す」と言い放つ真周、呑気《のんき》に「ナイストリック」と笑うエイジの動画があふれ返っている。

「世間はオリンピックでお前と姫川真周がバチバチにやり合うのも楽しみにしてるぞ。金メダリスト同士がやり合った結果、とんでもないトリックと点数が叩き出されるのをな」

「あー嫌だ嫌だ。そういうのホント勘弁《かんべん》」

辞書に載せてやりたいほどの見事な顰《しか》めっ面《つら》で丈太郎を見下ろし、エイジは大袈裟《おおげさ》に胸の前で両手を振った。

「スケボーなんて、楽しく遊んでなんぼでしょ。点数が伸びる伸びないとか、本当は考えたくないんだよ」

頑張ってるわけでもなく、かといってふざけているわけでもない。〈真剣に遊んでる〉が、大和エイジのスケートボードに対するスタンスだった。

「あと、どうせヘルメットも嫌なんだろ」

「そうっ、めちゃくちゃ嫌だった！」

金メダリスト様がどれだけ拒否しようと、日本選手権の出場者はパフォーマンス中のヘルメット着用が義務だった。

「とりあえず、優勝したんだから文句ないでしょ。これで来年ローマでやる予選大会は出られるんだから」

足下のボードをトンと蹴り上げ、エイジはデッキに飛び乗った。

ちょんちょんと、本当に犬でも呼ぶみたいに丈太郎を手招きする。仕方ねえなと丈太郎は立ち上がった。

ベンチが前後に揺れる音と、砂浜の方からスマホ片手に駆けてくる智亜の足音が重なった。夕陽が映《ば》えるだ何だとしきりに写真を撮っていたが、果たして満足のいくものは撮れたのか。

「トモ、荷物見ててくれ」

カメラのレンズを魚眼《ぎょがん》レンズにつけ替え、カメラバッグを智亜に預ける。ドヤ顔で「どうよ」と見せられた夕焼けの写真に「いい構図だ」と返し、ベンチに立てかけていたボードに手を伸ばした。

片手で扱えるようにハンドルをつけた一眼レフカメラの電源を入れ、ボードに乗って地面を蹴る。ファインダーを覗《のぞ》いて、手早く明るさを調整した。

公園は広かった。海水浴客のためのベンチに東屋《あずまや》、公衆トイレ、あとは駐車場があるだけで遊具らしいものは何もない。夜釣り客か何かか、駐車場の端にワゴン車とセダンが一台ずつ並んで停まっているだけで静かなものだ。

だが、この場所がエイジはお気に召したらしい。

背中しか見えないのに、機嫌のよさだけはしっかり伝わってくる。ヘルメットを被ってポイントに神経を使いながら滑る大会が終わって、やっと遊べる時間が来た。真剣にお遊びができる時間が来た。そういうことなのだろう。

「おじさーん、ちゃんと撮ってね」

こちらを煽るように一度だけ振り返ったエイジは、アスファルトを力強くプッシュした。右足前のグーフィースタンスなのは同じなのに、大会中のどのパフォーマンスより鮮やかな加速に、丈太郎は呆《あき》れながらついていった。

フィルマーとしての仕事の時間だ。

カメラを低く低く構え、エイジの姿を動画に収める。ファインダーを覗いて映像を確認することはできないが、見なくとも魚眼レンズを通してどんな画《え》が撮れているかはわかる。スポーツカメラマンとしての勘と経験が教えてくれる。

日本選手権と変わらぬ真剣な眼差《まなざ》しを、丈太郎は間近で凝視した。

潮風で白く汚れたコンクリート製のベンチに向かってエイジは勢いよく跳ぶ。デッキを縦横に三百六十度回転させる360キックフリップを見せつけたと思ったら、デッキの後端《テール》でベンチの縁を滑り抜け、軽やかに体を反転――いや一回転させて着地した。

ふふっと楽しげに笑って、丈太郎を振り返る。

「田舎って、セキュリティ緩くて最高だね」

エイジが自分の庭のように滑る渋谷の街は、当然ながらスケボーを咎《とが》める警察や警備員が多い。彼らスケーターはそれらを〈セキュリティ〉と呼ぶ。エイジ曰《いわ》く、通行人にできる限り迷惑をかけず、セキュリティに見つかる前にさっさと神業《かみわざ》を決めて風のように去るのが一流のストリートスケーターなのだとか。

エイジは止まらない。トンと軽やかに体を反転させ、縁石《えんせき》を飛び越えながらスタンスをグーフィーから左足前のレギュラーに入れ替える。

スタンスがスイッチしてもエイジの滑りは変わらない。本人が意識しているかわからないが、金メダリスト様は両利きだった。こちらはスイッチしたら地面を蹴るのもぎこちないのに。

エイジのスピードが増し、丈太郎は慌てて彼を追った。並走した丈太郎を見下ろし、エイジは歯を覗かせて笑う。

笑ったまま、夜の海に向かって跳ぶ。外灯の位置を確認して、丈太郎はエイジの左側に回り込んだ。カメラを構えたまま、丈太郎も迷うことなく彼と一緒に跳んだ。

お得意のバックサイド180キックフリップを披露するエイジの横顔に外灯の光が差す。砂浜へ続く階段の手すりをデッキの先端で捉えた彼のうなじと肩口が照らされ、浮かび上がった高揚感に満ちた生意気な横顔に舌打ちをしそうになった。

波の音を押しのけるような滑走音から身を翻《ひるがえ》し、デッキを裏表に回転させるキックフリップ。姫川真周が見せつけたのと同じトリックだった。

鮮やかなトリックの連鎖ののち、エイジは砂混じりのアスファルトに乾いた音を立てて着地した。ほんの少しバランスを崩したが、転倒はしない。代わりに階段を飛び降りただけの丈太郎が近くの草むらに突っ込んだ。

「撮れた？」

仰向《あおむ》けに倒れて呻《うめ》いた丈太郎のことを心配する素振《そぶ》りすら見せず、エイジは聞いてくる。カメラが傷つかぬように胸に抱え、丈太郎は「おう」と短く頷《うなず》いた。

途端に、エイジは子供みたいな顔で「よーし」と頷いて丈太郎の腕を摑《つか》んで助け起こす。

街中で——ストリートで滑ることにこだわって、自分のスケーティングを映像に残す。パートと呼ばれるスケートビデオはストリートスケーターにとって名刺代わりのようなもので、自分自身の存在と価値観と格好よさを示すもので、大和エイジにとってはオリンピックの金メダルより価値のあるものらしかった。

「ていうか、跳ぶなら事前に言え、頼むから。照明の方向とか塩梅《あんばい》とかいろいろあるんだよ。あと単純に心臓に悪い。いろんなところがヒュンってなる」

「いいじゃん、最後には何とかなるんだから」

「必死こいて何とかしてんの！」

何がおかしいのか、大きく肩を揺らしながらエイジはカメラの液晶画面を覗き込んだ。「長《ちょう》尺《じゃく》だからタブレットで見せてやるよ」と丈太郎はベンチに座る智亜を指さす。カメラからWi－Fiで飛ばしたデータが届いたのか、丈太郎のタブレットを勝手に出した智亜が黄色い声を上げてこちらに手を振っている。

「膝、擦《す》りむいた」

右膝に走ったピリッとした痛みに、丈太郎は思わず呟く。先ほど飛び降りた階段を上りながらパーカーの袖をまくったエイジが、「あ、俺もだ」と血が滲んだ腕を見せてくる。カメラを回す前に散々このあたりを滑っていたから、そのときすっ転んだのだろう。

「やめろよ、ヒヤッとする」

「ちょっと擦りむいただけじゃん」

「スポーツカメラマンは自分の血より選手の血でヒヤッとするもんなの」

コンクリートやアスファルトの上でヘルメットもせずサポーターもつけず飛んだり跳ねたりしていたら、金メダリストとはいえ生傷だらけになる。それも、碌《ろく》に整備されていないこんな場所で滑っていたら尚更《なおさら》だ。

トリックの難易度を突き詰め、より高レベルのパフォーマンスを目指すなら、ストリートで滑っている場合ではない。スケートパークにある競技用の障害物で〈練習〉をすべきで、それが競技としての、スポーツとしてのあり方だ。そうやって練習に励むのがアスリートなのだと、スポーツカメラマンである丈太郎が誰よりも知っている。

そんな話を今更《いまさら》彼にしたところで、宿題をしろとうるさい親を見るような顔をされるだけだ。結局こういう場所の方が彼は楽しいのだ。競技のための場所ではなく、なんてことない日常の景色の中で試行錯誤《しこうさくご》しながら滑ることの方が、大和エイジを燃え上がらせる。

「エイジくーん、なんかすごく格好いいのが撮れてるよ」

生傷を見せ合いながら戻ってきた丈太郎とエイジに、智亜がまるで自分が撮ったかのように鼻高々にタブレットを見せてきた。

オレンジ色の照明に照らされたエイジの後ろ姿に始まり、360キックフリップ、ベンチの縁をデッキの後端で滑るテールスライド。浜辺へ続く階段でのバックサイド180キックフリップからのノーズグラインド、キックフリップしながらの着地。金髪と夜闇に舞い上がった砂が白く光る様まで完璧だった。その数秒後には、丈太郎が転倒するのだが。

「しょうがない、頑張ったおじさんにコンビニで絆創膏《ばんそうこう》を買ってきてあげよう」

タブレット片手に楽しげにこちらを見上げたエイジも、どうやら丈太郎の仕事に満足したらしい。最後のバックサイド180キックフリップからのノーズグラインドを何度も再生するから、「好きなだけ見てろ」と丈太郎はベンチに腰を下ろした。

「じゃ、私も飲み物買ってこよ。おじさん、どうせ缶コーヒーでいいよね？」

「どうせってわかってんなら聞くな」

タブレットを覗き込み、兄妹のようにきゃいきゃい言い合いながら国道に続く坂を上がっていく二人を見送って、丈太郎はやっとのことでひと息ついた。

カメラの液晶画面で撮ったばかりの映像を確認する。最後の階段でのトリックは、咄嗟《とっさ》に回り込んだ割に照明の角度も画角《がかく》も申し分なかった。一瞬で判断した自分を褒めてやりたい。

何より、画面の中央でスケーターがいい顔をしている。エイジの興奮とこれから繰り出すトリックへの期待感が見える。

昼間の日本選手権とは大違いだ。他の選手の出方を窺《うかが》い、駆け引きしながら逐一《ちくいち》戦略を立てて滑るあの真剣な横顔もアスリート然《ぜん》としていて撮り甲斐《がい》があるが、どちらが大和エイジらしいかといえば、やはりストリートにいる彼なのだ。

わかっている。あいつは、フィルマーが側でカメラを回していないパフォーマンスに張り合いが出ないのだ。隣を共に滑るカメラマンなどおらず、どんなトリックを成功させても記録として残る映像や写真は彼にとって〈格好よくないもの〉だから。

「……ま、それがスポーツってものですよ」

アスリートとカメラマンの間には神聖な境界があり、スポーツカメラマンはその一線を守りながら決定的瞬間を狙う。アスリートとカメラマンの関係とは、本来そういうものだ。

「プリキュアみたいなライバルの登場で、変わるかなとも思ったのに」

姫川真周の乱入によってエイジの闘争心か何かに火がつくかとも期待したのだが、どうやらそういうわけでもないようだし。

スマホが鳴っているのに気づいた。電話だった。長々とした挨拶《あいさつ》に応対したら、要は仕事の打診《だしん》だった。

話しながら、カメラバッグに手を突っ込んだ。引っ張り出したのは、大和エイジが東京オリンピックで手にした金メダルだった。勝利の女神・ニケの姿が彫られたメダルは、側の外灯の光を反射して満月みたいに光った。

およそ一年半前、エイジ本人が「あげるよ」と丈太郎の首にこのメダルをかけた。〈預かった〉と解釈して、以来、丈太郎はこのメダルを後生《ごしょう》大事に持ち歩いている。

金メダルをぼんやり眺めながら、仕事の打診を断った。どうしたってスケジュールも条件も合いそうになかった。相手は随分と粘ったが、上手いこと話を切り上げるのに成功した。

「申し訳ないね」

メダルをカメラバッグに戻し、スマホをポケットに押し込んだときだった。

駐車場の方から一台のワゴン車がゆっくり走ってきて、何故か丈太郎の目の前で停まった。外灯の光に照らされ、こちらのシルエットが紫色のボディにぼんやり映り込む。

首を傾《かし》げた瞬間、ワゴン車の後部座席のドアが開いて、見知らぬ若い男が丈太郎を車内に連れ込んだ。

「――え？」

やっと声を上げた頃には、車内で男に組み伏せられていた。ドアの閉まる低い音と振動が頬に伝わってきた。

＊

買ったばかりの絆創膏を腕の擦り傷に無造作《むぞうさ》に貼りつけたら、智亜が「熱っ、袋もらえばよかった」とホットコーヒーと炭酸ジュースを二本抱えてコンビニを出てきた。

「はい、大会のあとだからエイジ君は甘めのやつ」

「お、さすがトモ、わかってる」

生傷が隠れたのを確認し、智亜から炭酸ジュースのペットボトルを受け取って目の前の国道を渡った。キャップを開けると、炭酸が抜ける高笑いみたいな音が暗がりに響いた。

夏は海水浴客で賑わうのかもしれないが、今の時期は車通りもほとんどない。民家の塀に貼られたこのあたりの出身らしい政治家のポスターが、コンビニの青白い光に照らされている。

すっかり冬の顔をした日本海から冷たい風が吹いてきて、智亜が「うわ冷たっ！」と悲鳴を上げる。

智亜の声と、公園から出てきた二台の車の忙《せわ》しないエンジン音が重なる。一台はワゴン車で、もう一台はセダンタイプだった。

「エイジ君、おじさんがいない」

それなりのスピードで走り去る二台のテールライトを見つめていたら、智亜が坂の下を指さした。公衆トイレの側のベンチに座っていたはずの与野丈太郎の姿は確かに見えなかった。

「全身真っ黒だから見えないだけじゃないの」

アスリートの視界に入っても絶対に邪魔にならないようにとか、スポーツカメラマンは影の存在だからとかよく言うが、夜は暗闇に溶けて見えないから困る。

だが、坂を下ってみてわかった。本当に我らがフィルマーはいなかった。

「……スケボーだけある」

ベンチ横でひっくり返っていた丈太郎のスケートボードを見て、智亜が呟く。そのまま公衆トイレの入り口を「おじさーん、トイレー?」と覗き込むが、何の応答もない。

ベンチの下、ちょうど彼が座っていたあたりに、一枚のSDカードが落ちていた。拾い上げるとほんのり温かい。先ほどのエイジのスケートビデオが収まったSDカードに違いなかった。

「あのおじさんが撮影データを落とすわけがないんだよなあ」

SDカードを指先で弄《もてあそ》びながら、思わず声に出してしまう。自分の身よりカメラを守ることを優先する男で、自分の命より撮影データの心配をする男だ。嫌というほど、うんざりするほど、よーく知っている。

「……っていうことは、落としたんじゃなくて、守ったのか」

駐車場に視線をやる。数分前まであったはずの二台の車の姿がない。うわ、これは大事《おおごと》かもしれないぞ、とエイジは肩を竦《すく》めた。

「トモ、急ごう」

女子トイレを「まさか、まさか……」という顔で覗き込んでいた智亜を手招きする。自分と丈太郎のボードを抱えて、もと来た道を走った。「え、急ぐってどこへっ?」と戸惑いながらも、智亜は走ってついてきた。

坂を駆け上がったところで国道の先を確認したが、当然ながらワゴン車とセダンの姿は見当たらなかった。

「トモ、おじさんのタブレット貸して」

智亜が背負っていた小振りなリュックを開け、買い物中に邪魔だからとしまっておいたタブレットを引っ張り出した。

先ほど丈太郎が撮ったスケートビデオを確認する。ベンチでテールスライドをするエイジの背後に、あのワゴン車とセダンが映っていた。車と車の間に、人影があるのも。

「……これか」

動画ファイルを閉じて、タブレットと同じＩＤでサインインしているデバイスを探す機能を呼び出した。丈太郎のスマホが探す対象として表示される。

「やった、やるじゃんおじさん」

丈太郎のスマホの位置情報を呼び出す。地図上を——見覚えのある海沿いの国道を移動する青い点が一つあった。明らかに徒歩のスピードではない。車で移動している。

「トモはそこのコンビニで待ってて」

智亜に丈太郎のボードを預け、タブレットを睨《にら》みつけながら自分のボードに飛び乗った。

「え、うん、わかった」

智亜はこういうとき、「なんでなんでどうしてっ？」と聞かない。緊急時に「やれ」と言われたら、わけがわからなくてもまず行動に移す子だ。

「三十分たっても俺から連絡がなかったら一一〇番して」

わかった！　と叫んで、智亜は一目散にコンビニに駆け込んだ。煌々《こうこう》と光る店内に彼女が足を踏み入れるのを確認し、エイジはスピードを上げた。

タブレットを見る。丈太郎のスマホは国道を南へ移動し続けていた。

「あー、いろいろ手がかかるフィルマーだな、もう」

人通りのない道を、スケートボード一つで駆け抜けた。海からの横風が耳の奥で低く唸《うな》る。日本選手権の会場だったスケートパークから離れるほど、周囲が物寂しくなっていく。だだっ広い空き地と、背の低い野山、休耕田《きゅうこうでん》、防風林、営業しているように見えない飲食店、蔦《つた》が絡《から》みついた倉庫らしきもの。

タブレットの画面の中で青い点が動きを止めたのを確認し、アスファルトを全力で蹴った。

＊

「あー、よかったあ……場所が場所だから、目が覚めたら船の上とかじゃなくてよかったあ……船を下りたら北の某国《ぼうこく》でしたなんて展開じゃなくてよかったあ……」

廃倉庫の薄暗い天井を見上げたまま、丈太郎はしみじみと呟いた。電気は通っていないはずなのに、側に立つ街灯の光が差し込んで妙に明るい。防風林が風に揺れるたび、倉庫の天井で黒い影が蠢《うごめ》く。

「誰もそんなこと聞いてねえから！」

怒鳴り声と共に、脇腹を一発蹴られる。土埃《つちぼこり》にまみれた床にごろっと転がって、丈太郎は「あだっ！」と悲鳴を上げた。

顔を上げた先には、全くもって見覚えのない茶色のロン毛の男が一人。二十代半ばだろうなとわかった。

彼の後ろで同い年くらいの若者が二人、丈太郎のカメラバッグをひっくり返している。一人は坊主頭で、一人は首にでっかい蝶のタトゥーが入っていた。

三人とも同じようなガラの悪さだった。でも身なりは小綺麗で、それなりにいい衣服やアクセサリーを身につけていて、親に甘やかされて育ったのに道を踏み外し気味な田舎の若いヤカラという見た目だ。あーいるいる、俺の田舎にもこんなヤカラがいた。痛みに呻《うめ》きながら丈太郎は呑気にそんなことを考えた。

「おっさん、さっきからブツブツうるせえんだよ」

「おじさんはもう慣れたけど、おっさんはやっぱり絶妙に腹立つな」

また蹴られる。今度は腰骨のあたりを思いきり。ワゴン車の中でガムテープで乱暴に縛られた両手が軋《きし》んだ。これは絶対に左肩を亜脱臼《あだっきゅう》している。脱臼まではいってないが、亜脱臼は確実にしている。

「いやね、別に普通にビビってるし怖くて怖くて仕方ないのよ。いきなり拉致《らち》られて廃倉庫に連れ込まれたら誰だって怖いでしょ。怖すぎて一周回って呑気にベラベラ喋《しゃべ》ってるんだって」

カメラを勝手に弄《いじ》くり回されて腸《はらわた》は煮えくり返っているが、幸いなことに撮影データの入ったＳＤカードはワゴン車に連れ込まれる瞬間に咄嗟にカメラ本体から出して投げ捨てた。エイジが持っていったタブレットにもデータはＷｉ－Ｆｉで飛ばしてある。

何より、彼らはカメラバッグの中にあった金メダルに全く興味を示さなかった。タトゥー男が一度触れて「なんだこれ」と呟いたきりだ。まさかあれがオリンピックの金メダルなんて、想像すらしてない。

撮影データは無事。金メダルも無事。それだけで、とりあえず冷静でいられる。カメラなんて壊れようが盗られようが、どうとでもなる。

だが、どうやらこの男達の目的はカメラ本体を盗んで売りさばくことでも、丈太郎から金品を奪うことでもなかったらしい。

「なあ、撮影データ、どこにやったの」

ロン毛が亜脱臼した左肩を踏みつけてくる。関節がギリッと音を立てて、丈太郎は目元を歪《ゆが》めた。倉庫の二階部分をぐるりと囲んだ手すりつきの通路が、割れた窓ガラスが、痛みで二重に歪んで見えた。

「……だから、どっかに落としたんじゃないかなって言ってるだろ。車の中とかさ、もうちょっとよく探したら？」

あの公園から少しばかり車を走らせた彼らは、「あそこでいいんじゃね？」とこの廃倉庫に丈太郎を連れてきた。カメラ本体は空っぽ、カメラバッグには予備のＳＤカードだけ。丈太郎のポケットというポケットを探しても何も出てこない。車の中にもない。苛立《いらだ》った三人に代わりばんこに殴られ蹴られ、今にいたる。

「で、君らはあの公園の駐車場でどんな悪いことをしてたわけ？」

丈太郎を踏みつけたままのロン毛に問いかける。

「俺がそれを撮っちゃったから、証拠隠滅《いんめつ》のために一生懸命に撮影データを探してるんだろ」

わかるわかる。若い頃にさ、街中でスナップを撮ってたら反社会的な組織のおじさまが写り込んじゃったことがあって、撮影データをぜーんぶ没収されたもん。痛みを紛《まぎ》らわそうと笑い交じりにそんな話をしたら、言い終わらないうちに思いきり頭を蹴られた。

「いやあ……頭はダメでしょう、頭は。悪事を隠したいのに罪を重ねてどうするの若者よ。最初の目的を忘れるんじゃあないよ」

後頭部がどくどく脈打って、視界が白飛《しろと》びする。これはいよいよまずいかもしれない。

「さあ、頼むぞぉ、金メダリスト様」

拉致されたときにスマホを落とさなかったのと、タブレットをエイジ達に預けたままなのだけが頼みの綱だった。どうか俺の居場所に気づいてください。そしてさっさと警察に通報して、自分達は大人しくコンビニで唐揚げでも食べていてください。

カメラバッグを念入りに漁《あさ》っていたタトゥーの男が「なあ、ホントにないよ。どうすんのっ？」と髪を掻きむしった。坊主頭の方が「大体トシキがさあ」と忌々《いまいま》しげにロン毛を指さして文句を言い出す。こういう場合、仲間割れされたら俺の身の安全はどっちに傾くのだろう。

「いや、でも、どうすんの……このおっさん」

トシキと呼ばれたロン毛が、丈太郎を指さす。「顔、見られてんだろ」と、今更のように呆《ぼう》然《ぜん》と呟いた。

「おいおい、なんで拉致する前にそれに気づかないの。もうちょっと後先考えようぜ」

思わず苦言《くげん》を呈《てい》してしまった。行き当たりばったりで人を殺してしまうときというのは、みんなこんな感じなのだろうか。

勢いよく振り返ったトシキが「はあっ？」とツバを飛ばして丈太郎に躙《にじ》り寄った。丈太郎の胸ぐらを摑んで、前後に揺すってくる。

「このまま海にぶん投げてやろうか？」

「やめろやめろ、勢いで人を殺すな。お前の人生吹っ飛ぶぞ」

舌打ちをしたトシキが拳《こぶし》を振り上げた。そろそろ意識が飛ぶかもなあ、と目を細めたとき、視界の端で何かが動いた。

二階の通路で、金色が揺らめいた。

思い込みだったらどうしようとゆっくり瞬《まばた》きをしたら、ボード片手に大和エイジが二階の手すりを蹴っていた。

平然と、眉一つ動かさず。

「いや……なんでお前が来るんだよ」

警察に任せなさいよ……と声に出したら掠《かす》れてしまった。どうやら、自分で思っていたよりずっと焦っていたし、おののいていたらしい。呆れているくせに、少しだけ安堵《あんど》もしている。

エイジはタトゥー男を目がけて落ちてきた。勢い任せの乱暴な蹴りにタトゥー男が床に叩きつけられ、何かが折れるかヒビが入る音が倉庫に響き渡る。

受け身を取って床を転がったエイジの周囲で、黒い土埃が舞う。彼のスケートボードが倉庫の端に転がっていく。

肩を強《こわ》ばらせたトシキが丈太郎を放した。床で後頭部を盛大に打って、視界に星が散った。

「おじさん、生きてるっ？」

四つん這いになって顔を上げたエイジが叫ぶ。小さく咳をして、「恐らくー！」と返した。

摑みかかってきた坊主頭に、エイジが身を翻《ひるがえ》す。坊主頭の足を払って、バランスを崩した相手を問答無用で殴りつけた。なんの躊躇《ちゆうちよ》もない右ストレートだった。

「うわっ、痛ぁ！　無駄に硬い頭しやがって」

右手を忙《せわ》しなく振るエイジに、思わず「何やってんだ！」と声を上げた。

「なんでお前が突っ込んでくるんだよ。通報しろ通報」

「拉致られてボッコボコにされといて、どの口が言ってんだ！」

エイジが呆れ顔で怒鳴りつけてくる。驚いて尻餅をついたトシキを見下ろし、鼻から大きく息を吸って、口から細く吐き出す。

「その真っ黒なおじさん、うちのフィルマーなんだよ。とりあえず返して」

丈太郎を指さしたエイジを凝視しながら、トシキはエイジからも丈太郎からもゆっくり距離を取った。冷え切った倉庫内の空気が嘘のように、ロン毛の先から汗が一滴落ちる。

エイジと、丈太郎と、倉庫の端で蹲《うずくま》ったまま唸るばかりで立ち上がる気配のない仲間二人を順番に見る。一歩また一歩後退《あとずさ》ったと思ったら、海風が倉庫をガタンと揺らしたのが合図になったかのように、トシキは出入り口に向かって一目散《いちもくさん》に走った。

「おお、最後は賢明な判断だ」

錆《さ》びついた引き戸を乱暴に開け、振り返ることなく逃げていくトシキの後ろ姿を見届け、丈太郎はやっと深呼吸をした。蹴られた脇腹がぎりっと痛んだ。

「……助けてもらえません？」

馬鹿な飼い犬を叱るような目でこちらを見下ろしていたエイジに問いかける。彼は無言で窓際に落ちていたガラス片を拾ってきて、丈太郎の腕を拘束《こうそく》していたガムテープを切り裂いた。

「二階から飛び降りる前にトモに通報しろって連絡したから、そのうち警察が来るよ」

「なんて言って通報したんだ？　三十九のおじさんが誘拐《ゆうかい》されたって？」

腕に絡みついたガムテープを剝《は》がしながら聞くと、エイジは「怪しい男達が廃倉庫に不法侵入して喧嘩《けんか》してるって」と見捨てられた坊主頭とタトゥー男を顎《あご》でしゃくった。

「ていうか、おじさん何してんの」

左肩を摑み、側にあった鉄製の柱にじりじりと近寄った丈太郎にエイジが顰《しか》めっ面《つら》をした。

「ちょっと待ってて。肩、亜脱臼したから。自力で嵌《は》めてみる」

柱に全体重をかけて左肩を押しつける。関節と関節が嵌まる歪《いびつ》な感触と一緒に襲ってきた激痛を紛らわすため、「あああっ！　亜脱臼なんて高校生ぶりだったけど治せた～！　あとでちゃんと病院行こう！」と地団駄《じだんだ》を踏んで喚《わめ》く。それでも「うわあ……」とエイジが身を引いたのは見逃さなかった。

「……あいつら、さっきの公園で何かよからぬことやってたぞ」

「みたいだね」

エイジがパーカーの下から引っ張り出したのは丈太郎のタブレットだった。先ほど撮ったスケートビデオに、二台の車と三人組の姿が映り込んでいる。

一人が一人に何かを渡し、街灯の光の加減でその手元が一瞬だけ露《あら》わになる。ビニール製の袋に入った何かが、確かに見えた。

「これを撮られたから、おじさんから撮影データを奪いたかったんでしょ。それにしてもやり方が馬鹿すぎるけど」

「何だ、大麻《たいま》か、危険ドラッグか、まさか覚醒剤《かくせいざい》じゃねえだろうな。こんな一瞬の映像のために俺は殺されかけたのかよ。もうちょっと他にあるだろ、賢いやり方」

「それに気づけるならそもそも薬物なんてやらないだろ」

まだ熱を持ったままの肩を摩《さす》り、丈太郎は床に放り出されたカメラとカメラバッグを拾い上げた。予備のレンズにレンズフィルター、バッテリー、メンテナンス用品。そして金メダル。全部バッグに詰め込んだ頃、遠くからパトカーのサイレンが聞こえた。

「逃げるぞ。あいつらが本当に違法薬物なんて持ってたら、お前はここにいちゃいけない」

殴られた顔面を押さえて呻《うめ》き出した坊主頭の男を指さし、倉庫を出る。スケートボードを拾い上げ、エイジも足取り軽くついてきた。

久々に表舞台に帰ってきた金メダリストが、違法薬物が見つかった現場に居合わせただなんて、絶対にダメだ。オリンピックどころじゃない。真実が何かも関係ない。世間がエイジをどう判断するかで、彼のキャリアが何もかも変わってしまう。

雑草だらけの駐車場に、丈太郎を拉致したワゴン車だけがポツンと停まっていた。トシキとかいうロン毛の男は、もう一台のセダンの方で逃亡したらしい。

「うわ、来るぞパトカー」

国道の先の防風林が徐々に赤く染まるのが見えて、二人で走った。道路を横切って、寒風吹きすさぶ浜に出た。

「おい、なんでお前までそんな血ぃだらだら流してんだよ」

血の混じったツバを砂浜に吐き捨てたら、エイジのパーカーが裂《さ》けて二の腕から血が流れているのに気づいた。擦りむいたなんてレベルではない。完全に切れている。

「ああ」と今更のように腕を見下ろしたエイジは、怪訝《けげん》そうに目を細める。

「雨どい伝って二階に忍び込んだとき、どっかに引っかけたかな。窓ガラス割れてたし」

平然と言ってのけるエイジに、堪《たま》らず額《ひたい》に手をやった。

「さっきのグーパンチもそうだけどよ、オリンピック予選が始まるってのにそういう無茶の仕方するなよ。あと何度も言うけどなんでお前が飛び込んでくるんだよ。最初から警察に任せてトモと大人しくコンビニで唐揚げでも食ってろよ未成年」

「だーかーら、未成年じゃないから、俺もう二十歳だから」

ああ、そうだった。初めて会ったときの彼は十八歳で、法律上は成人だとしてもどうしたって子供にしか見えなかった。丈太郎の中では二十歳の誕生日を迎えても彼はしぶとく未成年のままなのだ。

「助けてもらっといて文句が多いおじさんだな！」

「おじさんってのは文句が多いもんなんだよ。加齢と文句は比例するの」

カメラバッグから汚れてなさそうなタオルを引っ張り出して、エイジの二の腕に押しつける。「お母さんかよ！」と鬱陶《うっとう》しそうに吐き捨てながら、エイジはタオルで傷口を縛った。

サイレンの音が大きくなる。廃倉庫の前でパトカーが停まり、赤い回転灯の光が浜辺まで飛んできた。

「見つかったら面倒だし、走ろうか」

おじさん、走れる？　とスケートボードを担ぎ直したエイジが聞いてくる。ギシッと軋んだ肩を撫でながら、丈太郎は「走るよ」と額《ひたい》の生《は》え際《ぎわ》の白髪を指先で掻いた。

「トモがコンビニで缶コーヒー抱えたまま待ってるよ」

ふっと笑ったエイジが、ゆっくり走り出す。こめかみに留まる赤いヘアピンが、笑い声に合わせてケラケラと光った。

乾いた砂に足を取られながら、丈太郎もあとに続いた。右肩に下げたカメラバッグが上下に揺れ、体のいたるところが悲鳴を上げる。エイジと一緒にスケートボードで跳んだときに擦りむいた膝が、ついでのようにピリッと痛む。

あいたたた……と唸りながら、何故か笑ってしまう。命拾いした高揚感なのか、痛みを紛らわせたいがための行為なのか、よくわからなかった。

「忘れてた！」

前を行くエイジの肩を叩いた。

「ありがとうな、助かった」

エイジが振り返る。小さく溜め息をついて、「先に言うことでしょ、それ」と丈太郎を見上げる。

「フィルマーがいなくなったら困るからね」

彼が吐息をこぼすようにニヤッと笑うのと、波が砕ける音が重なる。

「あとお前、喧嘩強かったのね」

「おじさんとは違うからね！」

エイジの笑い声が高くなる。遠くにコンビニの青い看板が見えて、丈太郎は空を仰いだ。冷たく澄んだ夜空に、いい具合に星が見えた。

「東京に帰って、あのプリキュアみたいなライバルを倒す方法を考えるか」

数日後、丈太郎は家の近所の整形外科の待合室でテレビを見ていた。

新潟県神邑市で大麻の所持と使用の容疑で二十代の男性三人が逮捕されたという短いニュースが、アナウンサーによって読み上げられた。

第二話
サルビア・ハバレッジ

周囲から聞こえ出したカウントダウンに、智亜《ともあ》の声が重なった。

「ごー、よーん、さーん！」

にー、いち！　の掛け声で、智亜は参拝客で賑わう神社の参道を軽快に蹴った。スニーカーの爪先《つまさき》が石畳《いしだたみ》をトンと鳴らし、ピンクのエクステが揺れる。

智亜のジャンプに合わせ、周囲から「明けましておめでとー！」と歓声が上がった。

「二〇二六年か、時の流れに引くわ」

神社を囲む木々の隙間《すきま》から夜空を見上げ、与野丈太郎《よのじょうたろう》は小さく溜め息をついた。おいおい、二十一世紀が始まってもう四半世紀《しはんせいき》かよ。ぼやいたら、自分があと半年もせず四十歳になることに気づいた。

「よしっ、今年も新年を空中で迎えた」

「それ、令和の中学生もやるんだな」

「私、もう九年連続でやってるんだ、年越しジャンプ」

智亜の横で、〈ALL AGES《オール エイジズ》〉という自分のブランドロゴが入ったキャップを被り直したエイジが「それ、そんな長いことやってたのか」と笑う。年越しだろうと初詣《はつもうで》だろうと、お馴染《なじ》みのスケートボードを抱えて。

「とりあえず、明けましておめでとう」

丈太郎の顔を、二人がせーので合図したかのように同時に見る。兄妹でもないくせに、こういうときの二人の顔はよく似ている。

「明けましておめでとう」

何がおかしいのか、ふふっと頬を緩めながらエイジは言った。智亜が「ハッピーニューイヤー！」とスマホで自撮りをした。エイジの顔はちゃんと写っているだろうが、画角的《がかく》に丈太郎は思いきり見切れている気がする。

寒さをものともしない若者二人を横目に甘酒をちびちび飲みながら、参拝客の列に並んだ。新年のめでたい空気に浮かれた人々が、次から次へと拝殿《はいでん》の鈴を鳴らす。

「今年は何をお願いしようかな〜」

紅白の紐《ひも》を持って鈴をじゃらじゃらと揺らし、智亜は「あと二センチ背が伸びてほしいなあ」なんて大真面目に腕を組む。

「おい、まずは高校に受かりますようにと願え受験生」

「げっ、学校の先生みたいなこと言う」

「そりゃあそうだ、都立一本勝負なんだから」

中学三年生の彼女は、二月に高校受験を控えている。本番まで二ヶ月を切った今は追い込みをかける時期のはずなのに、その様子は微塵《みじん》もない。

渋谷の児童養護施設で暮らす彼女には私立高校という選択肢がないのに、だ。そりゃあ、赤の他人の丈太郎も口うるさくなる。

「まあ、なんとかなるんじゃないの？　俺もなんとかなったし」

呑気《のんき》な顔で賽銭箱《さいせんばこ》に五円玉を投げ込み、エイジは静かに両手を合わせた。「同じ施設出身の先輩がこう言ってますので」という顔で、智亜は丈太郎を見上げていひひっと笑う。

三十九歳のおじさんと、高校受験を控えた女子中学生と、二十歳の東京オリンピック金メダリスト。一緒にいたらきっと親子にしか見えない三人で——というか、それ以外の関係性を見つけ出すのが難しそうな三人で、並んで初詣をした。

「おじさんは何をお願いしたわけ?」

真剣な顔で願い事をする智亜を尻目に、早々に参拝を終えて列を外れたエイジが聞いてきた。

「アラフォーにもなると、自分と家族が健康ならあとはなんでもいいですになるんだよ」

「家族っていっても離婚して一緒に住んでないじゃん」

至極《しごく》真っ当な指摘に、ぐえっと唸《うな》る。週刊誌の編集者である妻と離婚してもう二年以上になっていた。離婚後も決して険悪ではないし、もうすぐ小学五年生になる娘とも定期的に会ってはいるのだが。

「ねえ、エイジ君もおじさんも早くない? 願い事ちゃんとした?」

やっと拝殿を離れた智亜が駆け寄ってくる。「何をお願いしたの?」と聞かれ、エイジにしたのと同じ答えを返したら「うわ、つまんない」という反応をされた。

「都立高校に受かりますようにってちゃんと神様に頼んだか?」

「頼んだよ、一応ね」

いひひっと笑った智亜が、境内に立ち並ぶ屋台に吸い寄せられていく。ベビーカステラの甘い香りに足を止め、こちらを手招きした。

「お前は何を願ったんだ?」

智亜に手を振って応えたようとしたエイジが、「え?」と丈太郎を見上げる。

「新年の願い事だ」

ロスオリンピックの予選シーズンを快勝できますように——なんてことを願ってくれたら世話はないのだが、この生意気な金メダリストは絶対にそんなことはしないだろう。

「なーいしょ」

丈太郎を馬鹿にするように鼻で笑って、エイジはベビーカステラを四十個も買おうとする智亜に「トモ、絶対多いって」と苦笑いしながら近寄っていった。

熱々のベビーカステラが四十個入った紙袋を抱え、夜の渋谷をスケートボードで徘徊《はいかい》する。偶然見つけた雑居ビルの出入り口にある、たった三段の階段でエイジが動かなくなり、そこでトリックを決める彼を丈太郎は撮った。

スクランブル交差点は深夜だというのに人でいっぱいで、ハチ公像は首に正月飾りを巻いていた。イルミネーションやネオンで煌《きら》びやかに光る中、警察官が声を張り上げて通行人を誘導し、仮装をした若者と何度も肩がぶつかった。

濃紺だった空が白んでほのかにピンク色になってきた頃、智亜を施設へ送り届けてエイジと渋谷駅前で別れた。その足で元妻と娘の暮らすマンションに行って、雑煮《ぞうに》とお節《せち》を食べて娘にお年玉をやった。

——それが、二〇二六年の元旦だった。

「えらい平和な元旦だったなあ」

ラジオから聞こえるＣＭに耳を傾けながら声に出すと、口元から真っ白な息が舞い上がった。第一京浜を吹き抜ける風にあっという間に掻き消されてしまう。

平和な元日から一夜明けた、一月二日の朝。丈太郎は箱根駅伝の一区と二区を繋ぐ中継所にいた。早朝から詰めかけた観客達が黒山の人だかりを作る中、カラーコーンで区切られたメディアゾーンにはカメラマン達が寿司詰めになっている。

丈太郎を含め、どいつもこいつも真っ黒な防寒着に身を包み、撮影隊であることの証明であるオレンジ色のビブスを身につけ、スマホやラジオでレースの動向を確認しながらカメラをコースに向けていた。

丈太郎のスポーツカメラマンとしての一年は大抵ここから始まる。なのに昨日エイジや智亜と年越しをしたことがこうも懐かしいのだから、彼らと出会ってから随分と自分の生活は変わってしまったらしい。

「与野さーん、ちょっと懐《ふところ》に入れてくださいよぉ」

背後から小柄なカメラマンが丈太郎の脇の下に潜り込むようにカメラのレンズを差し込んできた。顔を見なくても後輩スポーツカメラマンの多々良《たたら》だとわかる。

「ダメって言っても入ってくるだろ、お前は」

「さすが、わかってらっしゃる」

身長百六十センチ（正確に測ると百五十九・五センチらしい）の多々良は、その小柄な体格と三十歳にしては童顔で愛嬌《あいきょう》があるのを活かし、しょっちゅうこうして丈太郎の懐に入ってちゃっかりいい場所を取る。撮影に支障はないし、先輩のよしみで許してやるのだが。

多々良がカメラの位置を決めて頬を引き締めた瞬間、イヤホン越しに聴いていたラジオＣＭが終わった。

「来るぞ」

喉を張った。そんなのここにいるカメラマンはみんなわかっているだろうが、あえて声に出す。多々良が「了解です」とニヤッと笑う。

その瞬間、不思議なもので視力と聴力が上がる。周囲がよく見えて、音がよく聞こえて、何《な》故《ぜ》か匂いも濃くなって、頬までピリピリと敏感になっていく。

雑踏《ざっとう》の中でも実況中継が鮮明だった。先頭集団は団子状態。十校以上の大学が競り合ったままラスト一キロを切った。このまま大集団でタスキリレーとなったら、骨の折れる撮影になる。こちらはすべての出場大学を記録せねばならないのだから。

でも、必ず誰かが飛び出す。誰も勝負に出ないまま終わるわけがない。

多分、あの大学のあの選手が出る。彼の今シーズンのレースの成績、自己ベスト、去年の箱根駅伝の動向、性格やスタイル、このレースへの意気込み……さまざまなものを考慮して、飛び出すに違いないと丈太郎は判断した。期待であり、願いだった。

耳を澄ました瞬間、実況アナウンサーが叫んだ。丈太郎が予想した通りの選手がスパートをかけた。見える。見えないはずのレースの動向が、確かに丈太郎の目に映る。

コースの先に選手の姿が見えた。丈太郎のカメラのレンズの真ん中を、力強く駆け抜けてくる。トップで中継所に駆け込んできた彼の姿をカメラに収め、後続の選手もしっかり全員撮った。最下位でやって来た初出場の大学の選手も、スポーツ雑誌の表紙にするつもりで撮った。

「多々良、行くぞ。どうせ芦ノ湖《あしのこ》まで行くだろ」

同じ雑誌から仕事を依頼されたわけではないが、小柄な彼が人混みの中を歩きやすいように先導をしてやる。東京〜箱根間を往復する箱根駅伝の一日目のゴールは、箱根山の芦ノ湖だ。一区を撮影したら、そのまま電車で芦ノ湖を目指すカメラマンが多い。

「与野さん、すっかり以前の調子が戻ってきてますね。やっぱり与野さんはこうでなくちゃ」

パリオリンピックの頃に丈太郎が訳あって仕事を干されていたとき、「与野さんには世話になってきたし、これからもなる予定なんですから、早く戻ってきてくださいよ」と頻繁《ひんぱん》に連絡を寄こしたのも多々良だった。

「おう、おかげさまですっかり勘も取り戻したよ」

「ですよね。今日もこれぞ与野さんって感じですよ」

スケートボードに乗って金メダリストと並走してカメラを回す。それは、どうしたってスポーツカメラマンの役目ではない。こうやって仕事をしていると、つくづく思う。

アスリートとカメラマンの間に走る境界線をしっかり守って、彼らの邪魔にならないよう、視界に入っても気が散らないよう、黒に身を包んで息を殺し、影に徹する。そうやって彼らのパフォーマンスを記録する。

俺の本来の仕事は、これなのだ。

小田原《おだわら》行きの東海道本線に乗り込んだときスマホが鳴った。智亜が何やらメッセージを送ってきていた。

「与野さん、例の話、本当に断ってよかったんですか？」

座席シートで大きく伸びをしながら、多々良がさり気なくそんなことを聞いてきた。

「日頃から世話になっている後輩としてお節介を言いますが、俺は引き受けた方がいいと思いますよ？」

一瞬何の話かわからなかったが、智亜に返事を打ちながら「いいんだよ」と短く答えた。

多々良はそれ以上何も言わなかった。

＊

「おじさんも娘と会うときは一生懸命こういうところでご機嫌取るわけ？」

観葉《かんよう》植物越しに遠くのテーブルを眺めながら、エイジはフルーツが山盛りになったケーキを大口で頬張る。適当に同じものを注文したことを後悔しながら、丈太郎はちびちびと生クリームをフォークで掬《すく》った。

「嫌な言い方するな。確かにご機嫌は取ってるけど。胸焼けしながらケーキとかパフェとか食いながら」

甘ったるいクリームとフルーツの香りが漂う店内は女性客が九割だった。渋谷ヒカリテラス内に最近オープンした人気店だから、とにかく若い客が多い。

綿菓子みたいな雰囲気の内装も、ケーキ皿にパステルカラーの模様が入っているのも、黒ずくめのおじさんと金髪の青年の二人客にはだいぶ不釣り合いなのだが、目的がケーキではなく見張りなのだから仕方がない。

店の奥のソファ席に、エイジや丈太郎と同じケーキを口に運ぶ智亜の姿がある。いつも通りピンク色のエクステをつけた彼女の向かいの席には、お団子髪の背の低い女性が一人。

丈太郎の席からは横顔しか見えないが、智亜と顔立ちがよく似ている。母親だから当然なのだが、丈太郎と同じ三十九歳らしいと聞いてから頭痛が止まらない。

「そりゃあそうだよなあ、トモ、中三なんだから、俺の娘でも全くおかしくない……」

溜め息をついたら咥《くわ》えていたフォークを落としそうになった。

「なんでそんなにダメージ受けてるのさ」

「お前も年を取るとわかる。自分の年齢や老いを実感することが謎のダメージに——」

言い終えないうちに、エイジが「あ、来たんじゃない？」と店の入り口に視線をやった。

店員に案内されて智亜のいるテーブルに向かっていったのは、丈太郎以上にこの店の雰囲気から浮いている男だった。ワインカラーの派手な柄《がら》シャツに、だぼついたシルエットのズボンを穿いた、明るい茶髪のスポーツ刈りの男。趣味が何なのか知らないが、冬なのに随分と日に焼けた肌をしている。

「ようっ、お待たせ！」

いやに響く声で智亜の母の肩を叩き、彼女の隣ではなく、智亜の隣に座る。無遠慮な大声に一瞬だけ店内が静まりかえったのもお構いなしに、智亜の母は「おーそーい！」と満面の笑みだった。年の割に化粧が濃い……というか、子供っぽい化粧だ。自分のことを、まだ二十代の女の子と思っているような顔。

「あれかあ、トモのお母さんの彼氏」

エイジは完全にフォークを置いていた。丈太郎も同じようにしていた。

「人を見た目で判断するのはよろしくないが、アレはあんまりいい大人じゃねえぞ。俺も人のことどうこう言えないけど」

普通の会社で普通に勤め人をしていますという風貌ではない。なんというか……あまり柄のよくないタイプの飲食店のオーナーという感じだ。

「ぼったくり居酒屋とか経営してそうな人だね」

「奇遇だな、俺も全く同じこと考えてたよ。うわ、よく見たら趣味の悪いアクセサリーしてんなあ、なんだあれ」

やたら太いぎらついたシルバーの指輪を、男が「格好いいだろ」と言いたげに智亜に見せている。智亜の顔は見えなかった。ただ笑いながら「うわ、ホントだ！」と言うのが聞こえた。

「愛想笑いしてるなぁ、トモ」

「あれ、やっぱり愛想笑いだよな」

「決まってるじゃん。店で大声で話してダサい指輪見せてくるおじさんを好きな女子中学生がいると思う？」

「違いねえ」

箱根駅伝の日に智亜から届いたメッセージは、一月中旬に母親と外出するというものだった。

——おじさん、暇だったら一緒に来てくれない？

そんなメッセージに「行けるわけあるかい！」と返事をしたのだが、智亜が求めたのは母親と外出するのを遠くから見張っていてくれというものだった。「おじさん一人じゃ絶対無理じゃん。全身黒ずくめで怪しすぎる」とエイジがついて来ることになって、今にいたる。

「トモのお母さん、離婚してトモを引き取ったのに、娘を置いて出ていったんだろ？」

「そう、それでトモが児童相談所に保護されて、お母さんに連絡が行って、結局トモは金木犀《きんもくせい》寮に入ることになった。離婚して経済的にも精神的に不安定だから育てられない～とか、そんな理由で。父親とも連絡つかずだったから、施設に入るしかなかったんだよね」

自分が十八歳まで暮らした児童養護施設の名前を出し、エイジは智亜の母を再び見つめる。

「それが、再就職したとかメンタルが安定したとかで、半年くらい前からトモの面会に来るようになったんだって。で、親子関係が回復したり親の経済状況がよくなったりすると、子供を親のところに返すトレーニングみたいなのが始まるんだよ。あんなふうに、三時間だけ一緒に外出したり、ね」

智亜のいるテーブルを指さしたエイジの眉間《みけん》には、うっすら皺《しわ》が寄っている。無意識に丈太郎も同じ顔をしていた。

「ああやってちょっとずつ親と過ごす時間を長くしていって、外泊したりするようになって、大丈夫そうだったら晴れて親と一緒にまた暮らせます、よかったですね～ってなる」

「それって、上手くいくことの方が多いのか？」

「さあ、ケースバイケースじゃない？　そのまま施設に戻ってこなかった子もいたし、一週間で帰ってきた子もいたけど」

去年の十一月、ちょうど日本選手権の頃、智亜は金木犀寮に来て以来初めて母親と外出したという。そこへ、あのぼったくり居酒屋を経営してそうな彼氏が途中から合流した。名前は新《あら》井成也《いせいや》という。本人と母親は「成也君って呼んで」と言うのだと、智亜はうんざりとした様子で昨日話していた。

胡散臭《うさんくさ》い人だったから、丈太郎とエイジの目からも確かめてほしい。それが智亜からの頼みだった。

でも、恐らく、それだけじゃない。

「わざわざ俺とお前を呼ぶってことは」

もしかして……そう言いかけたとき、智亜の母が席を立った。店員にトイレの場所を聞き、そのまま店を出ていく。

ソファ席に残された智亜は、ケーキの最後の一口を頬張った。口の端についたクリームを拭こうと紙ナプキンに手を伸ばしたら――新井が智亜の肩を指先でつついた。

ていた。

「おい、クリームついてるぞ」

不快なほどよく通る声で言って、智亜の口を親指の腹で拭《ぬぐ》った。新井は満面の笑みを浮かべていた。

その指を、新井は舐めた。何食わぬ顔で、平然と、舐めた。

はあっ？　と最初に声を上げたのはエイジだった。新井を見上げる智亜の顔は見えなかった。紙ナプキンを摑《つか》みかけた智亜の手が虚空《こくう》をさまよい、静かに彼女の膝の上へ戻っていく。

「今日寒いよなあ。智亜もスカートで寒くないのか？」

あろうことか、新井は智亜の膝に掌《てのひら》で触れた。「中学生なら平気か〜」とげらげら笑いながら、寒さなどものともせず生足でいる彼女の膝を撫で回す。

どん、と乾いた音がして、エイジが席を立った。咄嗟《とっさ》に彼の腕を摑んだ。

「黙って見てろって？」

血走った目でこちらを睨《にら》みつけるエイジに「三秒待て」と告げる。

カメラバッグからカメラを引っ張り出し、電源を入れ、観葉植物の隙間から身を乗り出した。隣のテーブルの客が白い目で見てきたが、構わなかった。

智亜の膝を撫で回す新井の姿を引きで一枚。新井の顔がわかるように、寄りの写真を一枚。冷静にピントを合わせる自分に寒気と怒りを覚えながら、シャッターを切った。

証拠だ、証拠が必要だ、これが最善の行動だ。自分に言い聞かせながら、ごめん、と喉の奥で智亜に何度も謝った。

「行くぞ」

丈太郎がカメラを下ろすのと、智亜が立ち上がるのが同時だった。「トイレ！」と叫んで、愛用のリュックを引っ摑む。周囲の視線などお構いなしに、全速力で店を飛び出していく。

その小さな背中を慌てて追いかけた。レジで店員に五千円札を押しつけ「お釣りはいりません！」と店を出ると、日曜の混み合うショッピングフロアにすでに智亜の姿はなかった。

「おじさんはあっち探して」

スマホを見つめながら、エイジはスケートボードを抱え直して駆けていく。言われるがまま丈太郎は彼とは反対方向へ走った。

カフェの大きな窓ガラス越しに、新井という男が不満げな顔でケーキにフォークを突き刺していた。綺麗に盛りつけられたフルーツを踏み潰すような、汚い食べ方だった。

なんでよりによってあんな男と――そう吐き捨てそうになったとき、ちょうど智亜の母が機嫌よくトイレの方から歩いてきた。

やはり、同い年にしては子供っぽい顔つきの人だった。そのぶん智亜によく似ている。じーっと顔を見つめる丈太郎に気づいた彼女は訝《いぶか》しげに眉を寄せ、丈太郎を大きく避ける形でカフェへ戻っていった。

結局、フロアに智亜の姿はなかった。カフェの前でエイジと落ち合い、彼は上階を、丈太郎は下の階を探すことにした。智亜の母も新井も、店の中でゲラゲラ笑いながらケーキをつついていた。まるで付き合いたてのカップルみたいに、互いのケーキを食べさせ合っている。

ファッションフロア、ライフスタイル雑貨のフロアと、一階ずつエスカレーターを下りて探し回って、三階の歩行者デッキでやっとのことで智亜を見つけた。

パリオリンピックを目前に控えた二〇二四年の夏、丈太郎が初めてエイジのトリックを撮ったのも、このデッキだった。宮益坂《みやますざか》方面と渋谷駅を繋ぐ広々としたデッキで、智亜はベンチに腰掛けていた。

「トモ」

離れたところから名前を呼んだ。顔を上げた智亜は、自分と丈太郎の間の数メートルの距離に戸惑い気味に首を傾《かし》げた。

「なんでそんな離れてんの」

「いきなり側《そば》におじさんが来るのは嫌な気分だろうなと思って」

「逆に気持ち悪いんですけど」

わざとらしく肩を竦《すく》めた智亜の表情は、とりあえずいつも通りだった。その反応に一安心して、彼女の隣のベンチに腰掛けた。

「お母さん、私のこと引き取るつもりらしいんだよね」

何も聞いていないのに、智亜がそんなことを言い出す。スマホに視線をやっているが画面は真っ黒で何も映っていない。

「お母さんね、私が小学生の頃から全然仕事が続かなくてふらふらしてたんだけど、なんか今度の仕事こそ大丈夫だって言ってるの。メンタル安定したから安心してって。中学卒業のタイミングで一緒に暮らしたいね～って言われた」

「あの新井っていう彼氏は？」

「再婚するつもりだから、私とも早く仲良くなってほしいんだってさ」

何も返せなかった。言いたいことを全部飲み込んで、唇をひん曲げた。智亜がチラッとこちらを見た。

「もうさ～、慣れてるんだよね。お母さん、一緒に住んでる頃からそうだった。彼氏ができると機嫌よくなって、メンタルが安定して、優しくて面白いお母さんになるの。二人で年越しジャンプしてゲラゲラ笑ったりしてたんだよ。彼氏と遊ぶのが楽しくなっちゃって家に帰ってこなくなったりもするんだけどさ。でも、別れるとまた不安定になる。仕事も辞めちゃうし、すぐ怒るし、怒って暴れたと思ったら泣くし」

つまらないゲームの話でもするみたいに、淡々と智亜は続ける。

「私が金木犀寮に入ってからもそうだったよ。面会の約束してるのに、彼氏ができたらころっと忘れちゃうの。別れたら面会に来る回数が増えて、新しい彼氏ができたらぷつんって来なくなる」

「だとしても、よく知らないおじさんにセクハラされるのは慣れてることじゃないだろ。ていうか、慣れちゃダメだ」

智亜の顔を見られなかった。彼女が小さく息を吸ったのが聞こえた。

「やっぱり、あれ、セクハラだよね？」

「ああ、セクハラだ」

「初めて会ったときも、いきなり頭撫でられたんだけど」

「お前がされて嫌だったならセクハラだ。トモだって、嫌だったから今日は俺達を呼んだんだろ。嫌だと思うなら拒絶していい」

聞けば聞くほど、嫌な想像ばかりしてしまう。あの男は本当に智亜の母が好きで付き合っているのか。中学生の娘がいると知って付き合ったんじゃないか。それに智亜の母が気づいていないのか、気づいているのに見て見ぬふりをしているのか。

「なんかさ、おじさんがそういうのと無縁だから、ちょっと油断してた」

「言っておくが、俺はそんなにいい大人じゃない」

カメラバッグのショルダーを握り締めた。そうだ、決していい大人ではない。

「さっきな、お母さんの彼氏とやらにべたべた触られてるお前を、エイジはすぐに助けに行こうとした。俺は、証拠を手に入れなきゃと思ってカメラを手に取った。でも、あれがトモじゃなくて自分の娘だったら、すぐさまあの男をぶん殴りに行ってた」

ごめんと謝りながら、ごめんの数だけシャッターを押した。あの数秒が智亜にとってどれだけ不快で途方《とほう》もなく長い時間か、わかっていたくせに。

「悪かった」

頭を下げた丈太郎に、智亜が「うわ、大人がめっちゃ頭下げるじゃん」と呟《つぶや》く。ほんのちょっと、笑い声混じりに。

「おじさんが乱入してアイツにグーパンチしたら大変なことになるから、別にいいよ」

いひひっといつも通り笑って、智亜は立ち上がる。

「まさか、戻るのか」

「戻るって言ったら、おじさんはどうするの」

「さっきの写真をお前のお母さんに突きつけに行くよ」

「ダメダメ、お母さん、ショックで気絶しちゃう」

妙に大人びた口調でこちらを見下ろした智亜に、丈太郎は肩を竦めた。

「最初は戻るつもりだったけど、おじさんと話してたら、どうでもいいやってなった。具合悪いってメッセージ送って帰る」

「お母さん、怒るんじゃないか」

「怒るだろうけど、彼氏と一緒にいるうちに楽しくてすぐ忘れるよ。私を引き取りたいなんてさ、どうせアイツにいい顔したいからだろうし」

ふと顔を上げた智亜が「エイジ君だ！」とデッキの先に向かって手を振った。肩を上下させてデッキに出てきたエイジが、笑顔の智亜を見てほっと胸を撫で下ろしたのがわかった。

そのまま、エイジと二人で智亜を金木犀寮に送り届けた。道中、スタバで彼女にフラペチーノを奢《おご》ってやった。

その間、智亜のスマホから絶え間なく通知音と着信音が響いていた。丈太郎が三度目の「大丈夫なのか？」を投げかけたら、智亜は「うるさいなあ」と笑いながらスマホをサイレントモードにした。

「平気、平気。お母さん、どうせ彼氏とデートしてるうちに機嫌直すから」

期間限定のオレオフラペチーノを機嫌よく飲みながら、トモはそう言っていた。

嫌な予感は当然ながらあった。予感が当たるのは、それから二週間後だった。

＊

「元気そうに見えるんだけどさ」

サルビアタワーと英語でビル名が刻印された壁面を背に、エイジはぽつりと呟いた。彼が顎《あご》でしゃくった先には、階段に腰掛けてスマホで動画を見ている智亜の姿がある。

深夜零時を回っても、ビルの前を走る首都高も玉川《たまがわ》通りも賑やかなままだった。眼前にそびえる高層タワーにもちらほらと明かりが見える。

「トモ、結構参ってるんじゃないかな」

カメラに魚眼《ぎょがん》レンズを取りつけながら、丈太郎は傍《かたわ》らに屈《かが》み込んだエイジを見下ろした。

「そう思うか？」

「なんとなくね」

一際《ひときわ》強い風が吹いた。赤くかじかんだ指先に息を吐きかけたエイジは、寒さを振り払うような足取りで階段を上っていく。

「トモ、スポッターよろしく」

エイジが投げかけると、智亜は「まかせて！」とサムズアップした。エイジがトリックを決め、フィルマーである丈太郎が彼を撮り、スポッターである智亜が通行人や警察が寄ってこないか見張る。それがいつもの役割分担だ。

サルビアタワーはエントランスに向かって緩やかでだだっ広い階段が延びている。手すりは設置されていないが、左右には傾斜のついた縁石《えんせき》と植え込みがある。

無人のエントランス前広場に、エイジは音もなくたたずんでいた。オレンジ色の外灯が照らす石畳をじっと見つめたと思ったら、スケートボードを地面にトンと置く。

エイジが静かに息を吐いた。口元がふわりと白く染まって、それを掻き消すように石畳をプッシュし、走り出す。丈太郎も無言のままスケートボードで続いた。オレンジ色に染まるエイジの金髪と地面に落ちる影を、カメラで追いかける。

広場に点々と置かれた石造りのベンチにエイジは次々飛び乗った。デッキとウィールを繋ぐ鉄製のトラックを押し当てて滑走するグラインド系のトリックを、一つ一つ試すように繰り出していく。

前輪と後輪のトラックを均等に使って滑る基本トリックである50－50グラインドに始まり、次は前のウィールだけを使い、次は後ろのウィールのみを使い、ベンチにエントリーする方向を正面《フロントサイド》からに変えたり背面《バックサイド》からにしてみたり。

「どうした、千本ノックしてるみたいな顔して」

思わず問いかけた。無表情でトリックを繰り出すエイジの顔は、まるで自分の投球フォームを確認しながら投げ込みをしているかのようだった。

「はあ？　なにそれ、どういう顔だよ」

「要するに、面倒なことをいろいろ考えてる顔だ」

にやついた表情が気に入らなかったのか、エイジは顰《しか》めっ面《つら》でそっぽを向き、石畳を強くプッシュした。

息を整えるようにスタンスを右足前から左足前にスイッチし、デッキの先端《ノーズ》を爪先《つまさき》で蹴り上げ、後端《テール》を浮かせて鋭く跳び上がる。

背面からベンチへエントリーし、無機質な石の縁《ふち》をノーズとウィールで擦《こす》り上げるように滑り抜ける——見ているこちらが息を呑んでしまうバックサイドノーズブラントスライドだった。

ここまでのトリックとは明らかに違う、水を切り裂くような澄んだ音がした。ちゃんと撮れていたか一瞬だけ不安になって、一眼《いちがん》レフに取りつけたハンドルを握り締めた。魚眼レンズはエイジの金髪が冷たい夜風に揺れるのをしっかり捉《とら》えていた。

石畳に着地したエイジはノーズを蹴り上げて跳ぶ。デッキを裏表に回転させながら、体を百八十度反転させる。翻《ひるがえ》ったエイジの背を外灯のオレンジ色が走り抜けていった。

ノーリーフロントサイド１８０ヒールフリップ。トリックの名を丈太郎が噛み締める間もなく、エイジは先ほど軽快に駆け上がった階段に一直線に向かっていった。

階段横の縁石――ハバレッジを睨みつけるエイジの横顔に、丈太郎は早々に腹を決める。はい、了解、跳びますよ。喉の奥で呟いた。

でも、さらに加速したエイジがデッキの上でいつもよりずっと深く屈み込むのを目の当たりにして、頬が強《こわ》ばる。

デッキを軽やかに、でも力強く蹴って、ハバレッジに向かって跳ぶ。丈太郎も同じタイミングで跳んだ。

お得意のバックサイド180キックフリップかと思いきや、デッキの回転はいつもより鋭かった。獣の咆哮《ほうこう》が聞こえた気がした。

デッキを爪先で軽やかに弾《はじ》き、裏表に回転させながら、エイジは舞う。九十度、百八十度……さらに大きく旋回《せんかい》する。ちょっと待ってくださいそのトリックは見たことがないです。頬を引き攣《つ》らせた丈太郎を嘲笑《あざわら》うみたいにエイジは白い歯を覗《のぞ》かせた。

でも、その笑みは一瞬で消えた。ハバレッジを睨みつけていたエイジの視線が別の方向へ吸い寄せられる。

目を瞠《みは》り、口を開け、何かを叫んだ。

デッキのテールがハバレッジを踏み外し、エイジの体が階段に叩きつけられる。呆気《あっけ》にとられた丈太郎も釣られて転倒した。

「おいっ、一体どうし……」

冷たい石の階段でなんとか受け身を取ったら、階段に這《は》いつくばったエイジが声を張り上げた。

「――トモっ！」

エイジの視線を追うと、タワー前の歩道に智亜がいた。

傍《かたわ》らに、二週間前に見た彼女の母親がいた。智亜の腕を摑んで、側に停まったミニバンに連れ込もうとする。

運転席にはあの新井という男の姿があった。趣味の悪いシルバーのアクセサリーが確かに見えた。窓を開けたと思ったら「おいっ、早くしろよ」と粗《あら》っぽい口調でツバを飛ばす。

「行かないってば！」

智亜が腕を払っても、彼女の母は「わがまま言わないでよ！」としつこく智亜の肩を摑む。縋《すが》りつくような必死な指先が、智亜の肩に食い込む。

「おいおいおい……何がどうしたんだ」

カメラを抱えたまま、親子のもとに駆け寄る。突然現れた黒ずくめの男を、智亜の母は警戒心丸出しで睨みつけた。

「なに、あんた誰よ」

腕を摑まれたままの智亜が「フィルマーのおじさんだよ！」と叫んだが、そんな説明で納得するわけがなかった。

「意味わかんない。なんでうちの子をこんな夜中に連れ回してるのっ？」

「ああー……実の親御さんにそう言われてしまうとぐうの音も出ないんですよね……」

絞り出した丈太郎の前に、頬にできた擦《す》り傷を撫でながら、スケートボード片手にエイジが割って入ってくる。白く染まる吐息に苛立《いらだ》ちが滲《にじ》んで見えた。

「連れ回してるんじゃなくて、一緒に遊んでるだけだよ」

エイジの金髪、顔、スケートボードを順繰《じゅんぐ》りに見つめた智亜の母の表情は、当然ながら険《けわ》しいままだった。癇癪《かんしゃく》を起こす寸前の子供のようだった。

「ねえ、智亜、あんた夜中に施設抜け出してこんな怪しい連中と何してんの？　ママ、さっき金木犀寮に行ってびっくりしたんだから。職員は『智亜ちゃんにとっては大事な時間なので』とか適当なこと言うし、ママ、寮の玄関で怒鳴りつけてやったよ。信頼してあんたのこと預けてるのに、なんなのあそこ！」

肩を揺すられた智亜が口を開きかけるが、すぐに遮《さえぎ》られてしまう。渋谷中を捜し回って、やっとのことで見つけたのだと……言い方は悪いが、非常に恩着せがましい話しぶりだった。

「ねえ、成也君！　助けて！　ヤバいよこいつ、カメラ持ってる！」

子供っぽい、どこか舌っ足らずな口調で丈太郎を指さし、智亜の母はミニバンを運転する新井を呼んだ。

「ねえお母さん、私の話聞いて」

「あんたはちょっと黙ってなさい」

ぴしゃりと言い捨てられ、智亜が口を真一文字に結ぶ。

「なんだよ、早くしろよ。俺、明日早いんだって言ってるじゃん」

聞こえよがしに舌打ちをしながら、新井が車を降りてきた。相変わらずぼったくり居酒屋を経営していそうな風体《ふうてい》をしていた。

「おい、カメラ下ろせ。著作権侵害で訴えるぞ」

自分の顔を手で隠し、もう片方の手で丈太郎のカメラを指さしながら新井は乱暴に言い放った。正しくは肖像権だよ、とは言わないでおく。

智亜が、喉を震わせるのが聞こえたから。

「行かないってばっ！」

渋谷の高層ビルに反響するような大声で怒鳴って、自分の母親を突き飛ばす。悲鳴を上げた智亜の母は、側の植え込みに倒れ込んだ。堅い枝葉の折れる音に彼女の「ちょっとぉ！」という金切り声が重なる。

「トモ、走れ！」

両手を宙に泳がせたまま呆然《ぼうぜん》と固まる智亜に、エイジが叫んだ。生まれて初めて息を吸ったかのような顔で、智亜は踵《きびす》を返した。

「絶対、行かないからっ！」

母親に向かって思いきり叫んで、走り出した。エイジがその後ろについていく。歩幅の狭い智亜の腕を、エイジが引く。

「おいっ、ちょっと――」

丈太郎の制止をはたき落とすように、新井が「なんなんだお前！」と掴みかかってきた。

「大人なんだから一旦落ち着いて話し合いません？」と問いかけてみたが、新井は「カメラしまえよ、カメラ！」と怒鳴るばかりで丈太郎の話を全く聞かない。

しかも、騒ぎを聞きつけたのか、サルビアタワーの裏手から警備員が何事かとこちらにやって来るのが見えてしまった。

「うわあ、いろいろ最悪だ」

仕方なく走った。先を行くエイジと智亜の背中を追いかけ、一歩、二歩、三歩と足を繰り出し——セキュリティが来たからといつもの調子で逃げたはいいが、大人として選択を大きくミスしたことに気づいた。

「助けてくださーい！　うちの娘が誘拐《ゆうかい》されました！」

甲高《かんだか》い声が飛んでくる。人通りのほとんどない歩道で、智亜の母がしきりに「警察！　警察呼んでよ！」と繰り返す。新井が「通報しろ！」と警備員に命令する声も聞こえた。

「……間違ったな、盛大に」

これはどう見たって、成人男性二人が女子中学生を実の母親の目の前で誘拐した図だ。

「帰らないから」

なんとかエイジと智亜に追いついたはいいが、智亜は鼻息荒く「寮には帰らない」と繰り返した。できるだけ細い路地を選びながらサルビアタワーを離れたが、エイジと丈太郎の足が金木犀寮の方へ向かっていると気づいた彼女はその場から一切動かなくなってしまう。

「私、寮には帰らないよ」

「どうして」

通りの先を自動車が通り抜けるのを睨みつけ、エイジが智亜を振り返る。

「お母さん、先週から何度も寮に来てる。学校の帰りに声をかけられたこともあったし、私が学校に行ってる間に寮の先生達と揉《も》めてたって話も聞いた。絶対また寮に来て騒ぐし、先生達を振り切って私のこと連れて帰ろうとするよ」

鼻から深く息を吸って吐き出した智亜に、エイジは「なるほど」と肩を竦める。

「そういうの、よくあるのか？」

丈太郎の問いに、智亜がエイジを見る。児童養護施設育ち代表かのような顔でエイジはうんざり気味に頷《うなず》いた。

「たまにだけどね。なんで子供と引き離されたのかわかってない親ってのがさ、『親と子供が一緒に暮らせないなんておかしい』って乗り込んでくることはあるよ。一泊だけの外泊の予定だったのに、親が子供を施設に返さなかったりとかね」

「理由があって児童養護施設が子供を預かってるのに？」

「その理屈をちゃんと理解してる親ばかりじゃないってこと」

そんなことをする人間の心理が心底わからない、とでも言いたげなエイジに、丈太郎は無意識に唸り声を上げた。

「お母さん達がそんな強引なことをするようになったのは、トモがこの前の外出の日に、勝手に帰ったからか」

言葉を選びながら問いかけたつもりだったが、智亜の表情を見るに、あまり効果はなかったようだ。スンと肩を落としたまま、伏し目がちに彼女は頷いた。

「あの日さ、寮に帰ったらお母さんからメッセージが届いてて。めちゃくちゃ怒ってたけど、何回も謝ったら許してくれたの。でも、『許してあげるからその代わりに成也君と三人で暮らそう』って。アイツも早く一緒に暮らしたいって言ってるんだってさ」

「それで、トモはなんて返事をしたんだ」

「嫌だって返して、お母さんをブロックした。そしたら寮に直接来るようになっちゃった。あーあ、ブロックはやり過ぎだったかな。お母さん、そういうのですぐメンタル荒れちゃうから」

乾いた溜め息を一つ、智亜は無表情で吐き出した。息が真っ白に染まって、すぐに消える。思春期の子供が親に対してするとは思えない、寒々しい溜め息だった。

赤の他人なのに勝手に胸が詰まって、舌打ちをこぼしそうになる。あの場でもう一言か二言、智亜の母に言ってやればよかった。赤の他人の人の親として、言ってやればよかった。

「でもなトモ、お前は寮に戻らないとダメだ」

額の生え際、昔から白髪の多い一帯を小指で掻きながら、丈太郎は告げた。

「嫌だよ、帰らないよ。私が嫌だって思うなら拒絶していいんだって、おじさんが言ったんじゃん。帰るくらいならこのまま新宿まで歩いて歌舞伎町《かぶきちょう》でトー横キッズになってやる」

「生々しい取引条件を出すんじゃあないよ」

彼女がエイジの家に泊まることもしょっちゅうある。金木犀寮の職員もそれを黙認している。今日帰らなくたって、彼らはそれをとやかく言うことはないだろう。

だが、

「あの調子だと、お前のお母さん達は本当に『うちの娘が誘拐された』って通報してる。そしてこの状況はどう見ても俺がトモを誘拐してるんだよ」

隣でエイジが「俺は？」という顔をする。「残念ながらお前もだ」とつけ足した。

はあっ？　と拳《こぶし》を握り込んだ智亜は、その場で地団駄《じだんだ》を踏んだ。

「なんでよ、私が自分からついてきてるだけじゃん。なんでおじさんとエイジ君が私を誘拐したことになるの、意味わかんない」

意味わかんない。そう言った智亜の顔が、先ほど同じ台詞《せりふ》を発した彼女の母親とそっくりだった。

「お前からしたらそうだろうよ。でも、法律やら世間の認識やら何やらはそうじゃない。赤の他人が実の親の前から子供を連れ去ったら、それはどうしたって誘拐なんだよ。警察は俺達を誘拐犯として捜すんだ」

智亜は丈太郎を睨み続けている。大きな瞳が理不尽だ理不尽だ理不尽だとこの世界に対して叫んでいる。怒りに憤《いきどお》りに苛立ち、すべてを甘んじて受け止めた。

だって、「嫌だと思うなら拒絶していい」と彼女に助言したのは、間違いなく自分だから。

「納得いかないだろうけど、そういう法律ってのは、トモみたいな子供を変な大人から守るためにあるんだよ」

言いながら自分を指さしてしまい、慌てて右手を下ろす。未成年者誘拐の容疑者として連行される自分の姿がいとも容易《たやす》く想像できてしまった。

そんな丈太郎を、智亜が見上げている。こちらの真意を探るような、疑り深い目で。

「……だがしかし、トー横キッズになられても困る」

「じゃあ、とりあえず俺の家にみんなで避難する？」

エイジの提案を、丈太郎は速攻で「ダメだ」と叩き捨てた。

「このまま三人揃ってお前の家でぬくぬくしてたら、それこそバッチリ未成年者誘拐だぞ」

数ヶ月後にはオリンピックの予選シーズンが始まるというのに、大和《やまと》エイジの名前をそんなふうに世に出して堪《たま》るか。すでに表舞台に再臨した東京オリンピックの金メダリストを取材しようと多くのメディアがやって来ては、エイジに見事に追い返されているのだから。

「なら、どうするの」

静かな口調でエイジが問いかけてくる。智亜と同じ、丈太郎の胸の内を探るような鋭い視線だった。

「成人男性が赤の他人の女子中学生を夜中に連れ回している上に実の親に誘拐だと通報されているのは状況が不味《まず》すぎる。不味すぎるので、ちょっとマイルドにする」

決して百点満点の方法ではないとわかってはいた。だが、やらないよりはマシだろう。そもそも初動を間違えたのだ。使えるものは何でも使ってリカバリーするしかない。

スマホを引っ張り出して、電話をかけた。深夜にもかかわらず相手は三コールで出た。


「別れた旦那が誘拐犯になって帰ってくるなんて！」

時間帯を考えてか控えめに叫んだ元妻・麻倉冴恵《あさくらさえ》は、丈太郎、エイジ、智亜の顔を順番に見てテーブルに崩れ落ちた。いつもは凛《りん》としている眉が、見事なハの字になっている。

「言い返したいところですが、何も言い返せるところがございません」

正月には一緒にお節を食べていたはずのリビングのカーペットに両手をついて頭を下げた丈太郎に、冴恵は深々と溜め息をつく。

「それで？　女子中学生を実の親の前から連れ去って、成人男性だけだとどう見たって未成年者誘拐だから、元嫁と娘も巻き込んで状況を誘拐ではなく保護に持っていこうと画策《かくさく》したと？　確かに成人女性が一人いれば猥褻《わいせつ》目的の誘拐とは見られないかもしれないけど、状況はそこまで好転しないからね？　丈太郎君、あなた、初手《しょて》からミスしてるのわかる？　もうすぐ四十になる大人が何やってるの？　週刊誌にかかればいくらでも燃やせるからね！」

それでも深夜にタクシーで押しかけた元旦那と金髪青年と女子中学生を家に上げてくれたのだから、さすがは元妻だった。伊達《だて》に大手出版社で週刊誌の編集者をやっていない。

「いや、そもそも成人男性二人と女子中学生が深夜にスケボーしてるのがもういろいろグレーゾーンというか、よく今まで何事もなく済んでたというか……」

冴恵の口がすーっと閉じられる。リビングのドアに視線をやると、もうすぐ小学五年生になる娘の結衣《ゆい》が神妙《しんみょう》な顔でこちらを覗き込んでいた。

丈太郎を見て驚き、見知らぬエイジと智亜を見てさらに驚き、最後は両目を輝かせてドアを開ける。前髪に見事な寝癖がついていた。

「なんか……楽しそうなことしてるっ？」

パジャマ姿でリビングを見回す娘に、丈太郎は「何も楽しいことはしてないです、むしろ真逆です」と頭を抱えた。父は今、犯罪者になりかけています……とは言えない。

「お父さんどうしたの？　今日、来るって言ってなかったのに。なになに、お友達？」

そんな結衣のことを、智亜が食い入るように見ている。エイジまでが珍獣を前にしたような顔をしている。聞こえる聞こえる、「この子がおじさんの娘かあ……」と面食《めんく》らう声が。

「結衣、お父さんとお父さんのお友達が今日泊まっていくから、とりあえず智亜ちゃんに着替え貸してあげて。あと、お父さんがいつも使ってるお布団出して、結衣の部屋に敷いてあげて。そしたら子供二人は夜遅いんだからさっさと寝る」

冴恵の言葉に、結衣は驚くほど素直に「はーい」と返事をしてリビングを出ていく。こんなに人見知りしない素直な子だったろうかと、丈太郎の方がおののいてしまった。子供の成長は怖い。怖すぎる。

「ほら、智亜ちゃんも早く寝る。夜更《よふ》かしすると背が伸びないよ。あとお肌にも悪い。大人になってから絶対に後悔するから」

冴恵に命じられるがまま、智亜は「え、あ、はい、わかりましたです」と目を白黒させながら立ち上がった。おっかない校長先生でも前にしたかのような顔だった。

「お姉ちゃん、何年生？　パジャマ、青とラベンダーがあるんだけど、どっちの色が好き？」

矢継《やつ》ぎ早《ばや》に質問を重ねる結衣に気圧《けお》されながら、智亜は「あー……うーん、ラベンダー？」と左右に忙《せわ》しなく首を傾げながらリビングを出ていった。しばらくすると、冴恵の寝室から布団を運ぶ二人分の足音が廊下を通過する。「ねえねえ、おもちゃのプラネタリウムがあるんだけど、つけて寝ようか？」という結衣の弾んだ声と、智亜の「お、おまかせします……」という戸惑いが聞こえた。

「さて、これで一応、成人だけが残ったか」

〈一応〉の部分にエイジが若干《じやつかん》怪訝《けげん》な顔をしたが、構わず冴恵は続けた。

「児童養護施設の職員は、あの子が丈太郎君達と連《つる》んでることは知ってるんだよね？　なら、警察が来たところで施設が大騒ぎすることはないとして、問題は智亜ちゃんの母親とその交際相手か」

「事情がわかってるとはいえ、施設で預かってる子の深夜徘徊《はいかい》を黙認してたのは、きっと大問題になる」

「そうね、燃やそうと思えば燃やせるわね」

「その口癖、怖すぎるんで止《や》めてもらえませんか」

「世の中の大半のことは燃やそうと思えば燃やせちゃうんだから仕方ないでしょ。でも、赤の他人の成人男性と夜遊びしていたとはいえ、正式な理由があって実子と引き離されてる保護者が、無理矢理子供を連れ去ろうとしたのは事実。施設に帰ったところで母親がまた突撃してた可能性もあるし、智亜ちゃん本人が脱走する可能性もあったわけだし、最善ではないけど最悪の選択をしたわけでもない、ってところかな」

眉間《みけん》に皺《しわ》を寄せたまま、冴恵は静かに両腕を組んで丈太郎を見据えた。

「智亜ちゃんの気持ちを大事にしたかったというあなたの意図は汲《く》みましょう。母親の前から智亜ちゃんを連れて逃走したのは悪手《あくしゅ》も悪手だったけどね」

「それは重々承知しております……」

「でも、その交際相手とやらを殴り飛ばさなかっただけ、冷静だったと思うわ。話を聞く限り、あなたならやりかねないから」

「それはもう我慢しましたとも。前科ありますから」

「そうね、あなた、前科あるし」

言いながら冴恵は立ち上がった。無意識に身を引いてしまった丈太郎に「何をビビってるのよ」と顔を顰《しか》める。

「どうするのがいいか一晩考えるわ。だからあなた達も大人しく寝て。校了明けでぶっ倒れそうなのよこっちは」

大欠伸《おおあくび》をかき、冴恵はリビングを出ていく。テレビ台の隣の本棚には、「週刊現実」のバックナンバーが大量に並んでいた。

「……あの人、なんでおじさんと結婚したの」

静かになったリビングにこぼれ落ちたエイジの呟きに、我慢できず「本当にな」と返してしまった。お見合い結婚でも偽装結婚でもなく、一応ちゃんとした恋愛結婚だったことが不思議でならない。

「これでなんとかなるの？」

丈太郎がリビングの電気を消すと、ソファに寝転がったエイジが聞いてきた。三行半《みくだりはん》を突きつけられる前は冴恵と結衣と三人で暮らしていたこの家のリビングに彼がいるのは、どうにも奇妙な光景だった。

「ご覧の通り、うちの元奥さんは気が強い上に、あの『週刊現実』の敏腕編集者だから。ヤクザ顔負けのおっかない政治家に突撃してインタビューを取ったこともあるし、アイドルのスキャンダル記事にブチ切れて編集部を襲撃したファンを回し蹴りで倒した伝説もあるし、プロ野球選手の熱愛を追っかけ回してるのに文句をつけたスポーツカメラマンにフルスイングのビンタをしたこともある」

「ちょっと待って、まさか、そのスポーツカメラマンっておじさん？」

ソファに寝転がったはずのエイジがガバッと起き上がる音がした。クッションを枕にしてカーペットに寝そべりながら、丈太郎は我慢できず噴き出した。

「おう、すごい初対面だったぞ。青痣《あおあざ》がしばらく消えなかったからな」

あのビンタは強烈だった。未《いま》だに夢に見るくらいだ。

「肝《きも》も据わってるし頭もキレるから、厄介事《やっかいごと》に巻き込んでおけば絶対に役に立つ」

「え、元奥さんをそんなふうに見てるわけ？」

「事実役に立つんだよ、うちの元奥さんは」

欠伸をした。エイジにもうつったらしく、暗がりにエイジの欠伸が聞こえた。数分もしないうちに、寝息が漂ってくる。

一晩考えると冴恵が言ったのなら、とにもかくにも事が動くのは明日だ。下手に大きな騒ぎにならないことを祈るしかない。

うつらうつらと目を閉じて、開いて、閉じてを繰り返していたら、何度目かの覚醒《かくせい》でリビングのドアがゆっくり開く音がした。

か細い足音が近づいてきて、丈太郎の側で止まる。

「寝られないのか？」

顔は見えないがすぐに智亜だとわかって、仰向《あおむ》けのまま問いかける。結衣のパジャマはさすがに小さかったらしく、丈《たけ》の足りない袖を撫でながら智亜は短く「トイレ行ってきただけ」と答えた。

「結衣ちゃん、いい子だね。はじめましてなのに部屋に泊めてくれたし」

「何か話したか？」

「学校のこととかいろいろ、話したり聞いたり。あと、『うちのお父さんがいつも使ってる布団で寝るの嫌だよね』ってベッドと交換してくれた」

「……おう、さすが俺の娘だよ」

衣擦《きぬず》れの音と共に、智亜がこちらの顔を覗き込んだ。

「私さ、私が自分で選んだことなのに、どうしておじさんとエイジ君が私を誘拐したことになるのか、まだ全然納得してない」

「全然？」

「腹立って寝られないくらい」

智亜の声にはっきり怒気が滲んで、無意識に鼻を鳴らして笑ってしまった。顔こそ見えないが、智亜がこちらを睨んだのがわかった。

「あのなあ、世の中には悪い大人っていうのがいっぱいいるんだよ。トモが自分から選んだように思えても、大人の口車に乗せられて選ばされてる可能性もある」

智亜が不満そうに頰を膨《ふく》らませているのだけは伝わってきた。額に手をやって、「お前なあ……」と呻《うめ》いてしまう。

「前々から思ってたけど、エイジはともかくもう少し俺のことは警戒しろ。頭に血が上って同業者をぶん殴ったことのあるおじさんだぞ」

俺は、間違いを犯す可能性のある人間なのだ。かつて仕事を干される原因となった暴力騒動のときはたまたま同業者が相手だったが、何かの拍子《ひょうし》にそれが智亜に向く可能性だってある。考えたくもないが、可能性はゼロではない。

「おじさんはそれでいいの？　エイジ君のフィルマーなのに、スポッターの私に警戒されてて嫌じゃない？　同じチームの人間に信用されてないってことでしょ？」

「もうすぐ四十になるおじさんが中学生相手に『俺のことを信じてくれないのか』なんて大真面目な顔で言い出したら、そんな奴には二度と近づくなよ」

言いながら虫酸《むしず》が走ってしまった。女子中学生相手に対等な関係を築こうとするアラフォーのおじさんなんて、想像もしたくない。

「おじさんにもなるとな、相手に心の底から信用されてなくたって、根っこの部分で警戒されてたって、同じチームでいることくらいできるんだよ。そんなんでいちいち傷つかないから安心しろ」

「そういうもの？」

智亜の声が消え入るように小さくなる。「そういうものだ」と丈太郎は頭の上で右手を振った。

「はよ寝ろ」

結衣の部屋の方を指さす。智亜はしばらく黙りこくっていたが、「おやすみ」と言ってリビングを出ていった。

シンと静まりかえったリビングで丈太郎が再び目を閉じたとき、ソファの上でエイジが寝返りを打つ音がした。さっきまで聞こえていた寝息が途切れていることに、今更気づいた。

「俺がまだ施設にいた頃にさ、トモのお母さんが面会をすっぽかしたことがあった」

おう、と続きを促《うなが》す。エイジは欠伸混じりに淡々と続けた。

「親が面会をすっぽかすなんて、よくあることなんだけどさ。でも、子供は親に会えるのを結構楽しみにしてるんだよね。だからトモに『今度お母さんが来たら怒ってやれ』って言ったらさ、『別に平気だからいい』って答えるわけ。『じゃあ俺が代わりに怒ってやるから』って言ったら、なんて返したと思う？　『お母さんが可哀想だから怒らないで』って怒鳴られたんだよ」

返す言葉のない丈太郎に、エイジは「トモに怒鳴られたの、あれっきりだな」と溜め息をついた。

「変な話だよね。親に傷つけられてんのに、それでも親が怒られるのは可哀想だって思うんだから。でも、だからこそトモはおじさんを信用したいんだと思うよ」

「やめとけやめとけ。おじさんなんてな、若い女の子は常に警戒してるくらいがちょうどいいんだ」

そうだ、結衣にだってそう思う。あの子の側に俺のようなおじさんがウロウロしていたら、俺は全力で引き離しにかかる。丈太郎を前にした智亜の母の反応は、親として正しい。

「悪い、もう寝るわ」

重たくなってきた瞼《まぶた》を静かに閉じたら、遠くでエイジが鼻を鳴らして笑うのが聞こえた。

「相変わらずお人好し」と言われたような気がしたような、しなかったような。

＊

「本当に来るのかな、お母さん」

智亜の呟きが、早朝の住宅街に白い息と一緒に舞い上がって消えた。コインパーキングの一角の縁石に腰掛け、丈太郎は路地の先にある「金木犀寮」という看板を睨みつけていた。

金木犀寮は渋谷駅から明治通りを南下して路地を進んだ先、大学のキャンパスが建ち並ぶ住宅街の一角にある。午前七時を回り、徐々に周囲から生活音が漂ってきた。通勤なのか通学なのか、パーキングの前を通りかかる人も増えていく。

「警察に通報して、多分そのまま事情聴取を受けてるだろ？　警察から金木犀寮に連絡が行ってそこで一悶着《ひともんちゃく》あって、施設の職員は今回の件は誘拐じゃなくて実の親による連れ去り未遂だと証言するよな？」

「怒ったうちのお母さんが金木犀寮に殴り込むのがそろそろに違いない、ってこと？」

「うちの有能な元奥さんの見立てではな」

自分のことしか考えてない人間は、自分が理不尽な目に遭《あ》っていると思い込むと、被害者意識を暴走させて猪突猛進《ちょとつもうしん》になる。今朝、寝起きに冴恵にそんな話をされた。

「確かに、じゃなきゃ私を夜中に連れて帰ろうなんて考えないよね。私さえ手元に置いておけば、施設も児童相談所も言いくるめられるって信じてるんだろうし」

呆《あき》れた、と眉を寄せた智亜に、丈太郎は溜め息を堪《こら》えた。子供にこんなこと言わせるなよ。一度顔を合わせただけの智亜の母に対する憤りが、腹の底でチリリと音を立てて爆《は》ぜる。

智亜もいるのだから、できるだけ穏便《おんびん》に済ませないと……なんて思ったときだった。

粗っぽいヒールの音と共に、見覚えのある顔が路地の先から歩いてきた。背が低くて、顔立ちはしっかり大人なのに表情がどこか子供っぽくて、だからこそ顔立ちが娘とよく似ている。間違いなく、智亜の母だった。

「うわ、ホントに来た。私が学校に行く時間を狙ったつもりなのかな」

「あれだけはっきり拒絶されたのにまだ諦《あきら》めないんだから、逆にすげえよな」

結局、智亜の意志なんてその程度のものだと思ってるんだろうよ。当人の前でそんなこと言えるわけがなく、そっと飲み込んだ。

「いいか、トモは、危ないと思ったらすぐに寮に逃げ込めよ。お前は、いつも通り金木犀寮に帰ってきただけだ」

冷え切った両膝を撫でて、丈太郎は縁石から腰を上げた。無意識にカメラに手を伸ばしそうになったが、昨夜のように智亜の母を挑発してしまう気がしてやめた。「はあい」と素直に返事をして、智亜が後ろをついてくる。

金木犀寮の前で足を止めた智亜の母は、正門に鍵がかかっていることに気づくと施設の玄関に向かって「ちょっとー！」と叫んだ。

「真中《まなか》智亜の母ですけどー！」

すぐさま、中年の女性職員が一人出てきた。重たい足取りが、この人を放置しておくと厄介なことになると溜め息をついているようだった。

智亜の母が門扉《もんぴ》を挟んで寮の職員と話し出す――いや、正確には彼女が食ってかかり、職員が宥《なだ》めるように両手をあわあわさせていた。

「だからっ、うちの子が誘拐されたのになんでそんな危機感がないんですかって言ってるんです！」

まだ誘拐って騒いでるのか、この人。肩を竦めた丈太郎の横で、智亜が大きく息を吸った。

「お母さん」

よく通る声だった。決して大声ではなかったけれど、穏やかな平日の朝を迎えた住宅街に平手打ちをするような強い声だった。

びくりと肩を震わせた智亜の母は、すぐさまこちらを指さして「ああっ！」と叫んだ。

「誘拐犯！」

「いや、私、誘拐なんてされてないから」

母親の口を塞《ふさ》ぐように、智亜はそう続けた。

「この人、誘拐犯です！　警察呼んで！」

先ほどまで言い争っていたはずの職員の肩を智亜の母は摑む。目を白黒させながら、中年の女性職員は丈太郎に「どうも」と一礼した。

「あのう……この方はときどき寮の撮影をお願いしているカメラマンさんでして……」

職員が遠慮がちに丈太郎を手で指し示す。丈太郎も短い会釈《えしゃく》を返した。

丈太郎は本当に金木犀寮のクリスマス会や餅つき大会といった年中行事の撮影に入っている。智亜と一緒にいるときに職質《しょくしつ》してきた警察への方便《ほうべん》だったのだが、智亜を金木犀寮に送り届けているうちに職員と顔見知りになり、本当に仕事を依頼されるようになった。ただの餅つきや流し素麺《そうめん》の写真が妙に臨場感たっぷりだと職員や子供達から意外と好評だ。

「そうだよ、このおじさんはカメラマンで、いつも」

「あんたは黙ってなさい」

母親にそう言い捨てられても、智亜は黙らなかった。彼女が息を吸う音が丈太郎の頬を叩いた。

「いつもっ、お世話になってる人だよ！　お母さんが来なかった体育祭も写真撮りに来てくれたし、お母さんがドタキャンした文化祭で私が記録係になったらカメラの使い方教えてくれたし、最近は受験生だから遊んでないで勉強しろってうるさいよ！」

丈太郎を指さして、智亜は一言一言噛み締めるように喉を張った。「え、最後のだけちょっと違わない？」と喉まで出かかったのに、ピンと反《そ》り返った智亜の人差し指に弾き飛ばされる。

「あと、おじさんは私が相手でもちゃんと謝るよ。悪いと思ったら子供にもちゃんと頭下げてごめんなさいするよ。お母さんみたいにヘラヘラ言い訳したり、『ママだって大変なのに』って逆ギレしたりしないよ！」

「待て待て、ちょっと落ち着け――」

丈太郎の手を「おじさんは黙ってて！」とはたき落とし、智亜はすぐさま母親に向き直った。自分を産んだ母親を睨みつけて、歩道のアスファルトを思いきり踵《かかと》で踏み締めた。

「私は、お母さんとは一緒に暮らしたくない！」

丈太郎の隣にピタリと並んでいたのに、一歩前に出て、自分の母親と対峙《たいじ》する。

「いや、正確には、アイツと一緒が絶対嫌。お母さんがアイツと付き合ってる限り、私は絶対、ぜっっったい、お母さんのところに帰らないからね！　あんなロリコンセクハラ野郎、絶対に嫌だ！」

言い放った智亜の両手がどれほど強く握り込まれているか、この子の母親は理解しているだろうか。ちゃんと見ているだろうか。

丈太郎の視線の先で、智亜の母は呆然と娘のことを見下ろしていた。やっと智亜の言葉が届いたのか、その意味を理解したのか、彼女の目がすーっと見開かれる。

ごめんね、お母さん、全然気づいてなかったよ――そう言ってくれたらよかったのに、振り上げられた右手に、丈太郎は声もなく嘆《なげ》いてしまった。

きっと、智亜よりずっとずっと、丈太郎の方が彼女の母親に期待してしまっていたのだ。なんでだよ、と吐き捨てそうになった。

「わがまま言うなっ！」

智亜の腕を引いて、二人の間に割って入った。振り下ろされた同い年の母親の腕は、片手であっさり受け止められてしまった。

「あんた、いい加減にしろ！」

怒鳴りつけても相手は怯《ひる》まなかった。智亜そっくりの目でこちらを睨みつけ、彼女は左手で丈太郎の頬を叩いた。冷たい朝の空気に皮膚がヒリリと痛んだが、初対面の冴恵のフルスイングビンタの方がよほどえげつなかった。

「人様《ひとさま》の家庭事情に口出しするもんじゃねえとはつくづく思うが、これだけは言わせろ。子供に親のメンタルケアをさせるな。自分の都合のいいときだけ勝手に〈いい母親〉をやろうとするな。相手をさせられる子供がどんだけしんどいか、いい年した大人なら少しは考えろ！」

「うるさい！　ロリコンはあんたでしょ！」

「あんたの娘をそんな目で見たこと一度もないし今後もないわい！」

それになあっ、と吐き捨てながら、カメラバッグからタブレットを引っ張り出す。

智亜そっくりの彼女の眼前に、その画面を突きつけてやった。

「あんたの彼氏、本当にロリコンセクハラ野郎だからな」

渋谷ヒカリテラスのカフェで撮った、智亜の膝を撫で回す新井の写真を――自分がこれまで撮った写真の中で、恐らく最低最悪の一枚を、彼女の母親に見せつけた。

「……は？」

丈太郎を殴るか引っ掻こうと伸ばされていた左手が、虚空《こくう》で止まる。

「俺だって実の親に見せたくねえよこんな写真。あんたが娘の言葉をちゃんと信じてくれたら、見せずに済んだんだよ」

握り締めていた右手を解放してやると、彼女はタブレットを引っ摑んだ。目玉がこぼれ落ちんばかりに、実の娘と交際相手の写真を凝視《ぎょうし》する。

「はあっ？　何これ」

乱れたお団子頭から、髪が一房《ひとふさ》落ちる。肩を震わせ、彼女は写真と智亜の顔を何度も見た。

これでもなお智亜を責めるなら――自分の娘が自分の彼氏に色目を使ったなんて言い出したら、女性だろうとなんだろうと殴ると決めていた。こちらはすでに暴力沙汰《ざた》で仕事を干されたことのある身だ。二度目なんてちっとも怖くない。

そういうつもりで今朝、智亜を連れてかつて自分の家だった場所を出た。

「嫌だったよ」

母親を睨みつけたまま、智亜がゆっくり口を開いた。酷《ひど》く冷静な口調だったのに、続いて飛び出した「嫌に決まってるじゃん」という声は掠《かす》れて震えていた。

「すごく嫌だった。アイツ、大っ嫌い。お母さんが付き合ってるのはお母さんの勝手だけど、私は絶対に、そんなお母さんと一緒には暮らさないから！　それなら一人の方がずっとマシ！　卒業式も入学式も、体育祭も文化祭も、誕生日もクリスマスもお正月も、これから起こる人生の大事なイベント全部、お母さんなんかいなくていいっ」

鼻の頭を真っ赤にしながら言い切った智亜は、一度だけ洟《はな》を啜《すす》った。湿ったその音に、智亜の母が一度だけ静かに瞬《まばた》きをした。

「――あ」

智亜がそう小さく声を上げたと思ったら、ふっと彼女の体から力が抜けたのがわかった。自分を置いて家を出ていった母親に、たった今「いなくていい」と言い放った母親に、かすかに笑みを浮かべてみせる。

「あと、別に、一人じゃないし」

丈太郎に視線をやって、門扉の向こうでおろおろする職員を見つめて、「じゃないし！」と繰り返す。いつも通り彼女の髪を飾るピンク色のエクステが、朝日を受けてスキップでもするように白く光った。

「娘を連れて帰ったところで、あんたは幸せにならないからな」

気がついたらそんなことを口走っていた。

「再婚後の新しい幸せを思い描いたのか、あの新井って男にしつこく三人で暮らそうって提案されたのか知らないけど、それだけは絶対にない」

智亜の母は再びタブレットに視線をやった。何度も見たはずの写真に頬を引き攣《つ》らせ、丈太郎を見上げる。

「親をやるのは大変だろうし、誰でも上手くできるわけじゃないだろうけど、ならせめて、自分のせいで子供を不幸にしたり困らせたり恥ずかしい思いをさせないように頑張ろうぜ、お互いに」

あと、こいつは絶対にあんたを愛してないよ。写真に写る新井を指さして告げると、智亜の母は「うるさい！」とタブレットを丈太郎の胸に押しつけた。

「うるさい！　うるさい、うるさい！」

丈太郎から距離を取ったと思ったら、スマホを引っ張り出してどこかに電話をかける。金切り声に顔を顰《しか》めながら、丈太郎はそんな彼女をただ眺めていた。

でも、何度コールしても相手は出ない。彼女のスマホから響くコール音が、金木犀寮の正門に虚《むな》しく漂うだけだ。

だいぶたってから、智亜の母は「なんで」と小さく呟いた。

＊

「本当にぼったくり居酒屋の経営者だったのか……」

新宿駅東口から徒歩三分。歌舞伎町が道路を挟んで目と鼻の先に迫る雑居ビルを見上げ、大和エイジは呟いた。

午前七時を回り、新宿の街はすっかり活気づいている。だが、居酒屋ばかりがテナントとして入ったビルは静まりかえっていた。

「あのビル、ぼったくり居酒屋ばかり入居してる〈ぼったくりビル〉って有名みたいよ。SNSで注意喚起《かんき》までされてるもの」

ビルとビルの隙間からその〈ぼったくりビル〉を睨みつけたまま、与野丈太郎の元妻・麻倉冴恵はスマホを見せてきた。目の前にあるビルが「絶対に入っちゃダメ！」という見出しで紹介されていた。

「で、智亜ちゃんにセクハラした新井って男はこのビルの五階に入ってる海鮮居酒屋と、歌舞伎町でガールズバーを二軒経営してるオーナーってわけね。どの店も調べれば調べるほどどきな臭いわねえ、叩けばいろいろ埃《ほこり》が出てきそうな男だこと」

早朝五時に起床した麻倉は、「その新井とかいう野郎の正体がわかったよ」と元夫である丈太郎を叩き起こした。新井成也という名前と写真から、彼が経営する複数の飲食店とその経営状況をあっという間に調べ上げた。その過程で彼の趣味がサーフィンであることや、過去に交際相手と金銭トラブルがあったことがオマケのように発覚した。

「怖いのよ、週刊誌って」

こちらの胸の内を読んだかのように、麻倉は切れ長の目でエイジを見据えた。

「ええ、よく知ってます」

「そうよね、東京オリンピックのとき、あなたのこともうちの雑誌は勝手に記事にしたもの」

読んですらいないが、決して愉快な記事ではないだろうと思ったことだけは記憶している。

エイジ自身は誰だか見当もつかないクラスメイトAやスケートボード関係者の証言ばかりが並んでいたと、のちのち人づてに聞いた。

「ていうか、俺が麻倉さんと一緒に来る必要、ありました?」

金木犀寮と新井の経営する店。二手《ふたて》に分かれて行動することを提案したのは麻倉だったが、何故か丈太郎は「うちの奥さんを頼んだ」とエイジを新宿に寄こしたのだ。

この……熊くらいなら一人であっさり倒してしまいそうなオーラを放つ元妻の何をどう俺に頼むというのか。

「そんなの、万が一智亜ちゃんの誘拐犯として捕まることになったときのことを考えて、あなたに側にいてほしくなかったに決まってるじゃない。私にあなたを守らせたいのよ」

「あー、もう、そんなことだろうと思ったっ」

薄暗い路地に座り込み、デッキのテールでコンクリートをコンと鳴らす。あのフィルマー、一体いつまで俺を未成年扱いする気だ。

「しょうがないのよ、ああいう性分《しょうぶん》の人だから。スポーツカメラマンは影だとか黒子だとか格好いいことをよく言うけど、仕事に夢中になると自分の優先順位が低くなりすぎてキモいのよね」

「うわ、めちゃくちゃ共感できてしまった、怖っ」

「自分のカメラのレンズに映るものへの思い入れや執着が強すぎるのよ。カメラマンとしては優秀なんだけどねえ」

常々思っていたことを見事に言葉にされて、薄ら笑いがこぼれてしまう。さすが元奥さんだ、と声に出しそうになった。

「でも、離婚した割に仲いいですよね」

「違う違う、離婚したから仲良くなれたの。離婚前なんて酷いもんよ、口なんて碌《ろく》に利かなかったもの。あの人、仕事人間なくせに意外と優しいから、子育てとか家事もちゃんとやろうとするの。でも、どうしたって仕事が思ったようにできなくてイライラする。私もそう。イライラをぶつける相手がお互いしかいないから、喧嘩《けんか》になる。その険悪さを何年も引き摺《ず》って、ついには離婚よ」

「じゃあ、なんで結婚して子供なんて作ったんですか」

デリケートな質問が口をついて出てしまった。でも、麻倉はこちらを振り返りすらしなかった。一心にビルの出入り口に視線をやったままだ。

「そんなものは結果論でね、結局は、やれると思ってやってみたらダメだった。だから、ダメじゃない形を模索《もさく》することにしたのよ。あの人は〈カメラマン〉〈夫〉〈父親〉の三つの役割のうちの〈夫〉を、私は〈編集者〉〈妻〉〈母親〉のうちの〈妻〉を下ろしたら意外となんとかなった、ってところね」

何一つ共感できず、聞きながら首を傾げてしまった。仕事と、夫婦であることと、親であることのうち、夫婦であることの優先順位が一番低かった。言いたいことはわかるのに、納得より先に「結局なんで結婚したんだよ」が先に来てしまう。

こちらが理解することなどまるで期待していない顔で、麻倉は「今の一連の話、丈太郎君には内緒ね」と笑った。

そのときだった。通りの向こうからこちらにやって来る新井を見つけた。すれ違う人を押しのけるような横暴な歩き方だった。趣味の悪いシルバーのアクセサリーが、冬の朝のシンと重たい日差しを受けて下品な光り方をしていた。

「来た」

短く言って、麻倉はエイジにスマホを投げて寄こした。両手で受け取ったスマホの裏面には「社用」とラベルが貼ってある。

「少し距離を取って、動画を撮っておいてちょうだい。何かあったらご自慢のスケートボードで逃げて。あなたに怪我《けが》でもされたら私が旦那に殺されるわ」

元旦那じゃないのかよ。呟きかけたエイジを置いて、麻倉は颯爽《さっそう》とぼったくりビルに向かっていった。

「悪いわね。記録係として篠田《しのだ》君っていう若いカメラマンに来てもらおうと思ったんだけど、別件で忙しいらしくて捕まらなかったの」

ジャケットのポケットからＩＣレコーダーを取り出した麻倉の横で、エイジはスマホのカメラを起動した。深夜とはいえ新井に顔を見られているから、キャップを目深《まぶか》に被り直す。

新井がビルのエントランスに足を踏み入れようとしたその瞬間、麻倉は足早に彼に近寄った。凛とした足音に、新井が驚いて立ち止まる。

「週刊現実です」

ナイフで切り込むかのように名乗って、「新井成也さんですね」「いつもこの時間にお店に顔を出されるそうで」「伺《うかが》いたいことがあってお待ちしてました」と矢継ぎ早に告げる。

言われた通り、カメラを回した。

「お前、なに撮ってる！」

新井がスマホをはたき落とそうと手を伸ばしたが、すぐさま麻倉が回り込んで「お伺いしたいことがあります」と繰り返す。愛想笑いもなければ、この手の記者の常套《じょうとう》手段である変に馴れ馴れしい雰囲気も出さない。無表情のまま、鋭い視線を新井に突きつける。

「こちらのお写真に写っているの、新井さんご本人ですよね」

麻倉が鞄《かばん》から取り出したのは、丈太郎がヒカリテラスのカフェで撮った新井の写真だ。ご丁寧にプリントアウトされた複数枚の写真を確認した新井は、数秒後にはギョッと目を瞠《みは》った。

「おいっ、なんだこれ！」

写真を奪おうとした新井をさらりと躱《かわ》して、麻倉は機械的に「新井さんご本人ですよね？」と首を傾げた。

「パパ活には見えませんが、児童買春ですか？」

「違う、俺の子だ」

「新井さん、独身ですよね？　七年前に交際相手と金銭トラブルがあったようですが、ご結婚はしていないはずです」

「もうすぐ俺の子になるって意味だ」

「自分の娘だとしても大問題ですが、赤の他人の女子中学生の体を撫で繰り回していたということですね。歌舞伎町のガールズバーでも同じことを？」

「うちの店は十八歳以上しか働いてない」

「そうなんですか。従業員や常連客のSNSを確認したところ、十八歳未満の女性による飲酒を伴う接待が見受けられたのですが、私の気のせいですかね」

ただ事ではない問答をする麻倉と新井に、道行く人が何事かと足を止め始める。写真を鞄にしまった麻倉は、初めて微笑んだ。唇の端をほんのちょっと吊り上げるだけの、あまりに質素で冷徹な笑い方だった。

「新井さん、来月に四店目をオープンされるそうですね。ご結婚に加えて中学生の娘さんができるなんて、随分お忙しいようで」

苦々しげに舌打ちをした新井がエイジを見た。昨夜会っていると気づかれたかと思ったが、彼はすぐさまカメラから顔を背け、「取材は会社を通せ、常識だろ」と吐き捨てた。

「では、後ほど取材依頼させていただきます。よろしければ週刊現実の見本をどうぞ。最新のものが手元になくて、少し古い号で恐縮なのですが」

麻倉が鞄から出したのは何年も前の週刊現実だった。表紙に大きく書かれた特集名は「止まらないコロナ助成金不正受給！　逮捕者続々！」だった。

新井の目が、その見出しに吸い寄せられたまま離れない。頬を引き攣《つ》らせ、唇の端を痙攣《けいれん》させる。

「いらんっ、帰れ」

麻倉の手から週刊現実をはたき落とし、そのまま〈ぼったくりビル〉とやらに小走りで駆け込んでいく。

歩道に落ちた週刊現実を拾い上げた麻倉は、仕事は終わりだとばかりに「行きましょうか」と踵を返した。

動画をしっかり保存し、エイジは麻倉の細い背中に声をかけた。

「これでなんとかなると思いますか」

「児童買春って脅《おど》したし、あの様子だと経営の方でもきな臭いことをやってるでしょう。もしかしてと思って一発かましてみたけど、アレはコロナ禍の助成金不正受給もやってるわね。強気に出てるけど、今、かなりビクビクしてるはずよ」

「記事にするんですか、週刊現実で」

「何言ってるの」

カツンとパンプスのヒールを鳴らした麻倉は、愚問ね、という顔でエイジを振り返った。

「あんな小物、うちの雑誌が記事にするわけがないでしょう。うちが記事にしなくてもあいつは尻尾《しっぽ》を巻いて逃げるわよ。いきった格好してるけど、小物臭がすごいわ。あんなのでも子供は振り回されなきゃいけないんだから、やるせないったらない」

そういえば、ヤクザ顔負けの政治家に突撃したり、編集部を襲撃した人間に回し蹴りをしたり、ついでに丈太郎にビンタをしたりする人だった。麻倉の手にかかれば、新井は本当に取るに足らない小物なのだろう。

「私達の仕事ってハイエナみたいなものだけど、ハイエナだって食べるものは選ぶでしょう？」

ああ、なるほど。無言で生唾を飲み込んだエイジに、麻倉は「さて、渋谷の金木犀寮とやらに助っ人に行きましょうか」と再び駅に向かって歩き出した。

「着く頃にはなんだかんだで片をつけてるといいんだけど。うちの旦那のことだし、どうせ金《きん》八《ぱち》先生みたいな熱いこと言って騒いでるでしょう」

「金八先生って誰ですか？」

エイジの問いに、麻倉が足を止める。さっきまでの冷徹な表情はどこへやら、振り返った彼女は「おのれZ世代……！」と頬をぷるぷる震わせた。

＊

「別れちゃったっていうか、捨てられちゃったみたいだよ」

サルビアタワーのエントランス前のベンチに腰掛け、智亜はスマホを弄《いじ》りながら明日の天気の話でもするように言った。

彼女の隣でカメラのレンズを確認しながら、丈太郎は「おう」と相槌《あいづち》を打った。側の植え込みに設置されたオレンジ色の照明が、智亜の顔を正面から照らしていた。

「あの日さ、金木犀寮の前でアイツに電話したのに繋がらなかったじゃん？　そのまま連絡つかなくなっちゃったんだって」

ということは、冴恵の……というか、週刊現実の突撃が効いたということか。ぼったくり居酒屋の経営者が女子中学生にセクハラをしているのが記事になると本当に思ったのか、今回の突撃をきっかけに別の何かが明るみに出ることを恐れたのか。

とにもかくにも、新井は智亜の母から離れていったらしい。

「大丈夫なのか、お母さんは」

「何日かメンタルやられてたみたいだけど、昨日あたりから『ママには智亜しかいないよ〜』ってしおらしく面会したいって言うようになった。どうせまた新しい彼氏ができたら、面会なんて来なくなるだろうけど」

あ、でもね。ベンチから身を乗り出し、丈太郎の顔を覗き込んでくる。

「お母さんね、アイツには怒ってた。あのロリコン野郎って。まあ……私のこと捨てやがって！　って怒ってるのがメインだろうけどね」

大きく伸びをして真っ白な息を夜空に向かって吐き出し、「ダメだったかぁ〜」と智亜は笑う。

「お母さんも男運ないよね。そのくせ依存体質なんだから、可哀想だよ」

それでも、この子は自分の母親を「可哀想」と言う。咄嗟に否定してしまいそうになって、慌てて飲み込んだ。そこに踏み入るのは、出過ぎている。

「確かに可哀想かもしれないが、俺はトモがトー横キッズにならなくてよかったと心底思ってるよ」

「お母さん、一生あんな感じかもしれないけどね。高校卒業したらどうしよっかな〜、さすがに大人になってからも振り回されるのは勘弁かも。今は楽しかった思い出の方がたくさんあるからいいけど、そのうち割合が変わっちゃうだろうし」

スニーカーを履いた爪先をじーっと見つめながら、やっぱり智亜はどこか投げやりだった。

「許せないなって気持ちもあるし、でも可哀想だなと思うし、一緒にいたくないって思うし、でも幸せになってほしいとも思うんだよね。矛盾《むじゅん》ばっかしてて変なの」

「そんなもんだろ、相手は親だ。一筋縄《ひとすじなわ》じゃいかないさ」

広場に鋭い滑走音が響く。丈太郎はカメラを覗き込んだ。レンズの中で、照明に照らされた金髪が炎が爆《は》ぜるみたいに激しく煌《きら》めいた。

「親なんていなくても、楽しく生きてる見本が側にいるだろ」

シャッターを切る。智亜が「あははっ、確かに」と笑うのがシャッター音に重なった。

「まあ、なんとかなるよね。親があんな感じでもさ」

そう言い放つ智亜の表情は、寂しいほどに清々《すがすが》しかった。家族の話題が出るたびに「親がいないからよくわかんないんだけどさ」と言うエイジとはまた違った諦め方を、十五歳の女の子がした瞬間だった。

智亜の頭に無意識に右手を伸ばしていた。彼女のピンク色のエクステに丈太郎の掌が黒い影を作って、咄嗟に「どわあああっ！」と悲鳴を上げて隣のベンチに飛び退《の》いた。

「危なっ！　今、普通にトモの頭撫でようとしてた」

結衣を褒めるくらいの軽い感覚で手を伸ばしていた気がする。まずい、これはまずい。本当にまずい。

「おい、トモ、わかっただろ！　これが警戒の重要性だ！」

ツバを飛ばして慌てふためく丈太郎に目を瞠り、智亜はベンチの上で後退《あとずさ》った。自分のつむじに手をやり、これでいいのかという顔で丈太郎を見上げる。

「ほ、本当にやったら、通報するからね。結衣ちゃんとも冴恵さんとも連絡先交換したから、すぐに言いつけてやる」

「おう、その調子だ」

サムズアップした丈太郎の顔がそんなに面白かったのか、こちらの目を数秒間じっと見つめたと思ったら、智亜は腹を抱えて笑い出した。肩を揺らして、目尻にうっすら涙まで浮かべて、思い切り笑った。

「よーし、そろそろスポッターの出番かな」

立ち上がった智亜が、目の前の階段を下っていく。歩道を見回し、「セキュリティなし！通行人もなし！」と両腕で大きな丸を作った。

「大丈夫だとよ」

ボードを手に歩み寄った丈太郎を一瞥《いちべつ》したエイジは、明かりの灯《とも》ったフロアがちらほらとあるサルビアタワーを見上げた。

「警備員が飛んできそうな予感がするし、一発で決めて逃げようか」

デッキに右足をのせ、地面をプッシュしようとしたエイジの横顔を見ていたら、さっきの智亜の「ダメだったかぁ〜」という苦笑いが何故か蘇《よみがえ》ってしまった。

「親なんて、本当、いろいろだよな」

スタートを切ろうとしたエイジが、「は？」とこちらを振り返る。眉間にうっすら皺を寄せ、丈太郎を見つめた。

「お前が、また親とか家族ってものに幻滅したんじゃないかと思って」

「いや、端《はな》からなんの夢も見てないから」

――でも、おじさんを見てると。

言いかけて、エイジの喉元で言葉が消えるのがわかった。

「なんだよ」

我慢できずに問いかけると、奥歯にものでも挟《はさ》まったような顔で目を逸《そ》らされた。うんざりとした溜め息までつかれた。

「今回の一件で、おじさんがなんで離婚されたのか、よーくわかった」

ふふっと鼻で笑って、力強く石畳をプッシュする。「おい、どういうことだ！」と投げかけながら、丈太郎も慌てて彼を追った。

石畳をカタカタと鳴らしながら、エイジは石造りのベンチに正面からエントリーする。ベンチの縁にノーズとウィールを当て、鋭く滑り抜ける。スピードも軽やかさも申し分ないバックサイドノーズブラントスライド。

完璧なバランスで着地し、ノーズを蹴り上げて跳ぶ。デッキを裏表回転させ、体を百八十度翻す。オレンジ色に照らされた広場に、ノーリーフロントサイド１８０ヒールフリップが巨大な影を作った。

「新技を編み出すのに焦るのもわかるけど、ほどほどに楽しめよ」

地面を蹴って加速したエイジに、丈太郎は投げかけた。「はあ？」と振り返った彼は、カメラではなく丈太郎の顔を見つめた。

「この前は随分頭使って滑ってたからだよ。やたらノーリーにこだわってたあたり、点数が伸びるトリックの組み合わせでも考えてたんだろ」

「もう、うるさいなあ！」

親を鬱陶《うっとう》しがる子供みたいな顔で、エイジはさらにスピードを上げた。我慢できず噴き出した丈太郎を振り払うように、階段横のハバレッジに挑む。

「エイジくーん！　ヤバい、警備員出てきた！」

階段の下で智亜が叫ぶ。背後を確認すると、ビルのエントランスから警備員が駆け出してくるのが見えた。

「おい、一発で決めろ！」

叫んだら、何故か喉が震えて笑ってしまった。肩甲骨のあたりにビリッと予感が走った。必ず撮れ、逃すな。スポーツカメラマンの勘が叫んでいる。

「言われなくても決めるに決まってんだろ！」

叫び返したエイジが跳ぶ。あまりの高さに丈太郎は息を呑んだ。そのせいで自分が跳ぶのが一拍遅れた。

それでも丈太郎のカメラはエイジを逃さなかった。

真っ赤なスニーカーの爪先に蹴られたデッキが回る。エイジの体が宙を舞う。

九十度、百八十度……二百七十度、旋回する。空を滑空するような鮮やかな回転が重力を断ち切った。

軽やかにハバレッジに着地したエイジは、デッキのテール部分を縁石に引っかけ、滑り降りる。二月の冷たい空気を、石とデッキが擦れる滑走音が切り裂いていく。

バックサイド270キックフリップからの、テールスライド。あまりに鮮やかなトリックの連鎖に目眩《めまい》を覚えた。

デッキを両足で捉え、エイジは完璧な着地を見せた。右手でガッツポーズを作り、「来た！」と声を上げる。

その姿をカメラで間違いなく記録したことを確認し、丈太郎は歩道の植え込みに突っ込んだ。悲鳴を上げる暇すらなかった。

カメラだけは傷つけないよう、寒空に天高く掲げたまま。

「おじさん、さっさと逃げるよぉ！」

智亜が叫んで、歩道に転がった丈太郎のスケートボードを拾い上げる。エイジが丈太郎の上着を摑んで植え込みから引っ張り出した。

「カメラ、生きてる？」

半笑いで聞いてきたエイジに「舐めんな！」と笑い返した。

サルビアタワーから飛び出してきた警備員に心の中で謝りながら、夜の玉川通りを渋谷駅へ向かって走った。夜の渋谷はまだまだ活気があって、道行く人々は丈太郎達に一瞬だけ視線をやって、すぐに興味をなくしてしまう。

酷く冷たい風が前方から吹きつけてきたが、エイジか智亜か、はたまた丈太郎自身が吐き出した白い息は、掻き消されることなく空に昇った。

第三話

リバーサイド渋谷30

絶好のロケーションだった。

薄紫色に染まる空と、象牙《ぞうげ》色の古代コンクリートで造られたコロッセオ、公園の木々の隙間から差し込む夕日。神聖な空気と軽快な音楽がぶつかり合い、その中をスケーターが颯爽《さっそう》と駆け抜けていく。

集まった観客の声や拍手が夜を押しのけているのか、午後七時を回っても空は明るいままだ。ロサンゼルスオリンピックの予選シーズン第一戦は、イタリア・ローマ市中心部、世界遺産にもなっているコロッセオを眼前に望むコッレ・オッピオ公園内のスケートパークで開催された。六月の終わりの一週間、男女それぞれの予選と決勝が行われるのだ。

「まさか、与野《よの》さんがこの時期にヨーロッパにいてくださるなんて思いませんでした」

あざます、あざます、と丈太郎を拝《おが》むのは、スポーツ雑誌「ゴールドスピリット」の若手女性編集者・伊藤《いとう》だ。入社二年目なだけあって、まだまだ大学生の雰囲気が抜けきっていない。

「スポーツ撮ってくださるカメラマン、今はみーんなアメリカかカナダかメキシコに行ってるんですもん」

二〇二六年六月から七月にかけて、カナダ、メキシコ、アメリカの三カ国合同でサッカーのワールドカップが開催中だった。スポーツカメラマンの多くは地球の反対側でサッカーを追いかけている。

「ワールドカップは撮影の制約が厳しくて、フリーだとなかなか思ったように撮れなくて苦労するのよ。だから今回はいいかなと思って」

「おかげで私は助かりました。私、初めてのヨーロッパ出張なのに、カメラマンなしで取材なんて無理だと思って」

「ごめん、ちょっと黙って」

短く息を吸って、丈太郎はカメラを構えた。メディア用のビブスをつけたカメラマン達が、一斉に同じ行動をする。伊藤が口を手で押さえて「黙りますっ」と一礼した。

階段《ステア》、手すり《ハンドレール》、縁石《カーブ》、坂《バンク》といったセクションが配置されたスケートパークを乾いた風が吹く。イタリアの六月は乾季だ。湿度は低く空気は軽やかで、オリンピック予選の第一戦に相応しい気候だった。

パークのコース上、一段高くなったプラットフォームの上に、スカイブルーのツインテールが現れる。選手名がコールされるより先に、観客席から「マシュー！」と声が飛んだ。

彼目当ての日本人客も多いらしい。ＢＧＭに合わせて体を揺らす派手な髪色のカップル、スケートボードを手に歓声を上げてジャンプするチビッ子とその親、スケボーに興味があるように見えない気弱そうな眼鏡の男性と、客層もバリエーション豊かだ。伊藤までが「きゃあっ」と黄色い声を上げた。

男子ストリートの決勝には、前日までの予選と準決勝を突破した上位八名の選手が出場する。その中にはパリオリンピックの金メダリスト・姫川《ひめかわ》真周《ましゅう》が当然ながらいた。

歓声に片手を上げて応える真周の姿を、丈太郎は無言で写真に収めた。

「マシュー君、この間プラダのファッションショーにも出てたんですよね。生で見るとめちゃくちゃかわいいなあ」

昨年十一月の日本選手権以来、彼の動向は嫌でも目につくようになった。若者向けファッションブランドとコラボはするわ、有名アーティストのMVには出るわ、通信教育のCMに出たと思ったら、バラエティー番組で子供達にスケートボードを教えている。同じオリンピック金メダリストなのに、大和エイジとは対照的なアスリートらしい健全な活躍ぶりだ。

ツインテールを翻《ひるがえ》して、真周はスタートを切った。パリオリンピックの金メダリストの一本目のランに、会場が一瞬だけ息を止める。

プラットフォームから坂《バンク》を下り、最初のセクションであるハンドレールを前に、真周はデッキの先端《ノーズ》で踏み切って跳んだ。背面《はいめん》からレールにエントリーし、デッキを二百七十度回転させてレールに飛び乗り、滑り抜ける。

「うおお、何が起こってるかわかんないけど、すごい」

歓声に身を任せるように伊藤が言う。シャッターを押しながら丈太郎はやっと息を吸った。

「ノーリーバックサイド270ボードスライド」

「トリック名を言われても全然わかんないですよ」

「スケートボードは体操と一緒で、技の組み合わせで高難易度の技を作るんだ。ノーリーはデッキの後ろ側から跳ぶトリック、バックサイドは障害物にエントリーする方向で、正面からならフロントサイド、背面からならバックサイド。270はデッキを二百七十度回転させたって意味で、ボードスライドはご覧の通りデッキでレールを滑走するトリックだ」

猛烈な早口で解説しながら、次のセクションへ向かう真周をカメラで追った。一本目のラン、それも最初のトリックから大技を見せてきた真周に拍手が鳴り止《や》まない。

真周のランは速い。制限時間である四十五秒を目一杯使うため、息つく間もなく次のセクションへ、次のトリックへ移る。

傾斜のないフラットレールで披露《ひろう》したのは、フロントサイドリップスライド。伊藤が「またボードスライドだ！」と絶妙に間違ったことを叫んだ。

「違う、ボードスライドはノーズからレールを跨《また》ぐ。リップスライドはテールから跨ぐ！　リップスライドの方が高さが必要な分、難易度が高い！」

咄嗟《とっさ》に強めに訂正したが、内心で「なんでゴルスピの編集長はこの子をスケボー取材に派遣したんだ」と溜め息をついていた。

真周は難易度の高いトリックを繰り出すだけでなく、加点ポイントも決して逃さない。縁石でスライド系の技を決めたら、着地の際に体を百八十度回転させ、必ず加点を狙いにいく。左足前のレギュラースタンスからグーフィースタンスにスイッチし、同じトリックでも難易度を上げることで高得点を取りにいく。

スカイブルーのツインテールが、回転技にこれまた映《は》える。見ている側が思わず声を上げてしまうのもわかる。

しかも、

「フルメイクだ」

一本目のランを、一つのミスもなく真周はやり切った。ツインテールの艶《あで》やかな青さを見つけるように手で払い、フルメイクを称《たた》える声に応えながら、場内の大型ビジョンに目をやる。

表示された91・52という点数に、当然という顔で一度頷《うなず》くだけだった。

「与野さん、スケートボードもこんなに詳しかったんですね、さすがです。編集長が『与野さんに鍛えてもらえ』と言っていた意味がよくわかりました」

「おう、どうせそんなことだろうと思ってたよ」

カメラを下ろし、丈太郎はパークの端に視線をやった。赤いTシャツを着た大和《やまと》エイジもまた、大型ビジョンに視線をやっていた。

二人の選手のランを挟んで、エイジの名前がコールされる。緊張をしているようにも見えず、無駄に興奮しているようにも見えない。淡々とスタート位置についた彼は、普段通りぬるりとスタートを切った。

最初のハンドレールに背面からエントリーし、デッキの先端を叩くようにして踏み切る。真周と同じノーリーバックサイド270ボードスライド——と見せかけ、デッキの中央ではなく先端《ノーズ》をレールに引っかけて滑り降りるノーリーバックサイド270ノーズスライドだった。

夕刻のローマの空と、コロッセオと、金髪のスケーター。いい画《え》だ。シャッターを切りながらつくづく思う。

でも同時に、エイジと並走していたらどんな画角《がかく》で撮れたか、とも考えてしまう。

「わかりますよ、デッキの真ん中で滑るより、先端で滑る方が面積が狭い分、難易度が高いってことですよね！」

伊藤は相変わらず騒がしいが、飲み込みは早かった。息を止めたまま丈太郎はシャッターを夢中で切った。傾斜《けいしゃ》を利用してお得意のバックサイド180キックフリップを、フラットレールを使ってフロントサイドノーズグラインド、縁石ではヒールフリップしながらのフロントサイドKグラインドを披露する。

これは真周より高得点が出るかもしれない。そう思ったときだった。

階段横のハバレッジでエイジは再びノーリーを繰り出した。デッキが鋭く回転し、エイジの体が舞う。二百七十度——以前サルビアタワーのハバレッジで見せたバックサイド270キックフリップからのテールスライドに挑むつもりだ。

でも、丈太郎がシャッターボタンに触れた瞬間、レンズの中のエイジの表情が崩れた。それはもう見事に「げえっ」という顔に。

デッキの後端《テール》はハバレッジに上手いこと引っかかったが、滑走の間にバランスが崩れた。平らなコンクリートで受け身を取ったエイジに、客席から悲鳴が飛ぶ。

顰《しか》めっ面《つら》で立ち上がったエイジは、そのままランを終えた。残り十五秒。大技を失敗して点数も見込めないから、二本目に賭ける判断をしたらしい。

しかし、エイジは二本目でバックサイド270キックフリップからのテールスライドに挑まなかった。彼らしい軽やかなノーリーからのバックサイドテールスライドでランをまとめた。

得点は88・66だった。決して悪い点数ではない。悪い点数ではないのだが、姫川真周とはおよそ3点の差ができてしまった。

日が落ちて空が徐々に薄紫から濃紺に色を変え始める中、エイジは眉間《みけん》にうっすらと皺《しわ》を寄せて自分のポイントを睨《にら》みつけていた。

ストリート種目はラン二本、ベストトリック五本のうち、高得点だったラン一本、ベストトリック二本の計三本の得点を競う。

それはつまり、ランの得点が低かったら後半戦が圧倒的に不利になるということだ。


「怪我《けが》なんてしてないよ」

丈太郎の問いかけよりカルボナーラパスタが大事だとばかりに、エイジの視線は手元の皿に集中していた。卵黄と豚肉の塩漬け、ペコリーノチーズで作られたシンプルなカルボナーラをフォークに巻きつけ、ソースが垂れないようにササッと口に運ぶ。

「え、ランの一本目で俺が怪我でもしたと思った？」

「二本目でバックサイド２７０キックフリップをやらなかったからだ」

丈太郎も自分のパスタを口に運んだが、奇妙なほどしょっぱかった。羊のチーズとコショウで作るこれまたシンプルな料理のはずが、異常なほど塩気がある。丈太郎は先ほどから水ばかり飲んでいた。

六月のローマの夜は意外と冷えた。道に面した屋外席を選んでしまったせいで、余計に夜風が身に染みる。風上に視線をやれば、決戦を終えたばかりのコッレ・オッピオ公園と、ライトアップされたコロッセオが見える。

「二本のランのうちの一本は絶対に採用されるんだから、一本目が失敗したら、二本目は多少点数が下がっても安パイを取りに行った方がいいだろ」

「普通に考えたらそうなるな」

二本とも大技に失敗して低い点になっては元も子もない。ならば確実に点が取れるようにトリックの難易度を下げる。その上でベストトリックで逆転を狙う。確かに理にかなっている。

「でも結局、優勝は姫川真周で、お前は四位だった」

ランを終えてベストトリックに入ったところで、エイジは八人中五位だった。一位はもちろん真周で、そのまま五本のトリックを競い合う後半戦に入った。

エイジはベストトリックでもバックサイド270キックフリップからのテールスライドには挑まなかった。一本目と二本目は転倒して0点。三本目、四本目、五本目と順当に高難易度のトリックを決めたが、ランの得点が伸びなかったのもあって、ぎりぎりで表彰台に上がれないという終わり方をした。

「四位でもオリンピック出場に必要なランキングポイントは手に入っただろ」

不満そうにパスタを咀嚼《そしゃく》するエイジに、丈太郎は「お前なあ」と唸《うな》ってしまう。

オリンピック予選は二年かけて八大会開催され、それぞれの大会の順位に応じてランキングポイントが手に入る。予選シーズン終了後、日本人選手のうちランキングポイント上位の三人がオリンピック日本代表に内定するという仕組みだ。

「よかったのか、姫川真周に負けたままで」

姫川真周もベストトリックの五本中二本はミスをしたが、残りの三本は高難易度のトリックを揃えてきた。オーリーより点数が伸びるノーリー、フロントサイドより点数が伸びるバックサイドをメインに、ワンパターンでない多彩な技構成を観客と出場者に見せつけた。

「予選で勝った負けたもないでしょ。勝負がつくのはどうせオリンピック本番なんだから」

おう、なんだかんだ強気じゃねえか。ふっと笑いそうになったとき、エイジの背後で鮮やかなスカイブルーの髪が揺らめいた。

「何がオリンピック本番だ」

エイジの金髪を見下ろして仁王立《におうだ》ちした姫川真周は、ついさっき笑顔で優勝者インタビューを受けていたとは思えない仏頂面《ぶっちょうづら》をしていた。

「え、またあんた？」

フォークを咥《くわ》えたまま真周を振り返ったエイジに、「おい、行儀悪いぞ」と言ってしまう。

それが敗戦後も余裕綽々《しゃくしゃく》でのほほんとしているように見えたのか、真周の瞳はさらに険《けわ》しくなった。

「大和エイジ、あんたは東京オリンピックの前と後でスケートボード競技が全然別物になってることに気づいてない」

ずんとエイジを指さし、「ていうかっ」と真周は続ける。

「あんたが金メダルを獲《と》ったから、ルールが改正されたようなもんなんだよ」

ラン二本のうちの高得点一本、ベストトリック五本のうちの高得点二本で点数を競い合う今のルールは、確かに東京オリンピック後に改正されたものだ。

エイジが金メダルを獲った東京オリンピック当時、採点方法はもっとシンプルだった。ラン二本、ベストトリック五本のうち、高得点のものから三本を採用するという形だったから。

「ベストトリックの三本目までメダル圏外《けんがい》だったあんたが、四本目と五本目で大技を決めて逆転優勝したから、ルールが改正されたんだ。採点もトリックのバリエーションの豊富さを見るようになった。同じ系統のトリックばかりやってても点数が伸びないようになって、オールラウンダーで総合力のあるスケーターが勝つ時代になった。最後の最後に針の穴を通すみたいな大技で一発逆転を狙うだけの戦い方は、もう今のスケートボードじゃない」

勝ち誇ったように鼻を鳴らし、真周はエイジを見下ろす。通りを吹き抜けた風に、スカイブルーのツインテールが優雅に揺れる。

「あんな『ベストトリックで取り返せばいい』って言いたげな腑抜《ふぬ》けたランで、ボクに勝てると思ったか」

「……ああ、そうか、そういうことか」

すっかり冷めてしまったパスタの皿にフォークを置き、丈太郎はまじまじとエイジの顔を見た。椅子に腰掛けたまま、エイジは「え、何？」と丈太郎から距離を取った。

「お前、渋谷じゃ碌《ろく》にランできないもんな。すぐに警察やら警備員やらが来るから、狙ったスポットで大技を決めてさっさと逃げる。それがお前だ」

決してランが苦手なわけではないが、圧倒的に経験値があるのも得意なのもベストトリックで、東京オリンピックもそれで勝った。ルール改正によってランの重要度が増したことで、エイジの強みに影が差した。

「何を今更」

エイジは冷静だった。フォークの先ですっと丈太郎を指し、左眉をピンと撥《は》ね上げる。

「そんなの、ずっと前からわかってた。東京オリンピックは、俺のスタイルが上手いこと嵌《は》まったから金メダルが獲れたんだって」

「大和エイジ」

真周がテーブルにどんと手をつく。グラスに入った水がうねって揺れた。決して大声ではないのに熱っぽい芯が通っていて、側《そば》のテーブルで食事していたカップルがこちらを振り返った。

「オリンピックを目指すなら、ちゃんとスポーツとしてのスケートボードをしろ。あんたの考え方は前時代的なんだよ。ストリートなんて、今じゃスケーターを縛りつける檻《おり》みたいなもんだって、あんたも気づいてるだろ？　アスリートはみんな、四年に一度のオリンピックのために血眼《ちまなこ》になってトレーニングしてる。ストリートでそれができると本気で思ってるの？」

エイジが答えるより先に、「はあ～」と能天気な溜め息をついてしまった。エイジと真周が一斉に丈太郎を見る。とびきり胡散臭《うさんくさ》そうな目で。

「ごめん、感心してた」

「そんなことだろうなと思ったよ」

真周を一瞥《いちべつ》したエイジが、半笑いで肩を竦《すく》める。真周だけが面白くなさそうに唇を尖《とが》らせていた。

「スポーツ馬鹿のおじさんには、このパリの金メダリスト様の言うことの方が響くだろうね」

パリの金メダリスト様という言い方が気に入らなかったのか、真周が「おい、人の話を」とエイジの顔を覗き込む。

「なんだパリ金」

「バイ菌みたいな略し方するな！」

「いいじゃん、ヒカキンみたいで」

「よくない、全然よくない！」

金髪と、スカイブルーのツインテール。色鮮やかな二人が言い合うさまを眺めながら、ハッと気づいてカメラを摑んだ。

嚙みつく真周と軽くあしらうエイジ。若干《じゃっかん》温度差はあるが、睨み合う二人を写真に収めた。

「……え、なに、いきなり」

飼い犬が粗相《そそう》をしたかのような顔でこちらを見るエイジに、丈太郎は自分が撮った写真を確認した。

「よくよく考えたら貴重なツーショットだから、とりあえず撮っておいた」

「撮るならもっとかわいく撮ってよ」

途端に営業用のキメ顔を披露する真周を一枚撮った。フランクに撮ったにしては予想以上の出来映《できば》えに、さすがはパリの金メダリスト様だ、と笑ってしまった。親が「世界で一番かわいい」というだけある。あとで真周の両親経由で送ってやろう。

「答えたくないなら答えなくていいんだけど、どうしてそんな格好をしてるんだ」

真周に写真を見せてやりながら問いかける。自分の顔に満足したらしい真周は、ただ一言

「ボクが世界一かわいいから」と答えた。

「なるほど、至極《しごく》真っ当な理由だな」

「へえ、フィルマーさんはものわかりがいいね。パリで金メダルを獲ったのに、未《いま》だにボクのことを色物アスリートとして見る人も多いのに」

「まあ、そう見ちゃう大人の気持ちも同時にわかるんだけどな」

「別にいいよ」

ツインテールの毛先をくるんと摘《つま》み、真周は一瞬だけ……本当に一瞬だけ、目を伏せた。ここではない別の場所に思いを馳《は》せる目をした。

その真周の目が、再びエイジを見据える。ピンク色のリップが塗られた唇が真一文字に引き結ばれた。

「ボクはロスでも全力で金メダルを獲りにいくし、あんたのことを叩き潰すから」

エイジは涼しい顔でメニューのデザートの欄《らん》を見ていた。鬱陶《うっとう》しげに真周を見上げ、吐息をつくように笑う。

「勝手にどうぞ」

「ボクはあんたみたいな奴が嫌いだ」

真周の声のトーンが息を潜《ひそ》めるように低くなる。怒りを胸の奥に押し込めて、それでも抑えきれず滲《にじ》み出てしまうかのような、そんな声だった。

「オリンピックは、碌に練習しないヘラヘラした奴が辿り着ける場所じゃない。スケートボードだけじゃない。どの競技の選手だってそうだ」

「逆に聞くけど、そこまで必死にスケートボードをやって、その先で一体何をしたいわけ？」

「先なんてどうだっていい」

エイジの問いを、愚問だとでも言いたげに真周ははたき落とす。

「好きに生きててもとやかく言われないように、結果を出す。それだけだ」

遠くから「マシュー！」と彼を呼ぶ声が飛んできた。二軒隣のレストランから、見覚えのある夫婦が出てきてこちらに手を振っていた。予選会場でも見かけた真周の両親だ。

「次は東京大会だね、楽しみにしてる」

そのままコスメのＣＭに出られそうなキラキラの笑顔で手を振り、真周は両親のもとに駆けていった。

オリンピック予選シーズン第二戦は、来年二月に東京で開催される。第一戦の勝利宣言と、次戦の宣戦布告をされたというわけか。

本人のことは軽くあしらったくせに、エイジは両親と共に去っていく真周の後ろ姿をぼんやり眺めている。

「聞きたいんだけどよ」

すっかり冷めてチーズが固まってしまったパスタをなんとか口に詰め込みながら、丈太郎は問いかけた。

「お前がランよりベストトリックの方が得意なのはわかる。今日の一本目のランで失敗して、二本目を無難にまとめたのも、戦略として理解できる。でも、ならどうしてベストトリックでもっと難易度の高いトリックに挑まなかった」

丈太郎はしょっちゅう渋谷でエイジのスケートビデオを撮っている。彼が今日披露したトリックよりずっと高難易度の——今日の真周を凌駕《りょうが》するものをメイクできることは、丈太郎の撮ってきたビデオが証明している。

「今日のパリ金のベストトリック、ミスした二本を除くと、確かにどれも高難易度だった。ランのメインだったトリックもそうだ」

カルボナーラの最後の一口をフォークに巻きつけ、エイジは手を止めた。

「同じスケーターだからわかるけど、あいつにとってどのトリックも成功率は五割以下だったはずだ。下手したら、成功率が一割もないのにチャレンジしたのもあったと思う」

それを成功させたから、真周は優勝した。無言で丈太郎を見つめる目が、そう言っている。

「俺も、東京オリンピックの頃はそうだった。成功率一割どころか、一パーセントだってメイクしにいってた。勝つためにその一パーセントに賭けた」

「それが、今日はできなかったと？」

丈太郎の問いに、エイジが一瞬だけ言葉を詰まらせた。悔し紛れかのように鼻を鳴らし、丈太郎を睨みつけて渋々《しぶしぶ》口を開く。

わかる。こういう話し方をするとき、彼は包み隠さず本音を話すのだと。

「失敗したくないと思った。予選第一戦だし、博打《ばくち》に出るよりまずは記録を残した方がいいと考えた。そうしてるうちになんか気持ちが盛り上がらなくなって、パリ金に負けた」

エイジは冷静だった。冷静に自分の思考を、判断を、選択を分析していた。でも、声色《こわいろ》にかすがに戸惑いが滲《にじ》んでいる。どうしてだか丈太郎はそれを感じ取ってしまう。

要するに、それは。

「年取ったってことだな」

途端にテーブルの下でエイジに脛《すね》を蹴られた。無言のまま、思い切り蹴られた。こいつ、意外とちゃんと真周に負けたことを悔しいと思っているのかもしれない。

「なんだよ、それ」

「ほら、お前ももう二十歳過ぎたから。姫川真周なんてまだ高校生だろ？　若者が台頭してくるとな、上の世代は保守的になっちゃうものなんだよ」

「人を勝手におじさん仲間みたいに言わないでくれる？　俺とおじさんの年の差、二十歳だからね？」

カルボナーラが巻きついたままのフォークを丈太郎に向け、「わかる？　二十歳だよ？」と繰り返すエイジに、我慢できず丈太郎は噴き出した。

翌日、ホテルを出発したのち、エイジとはフィウミチーノ空港で別れた。エイジは日本へそのまま帰り、丈太郎はゴールドスピリットの伊藤と共にフランスへ飛んだ。パリで開催される陸上の国際大会を撮影するためだった。

ワールドカップを撮ろうとカメラマン達が大西洋の向こう側に出張っている中、三日間存分に陸上選手を撮った。この仕事が入ったおかげで渡航費の半分を編集部が出してくれたのだから、それはもう全力で撮った。その後、伊藤は編集長からワールドカップ取材に同行する許可が下りたとアメリカに渡った。

丈太郎は二週間ぶりに日本に帰った。十四時間のフライトを終えて羽田空港に降り立ち、東京の猛烈な暑さと湿度に呻《うめ》きながら自宅に向かった。

マンションの郵便受けに溜まっていた郵便物を整理していたら、差出人の名前のない封筒を一通見つけた。

封を切ったら、無機質な文字でただ一言「死ね」と印字された紙が出てきた。

*

「え、おじさんの家も？」

丈太郎が見せた「死ね」の脅迫文をひと目見て、エイジはぬるりとソファから起き上がった。ボディバッグの中から白い封筒を引っ張り出す。

封筒から現れたのは、丈太郎が持っているのとそっくり同じ「死ね」と印字された脅迫文だった。封筒にはしっかりエイジの家の住所が記されている。

渋谷駅から徒歩十分ほどのところにあるスケボーショップ・トロピックに沈黙が漂った。スツールに腰掛けてスマホで動画を見ていた智亜《ともあ》が、エイジと丈太郎を交互に見て首を傾《かし》げる。

「え、二人とも同じ人に脅迫されてるってこと？」

三月にめでたく都立高校に受かり、智亜は晴れて女子高生となった。中学の卒業式にも高校の入学式にも智亜の母親は来なかったから、丈太郎が「祝・御卒業」と「祝・御入学」の看板の前で彼女の写真を撮ってやった。他の生徒が当たり前に親と記念撮影する中、一人きりの智亜の写真があの日の一番だった自負《じふ》が丈太郎にはある。

高校生になっても智亜は相変わらずエイジにくっついてくる。ローマにもついてこようとしたから、「高校入学早々サボりはやめておけ」となんとか説得して諦《あきら》めてもらったくらいだ。

「うわ、本当に同じ書体だし封筒も同じじゃない。住所もバッチリ書いてある」

どれどれ、とレジから出てきたトロピックの店主・南原柑太《なんばらかんた》が、エイジと丈太郎それぞれが持つ脅迫状を見比べる。緑色の髪を、パイナップルのヘタみたいに一つに括っている。体型もぼんやりパイナップルを思わせるのは出会った頃から変わらない。

「やだねえ、物騒《ぶっそう》だねえ」

顰《しか》めっ面《つら》の南原の横で、何故かエイジが面倒臭そうにこちらを見ていた。

「なんだよ」

「またおじさんが厄介事《やっかいごと》を持ってきたと思って」

「俺のせいかぁ？」

「日本選手権のときみたいに、また変なものでも撮ったんじゃないの？」

変なものといったって、この半月はローマとパリでせっせとスポーツカメラマンらしい仕事をしていたに過ぎない。どこに〈変なもの〉が写り込む余地があるのか。

「お前のところにこれが届いたのは、昨日か」

「そう、昼過ぎに郵便受けを見たら入ってた」

「封筒の消印は？」

「五日前の渋谷」

「俺のも同じだ」

黙って話を聞いていた智亜が、「えー、気持ち悪っ」と眉を寄せる。

「あれじゃない？　東京オリンピックの頃にエイジ君の厄介ファンが結構いたから、そいつらかも」

ああ～と南原が天井を仰いだ。壁に飾られたデッキやスケボーシューズを見回すようにして、「あったねえ、そんなことも」と肩を落とす。

「夜の渋谷でエイジ君を捜し回ったり、トロピックに突撃してきたりした女の子、何人もいたじゃん。ストーカー疑惑のある子もいたし、エイジ君を家の前で待ち伏せしてた子もいた」

エイジはこの店の常連で、しょっちゅう自分の家かのようにレジ前に置かれたソファセットでくつろいでいる。ここに来れば会えるかもと足を運ぶファンがいるのも理解できる。

それに、エイジ自身が夜な夜な渋谷を堂々とうろついている。彼の存在はさぞ目立つだろうし、自宅まであとをつければ住所くらい簡単に割り出せるだろう。よく一緒にいる黒ずくめの男の住所だって同様だ。

「金メダリスト様が久々に表舞台に現れて厄介なファンが復活するのはわかるが、なんで本人に向かって『死ね』なんだよ」

自分宛の脅迫状を指さす丈太郎に、智亜は「確かに」と腕組みをした。

「好きが裏返って嫌いを通り越して憎いまで行ってたら別だけどな。ご丁寧に住所まで調べて脅迫状を送ってきてるんだから」

エイジに視線をやる。脅迫状をじっと見下ろしていた彼だったが、丈太郎のジトッとした眼《ま》差《ざ》しに「え、なに」と顔を顰めた。

「お前、厄介なファンとやらを塩対応で追い返したり、暴言吐いたりしてないだろうな」

「塩対応はしたけど、恨まれるほどのことはしてないし暴言も吐いてないよ。撃退してたのは主にトモと南原さんだし」

「あらゆる手を使って追い返してやったよね。おじさんに見せてあげたかったよ」

胸を張る智亜とは対照的に、南原は「僕《ぼか》ぁ、平和にお引き取りいただくように努力しましたとも」と苦笑した。

「ストーカー化したファンの可能性も捨てきれないとして、他に恨まれる覚えはないのか？」

「滑ってもいないのに上から生ゴミ投げつけてくる一丁目のマンションの住人？」

あったなあ、そんなことも。よほどモラルのないスケーターに悩まされたに違いない。

「あいつは？　東京オリンピック直前にエイジ君のことを生意気だって嫌がらせしてた高校の同級生。エイジ君、上履《うわば》き隠されたり教科書捨てられたりしてなかった？」

「あいつは学校の中でしか悪さできない奴だったから、脅迫状なんて大胆なことできないよ」

「じゃあさ、マシューは？」

智亜が店の一角を指さす。姫川真周の写真がでかでかとプリントされたポスターが貼られていた。渋谷駅近くのリバーサイド渋谷という商業施設で来週スケボーイベントがあり、それにゲスト出演するのだという。

「マシューの奴、オリンピック予選中にエイジ君をぶっ潰すって日本選手権のときに言ってたんだよ？　それって、大会以外の場所で嫌がらせするってのも含まれてたのかも。日本選手権のあとなんて、エイジ君のSNSにマシューのファンっぽい奴のアンチコメント来てたし」

「まさか」

エイジより先に、丈太郎が声に出してしまった。

「あの子、ちゃんとしたアスリートだ。そんな卑怯《ひきょう》な真似をするとは思えない」

ローマでは確かにエイジに「ボクはあんたみたいな奴が嫌いだ」と言い放ったが、その感情を競技の外でぶつけてくるとは、正直考えられない。

「おじさん、なんでマシューの肩を持つの」

「俺のスポーツカメラマンとしての勘だ」

「アスリートをピュアに見過ぎだよ」

口をへの字にひん曲げる智亜をよそに、丈太郎はエイジに問いかけた。

「お前も、姫川真周だと思うのか？」

「さあ、そんな判断できるほど、あいつのこと知らないし」

エイジが素《そ》っ気《け》なく呟《つぶや》くのと、店のドアベルが鳴るのが同時だった。いつの間にか高校二年生になった南原の息子・柚季《ゆずき》が、夏用の制服の胸元を扇《あお》ぎながら入ってきた。


「ほら、これだよ。マシューのファンが書き込んだアンチコメント」

前を歩いていた智亜が、勢いよくスマホを見せてきた。街灯の光の届かない暗がりに、煌々《こうこう》と光るスマホの画面が眩《まぶ》しい。

碌《ろく》に更新されていないエイジのSNS宛に、「マシューの邪魔をするな」「マシューの金メダルを汚した男」「迷惑金メダリスト」なんてコメントが送られている。どれも去年の日本選手権の頃に送られていた。「マシューはオリンピックのために頑張ってる。気持ちを乱すようなことをしないでほしい」という、まるで保護者かのようなコメントもあった。

「それで、こっちがローマのオリンピック予選が終わってからのコメント」

智亜が再び丈太郎の前にスマホを掲げる。今度は「ざまあみろ」「お前がマシューに勝てるわけがない」と、ローマ大会の結果を煽《あお》るような内容ばかりだった。

「まあ……人気者に楯突《たてつ》くってのはそういうことだよな」

「こういうファンを放置してるあいつも、結局は同類なんだよ」

まあまあ落ち着けよと智亜を宥《なだ》める丈太郎をよそに、隣にいたエイジがおもむろに足を止めた。ほんの少し目を瞠《みは》って、前方を指さす。

「なんか、面倒なことになりそうだよ」

数メートル先、路肩《ろかた》に一台の車が停まっていた。

長い足を見せつけるようにして、後部座席から人が一人降りてくる。街灯に照らされたツインテールは、それはもう鮮やかなスカイブルーだった。

智亜は「げっ」と眉を寄せたが、丈太郎は思わず「すげえ、噂をすれば影だ」と素《す》っ頓狂《とんきょう》な声を上げてしまった。

エイジだけが、静かに姫川真周を見つめている。

「やいやい、パリ金が何の用だ！」

エイジの背中から顔だけを覗かせ、智亜が食ってかかる。真周は明らかに「なんなんだこのガキんちょ」という顔をしたが、声には出さなかった。

「今度ね、リバーサイド渋谷でイベントがあるの。今日はその打ち合わせ。帰りに昔の金メダリストさんを見かけた気がしたから」

真周が降りてきた車の運転席を見ると、毎度お馴染《なじ》み彼の両親が運転席と助手席からにこやかに一礼してきた。

「へえ、わざわざ挨拶《あいさつ》しに来てくれたんだ、パリ金」

手にしていたボードのテール部分で地面をコンと鳴らして、エイジが笑う。煽り返された真周の頬が引き攣《つ》ったのがはっきり見えた。智亜の「パリ金」はよくても、エイジの「パリ金」は嫌らしい。

「あんたもさ、暇ならもう少し金メダリストらしく社会貢献したら？　大和エイジが金メダリストとしての仕事を断るから、こっちは忙しくて仕方がないんだけど」

「嫌ならやらなきゃいい話だろ」

「これは金メダリストとしての仕事だ。アスリートとして当然の社会こうけ――」

真周の言葉を遮《さえぎ》るように、彼とエイジの間に頭上からポトンと何かが落ちた。地面でべしゃっと湿った音を立てて潰れたそれは、どう見ても大根のヘタだった。

「……は？」

エイジと真周が揃って空を見上げる。丈太郎も智亜も同じようにした。

自分達が八階建てのマンションの前で言い合っていたと気づいたのは、そのときだった。

「おじさん、トモ！　ここ、一丁目の生ゴミマンションだ！！」

エイジが叫ぶと同時に、暗くなった空からさらに何かが落ちてきた。丈太郎は智亜の腕を引っ摑み、エイジは真周に飛びかかって側の街路樹の陰に突っ込んだ。

マンションの軒先《のきさき》に避難したら、ちょうどエイジと真周がいたあたりに生ゴミが落ちてきた。野菜の皮、魚の頭、肉の切れ端、卵の殻……湿ったゴミが歩道でべちゃべちゃに潰れる。

そうだ、ここは丈太郎達が〈一丁目の生ゴミマンション〉と呼ぶ場所だ。

まだ夜もそう深い時間ではないから、歩道にいた通行人達が驚いて足を止める。真周の両親も車の中で「あらま～」という顔をしていた。

そんな中、街路樹の下でエイジが真周を押し倒して馬乗りになっている。側にエイジのスケートボードがひっくり返っていた。

「なにっ？　なんで空から生ゴミが降ってくんのっ！」

泡を吹く勢いで叫ぶ真周を、エイジが冷静に「あー大丈夫、大丈夫」と制する。

「ここ、そういうところだから。スケボー持った奴がマンション前にいるって気づいたら、上の階のとある住人が生ゴミを落としてくるってだけ」

「〈だけ〉ってなんだよ！　あんたどれだけ渋谷の住民に嫌われてんの！」

「俺じゃないから。マナーの悪いスケーターが迷惑かけたんだよ」

「自分じゃないから関係ありませーん、って？」

「なわけあるか。同じ渋谷のスケーターとして責任持ってぶちのめしたよ」

エイジが真周から離れる。膝や腕をはたきながらマンションの上階を見上げ、第二弾が落ちてこないか慎重に確認しながら街路樹の下から出てくる。

「お、終わったっぽいぞ」

智亜と二人でマンションの壁に貼りついていたが、丈太郎も頭上を確認しながら歩道に散らばった生ゴミに歩み寄った。

「うわ、今日もお怒りだなあ」

カメラバッグからポケットティッシュを出して、散乱した生ゴミをとりあえず拾う。当然という顔でエイジと智亜も野菜の皮や魚の頭を拾った。「うわあ……」「うげえ」と言いつつ、一つ残らず集める。最後はジャンケンをして持ち帰る担当を決める（なんだかんだ、智亜が負けたら丈太郎かエイジが代わってやるのだが）。

「なんで涼しい顔して持って帰るのっ！」

頬を土で汚した真周が、ツインテールを振り乱しながら丈太郎達を見回す。

「いや、だって放置して帰るわけにもいかないじゃん」

平然と答えたエイジがジャンケンに負けた。「うわー、マジか」と嘆《なげ》きながらも、ボディバックの中にあったコンビニのレジ袋に生ゴミを押し込む。

真周が、そんなエイジの胸ぐらに摑みかかる。

「こんなのが金メダリストの日常でいいと思ってんの？」

低くドスの利いた声にも、エイジは表情を変えない。

「金メダリストがどうだとか関係ないだろ。俺がどう過ごそうと俺の勝手だ」

「そういう態度が、オリンピックを舐めてるって言ってるんだ」

真周がエイジの胸ぐらを放す。唇を尖らせてエイジに駆け寄った智亜が、また「やい、パリ金！」と真周を睨みつける。

「そんな偉そうなこと言うなら、自分のファンがエイジ君を誹謗中傷《ひぼうちゅうしょう》してるのをなんとかしたら？　エイジ君の家に脅迫状まで届いてるんだから」

「おいトモ、それはまだ真周のファンって決まってないぞ」

丈太郎がそっとつけ足したが、トモは「ふーんだ！」とそっぽを向いてしまう。

「……脅迫状？」

鼻筋に皺を寄せて、真周が呟く。「なんでもないよ」とエイジは肩を竦めた。

「もういい？　パパとママが待ってるんだから、早く戻ったら？」

エイジが真周の両親を顎でしゃくる。まだやり合いが続くかと思ったが、真周は何も言わず、足早に車に戻っていった。後部座席のドアが閉まると同時に、真周の両親は「どうも、どうも～」とにこやかに笑って車を出した。

「……なんだったんだ」

堪《たま》らず呟いた丈太郎に少し遅れて、エイジと智亜が深々と頷いた。

＊

「え、試合の前に墓参り行ってたんですか？」

練馬《ねりま》駅前のロータリーに入ったところで、後輩カメラマンの多々良《たたら》はシートベルトを外しながら目を丸くした。

「でも与野さんの実家って、宮城じゃありませんでした？」

「ああ、うちの墓じゃなくて、知り合いの家の墓が与野《よの》にあるんだよ」

「与野さんの知り合いの家の墓が与野に」

今は合併して埼玉県さいたま市となった与野という町に、丈太郎は今日の日中に出向いていた。大和エイジの母親と叔父の墓がそこにあるのだが、訳あって丈太郎は二年近く墓参りに通っている。墓掃除のことも考えると三ヶ月に一度はと思っているのだが、なんだかんだ仕事をしているうちに半年ほどご無沙汰《ぶさた》になっていた。

その後、所沢《ところざわ》にあるベルーナドームに移動してスポーツカメラマンらしくプロ野球の撮影をし、現場が同じだった多々良を助手席に乗せてやって帰路につき、今にいたる。

「そういえば、与野さんが紹介してくれた長谷川《はせがわ》君、真面目にバイトしてくれて助かりました。またアシスタント頼んでいいですか？」

「おう、頼んでやってくれ」

多々良は撮影機材を抱えて「ありがとうございました！」と一礼して車を降りていった。大《おお》欠伸《あくび》を一つして、丈太郎はアクセルを踏んだ。

自宅のある池尻大橋《いけじりおおはし》まで走り、月極駐車場に愛車を停めたら、スマホに着信があったことに気づいた。

大和エイジと表示された通知に嫌な予感を覚えながら、恐る恐る発信ボタンを押した。夜十時を回った静かな住宅街に、淡々としたコール音が響いた。

『おじさん、生きてる？』

コール音が途切れた瞬間、エイジがそんなことを聞いてくる。「なんだよその呼びかけは」とその場でずっこけそうになった。

「生きてるよ、せっせと働いた帰りだよ」

『俺の家の郵便受けが真っ赤になっててさあ』

今度は本当にアスファルトに爪先《つまさき》を取られ、足を止めた。

「どういうことだ」

『家を出ようと思ったらマンションのエントランスがとんでもない匂いで、うちの郵便受けが赤い液体塗《まみ》れになってたの。ペンキか何かだと思うんだけど、生ゴミも一緒に突っ込まれてすごいことになってた』

「おいおいおい……笑えねえことになってるな」

『しょうがないから宇田川《うだがわ》交番の笹森《ささもり》さんに来てもらったところ』

宇田川交番の笹森巡査にエイジは夜の渋谷でしょっちゅう追いかけ回されている。だが決して険悪な関係ではないし、笹森自身は気のいいアラサーの警察官だ。

『例の脅迫状のこともあるし、おじさんのところは何もないのかと思って』

「いや、こっちは何もないけど――」

言いながら、自分のマンションのエントランスに足を踏み入れた。

エイジの暮らすマンションに比べたらずっと狭く薄暗いエントランスには、饐《す》えた刺激臭が充満していた。

　丈太郎の家の郵便受けからどす黒い赤い液体がポタポタと流れ落ち、血溜まりのように床を汚していた。

「ごめん、前言撤回する」

　え？　というエイジの困惑を振り切るように、そっと郵便受けのダイアルを回した。ガコンと歪《いびつ》な音を立てて扉が開く。ペンキ塗れの何かが床に落ちた。魚の頭と内臓だった。

　塗料のシンナー臭と生ゴミの臭いが混ざり合い、丈太郎は小さく嘔吐《えず》いた。

『おじさんの家も同じ状況？』

「どうやら、そのようだ」

　電話の向こうでエイジが笹森と話している。このあと通報して、警察に事情を説明して――考えるだけでげっそりしてしまう。

「脅迫状のことを考えても、多分同じ犯人だろ？　お前の家なら防犯カメラがついてるし、とりあえず調べてもらえ」

『うわ、面倒臭い』

　そう言いつつも、エイジは笹森の名前を呼びながら電話を切った。丈太郎は一一〇番をする前に元妻・麻倉冴恵《あさくらさえ》にメッセージを送った。まさかそちらにまで犯人の手が伸びているとは思わないが、住所まで突き止められている以上、念のためだ。

〈あんた、また厄介事に巻き込まれてるのね〉

そんな返信と共に元妻と娘の無事を確認し、ほっと胸を撫で下ろした。

＊

トロピックのレジカウンターに置かれた一枚の紙を凝視し、丈太郎は首を傾げた。

プリントされているのは、三枚の写真。エイジの自宅マンションのエントランスに設置された防犯カメラの映像から切り出されたものだ。

眼鏡、マスク、帽子で顔を隠し、黒いリュックを背負った男が郵便受けの前にたたずんでいる。

二枚目では、手にしていたビニール袋の中身をエイジの家の郵便受けに突っ込み、缶入り塗料をぶちまけている。

三枚目は、人目を忍ぶように猫背で立ち去っていく男を写していた。犯人の顔をカメラが正面から捉《とら》えている。

「エイジも与野さんも、見覚えはないんだよね？」

カウンターに頬杖《ほおづえ》をつく丈太郎、いつも通りソファに寝転がるエイジを、南原が交互に見る。エイジは「ない！」と即答し、丈太郎も「ないです」と絞り出して首を横に振った。

「与野さんの家の郵便受けに嫌がらせをしたのも同じ男だとして、二人とも面識のない人なのか……」

面識は確かにない。三十代くらいに見える眼鏡をかけた猫背の男、それ以外にたいした特徴もない。だからこそ、どこかで会ったことがあるような気もしてしまう。

「早く捕まるといいねえ。とりあえず、マンションのエントランスにこれを貼り出して注意喚起してもらえるんでしょ？」

南原がプリントされた犯人の写真をトントンと指でつつく。エイジが「まあね」と頷くのと同時に、彼の向かいに腰掛けて黙々とスマホを弄《いじ》っていた智亜が勢いよく立ち上がった。

「いたあああああっ！」

右手に持ったスマホも、左手に持った季節限定の苺《いちご》のフラペチーノもぶん投げそうな勢いで叫び、周囲を見回す。

「犯人、見つけたかも！」

智亜のスマホに映っていたのは、姫川真周の写真だった。エイジ、南原と共に、丈太郎はぞろぞろと智亜の手元を覗き込んだ。

「これ、去年のスケボーの大会にマシューがゲスト参加したときの写真。あいつのファンがSNSにアップしてた」

スカイブルーのツインテールを風になびかせながら、客席に向かって手を振る姫川真周だった。撮影者は女性なのか、〈マシューちゃん、今日も世界一かわいい！〉とコメントつきで写真を投稿していた。

「ほらここ！　犯人みたいな奴が写ってる」

真周の背後、観客席に眼鏡をかけた男がいた。黒いリュックを膝に抱えてスマホを構えているから、確かに猫背気味に見える。スマホはしっかり真周に向いていた。

「似てはいるけど……どうなんだ？」

防犯カメラのプリントアウトと智亜の見つけた写真を、丈太郎は見比べた。似てはいるが、間違いなく同一人物とは言えない気がする。というか、こんな感じの男は街を歩けばいくらでもすれ違うのだ。

「しかもね、こいつ、この前のローマのオリンピック予選にもいるんだよ」

智亜の指がスマホをスワイプする。今度は動画が再生された。

先日のローマ大会の様子を伝える映像だった。カメラはもちろんスケーターを追いかけるが、パフォーマンスの合間に客席も映る。カメラを覗き込んだまま微動だにしない丈太郎の姿が、画面の端を掠《かす》めていった。

次の瞬間、先ほどと同じ眼鏡の男が映った。同じリュックを膝に抱え、同じ体勢でスマホを真周に向けている。

ローマの乾いた冷たい風が、ふと頬に蘇《よみがえ》った。この男を俺はローマ大会の会場で見た。スケボーに興味があるように見えない気弱そうな眼鏡の男が、楽しげなカップルや家族連れに囲まれて客席にいた。

写真だけでは断定できなかったが、脳内で防犯カメラの犯人と眼鏡の男が綺麗に重なる。

「リュックも一緒じゃない？　防犯カメラに映ってる犯人と」

エイジがスマホを指さす。防犯カメラの男も似たような黒いリュックを背負っている。猫背気味の視線の先には、常に真周がいた。

「マジで姫川真周のファンだったたってことか……？」

呟く丈太郎に、智亜が「こっちも見て」とSNSの画面を見せてきた。

猫の写真がアイコンになった「ツムギ」という名前のアカウントが、見覚えのあるコッレ・オッピオ公園内のスケートパークの写真を投稿している。ハンドレールを滑走する真周の姿と共に、〈マシュー、ローマまで応援に来たよ〉と書き込んでいる。

「あの眼鏡の男が座ってた位置からの画角だな、間違いない」

あっさり断定した丈太郎に、珍しくエイジが「うわ、さすがカメラマン」と呟いた。当然だ。こちとら、大会前にメディアゾーンだけでなく客席のあらゆる場所からのアングルを確認して回ったのだ。

「じゃあ、このツムギってアカウントの持ち主が、エイジと与野さんを脅迫したと？」

どうして？　と目を白黒させる南原に、智亜がわざとらしく咳払《せきばら》いをする。その間も、スマホを忙《せわ》しなく弄り続けていた。

「このツムギというアカウント、プロフィールや投稿を見るにマシューの大ファン。大会やイベントもだいぶ追っかけてたみたい。しかも、去年の日本選手権の直後にエイジ君のSNSにアンチコメントを大量に投げてた」

智亜のスマホには見覚えのあるコメントが並んでいた。お前なんてマシューの敵じゃない、ただの目立ちたがりのくせに、消えろ……徐々に過激になっていく。

「渋谷にも来てたわけか」

昨年末の投稿を見て、堪《たま》らず丈太郎は唸った。夜九時過ぎに〈久々に渋谷に来た。大和エイジのいる街だと思うと反吐《へど》が出る〉なんて呟きを残している。

「もしかして、このときに渋谷で俺とおじさんを尾行して、住所まで把握《はあく》してたと？」

ソファに再び腰掛け溜め息をついたエイジに、智亜が「多分ね」と頷く。

「私が金木犀寮に住んでることも摑んでたんじゃないかな。何かやらかす前に同じマシューファンから『推《お》しに迷惑をかけるな』って説教されて渋々やめたみたい。でも、この前のローマ大会のあとにアンチコメントが復活してる。しかもちょっと様子がおかしい」

ローマ大会直後にツムギがエイジのアカウントに投げたコメントは〈ざまあみろ消えろ〉と〈マシューに今すぐ土下座しろ〉だった。

でも、少しあと――ローマ大会の翌日に、それまでと様子の違う長文が投稿されている。

〈マシューのために嫌な役割を引き受けたのに、お金も時間もたくさんかかったけどローマに応援に来たのに酷《ひど》い。ファンあってのアスリートだってことをちゃんと自覚してほしい。これは裏切りだ〉

エイジへアンチコメントをしつつ、真周の応援のためにローマへ来たことを楽しんでいる様子だったのに、随分な落差だ。

「この突然の情緒不安定投稿の直前に、マシューが公式ＳＮＳを更新したの」

智亜が今度は真周のSNSを見せる。〈大会も終わったので、ローマを満喫《まんきつ》してます〉という簡素なコメントと一緒に、覚えのありすぎる写真が表示された。

夜のローマ、レストランの屋外席でこちらを凜《りん》と見つめる真周のポートレートだ。

「……俺が撮った写真だ」

エイジとの夕食に真周が乱入してきて、「撮るならもっとかわいく撮ってよ」とキメ顔を披露する彼を丈太郎は撮った。日本選手権のときに彼の両親と連絡先を交換したから、せっかくだからと送ってやったのだ。真周の両親から礼と共に「世界一かわいいのでSNSに投稿してもいいですか？」と返信があって、快諾《かいだく》した。

真周の投稿にはご丁寧に「Photo By JOTARO YONO」とクレジットが入っていた。

「おじさんの名前ってさ、エイジ君がパリオリンピックのときに公開したパートにもクレジットされてるよね？　マシューの写真を撮ったのがエイジ君のフィルマーだって、わかる人にはわかるってわけ。そもそもツムギはおじさんの住所まで摑んでるしね」

そして！　もったいつけながら、智亜は丈太郎が撮った写真をピンチアウトで拡大した。

「このテーブルに置いてある水の入ったグラスをよーく見てくださーい。はーい、エイジ君の横顔がさり気なく映ってますねー」

智亜の言う通りだった。ほのかに結露した水のグラスに、エイジの金髪と、退屈そうに頰杖をつく横顔が映り込んでいる。

気づいたファンもいたようで、コメント欄には〈大和さんとご飯に行ったんですか？〉〈実は仲良しなんですね！〉という反応がちらほらとある。

「マシューが宣戦布告したからエイジ君に中傷コメントを送ったりして頑張ったのに、この投稿を見てマシューがエイジ君と仲良しだって誤解したんじゃない？　エイジ君のフィルマーであるおじさんが撮った写真もアップしてるし、裏切られた！　って思ったんだよ」

「それで、俺とエイジにわざわざ脅迫状を？」

「推し活絡みの恨みって怖いんだよぉ？　マシューのためならなんでもできちゃうんだよ」

どう？　今日の私、冴えてるでしょ？　と言わんばかりに鼻の穴を膨らませる智亜に、丈太郎は感心してしまった。犯人はマシューの厄介ファンだという彼女の推測を軽くあしらったのが申し訳ない。

「でも、百歩譲って脅迫状を送りつけるのはわかるとして、わざわざ家まで来てあんな嫌がらせするか？」

「それが、これで終わりじゃなかったんだよ」

智亜がスマホをスクロールする。見せられたのはエイジと真周が一緒にいる写真だった。

街路樹の下で、エイジが真周を押し倒して見つめ合っている。

「一丁目の生ゴミマンションのときのじゃん」

エイジが顔を顰《しか》める。どうやらあのとき近くにいた誰かが撮ってネットにアップしたらしい。東京とパリの金メダリストが何事だ、もしや痴話喧嘩《ちわげんか》か？　と話題になったようで、写真は拡散され、ささやかにネットニュースにまでなっていた。

「ローマでのことで情緒不安定だったツムギは、これでさらにショックを受けちゃったんだね。まるでエイジ君とマシューが付き合ってるみたいな誤解をしてる人もいるし、マシューにガチ恋しちゃってたんだろうなって子のアカウントがショックで病んでるもの」

　これに関しては智亜も猛烈に面白くないらしい。顔に見事にそれが出ている。

「しかも、あの生ゴミマンションのあとにさ、マシューの奴、ライブ配信してるの」

　智亜のスマホに表示されたのは、車の後部座席からこちらに向かって話しかける真周の映像だった。ライブ配信とやらのアーカイブらしい。画面の下を大量のコメントが流れ、ハートマークが飛び交っていく。

『――今日、突然ライブ配信したのはさ、いつも応援してくれるファンのみんなにお願いがあるからなんだ』

　真周は表情を険しくする。薄暗い車内でもはっきりわかるほど、頬を強《こわ》ばらせる。

『ボクのことを応援してくれるのは嬉しいんだけど、他のスケーターやその関係者を悪く言ったり、ボクを褒《ほ》めるために誰かを貶《おとし》めたり、そういうことはしないでほしい。これまでも、しつこい出待ちとかつきまといにはその都度《つど》注意をしてきたけど、ボク以外の人に迷惑をかけるのは本当に許せないから、今回は強い言葉で伝えさせてもらいました』

　そこからは、視聴者からのコメントに答える形で配信は進んだ。それを横目に、智亜は「これがトドメ刺したんだろうね～」と首を横に振った。

　なるほどなあ、と丈太郎はトロピックの天井を仰ぎ見た。

「つまり、ツムギっていう奴はこのライブ配信のあとに大和エイジと姫川真周の痴話喧嘩写真がバズってるのを見たわけだろ？　真周が大和エイジを庇《かば》ってるように見えるし、隠れて付き合ってるのかもしれないって思うし、そのうえで自分を非難していると思い込んで、それで激高して俺達に直接嫌がらせをしに来たわけか」

理解はできないが、感情の道筋は見える。エイジも呆《あき》れ返った様子でソファの背もたれに頬杖をついていた。

「トモ、今日のお前、冴えてるな。さすが高校生」

「何言ってるのおじさん、女子高生だよ？　世界最強の生物だよ？」

ドヤ顔で指でハートを作る智亜を、カメラを引っ張り出して撮ってやった。「あとで送ってやる」と告げると、これ以上ないドヤ顔が返ってきた。

「とりあえずさ、このことを笹森さんに伝えれば、犯人はさっさと捕まるんじゃない？」

南原の言葉に頷きかけたとき、智亜が「あ」と再びスマホを見た。

「ツムギがSNSの更新した……」

智亜の言葉が消える。スマホを凝視したまま数秒間、瞬《まばた》きすらしない。

その視線が、トロピックの壁——真周が出演するスケボーイベントの告知ポスターに向く。

「マシュー、今日、渋谷でイベントしてる」

イベント開催日は確かに今日だった。しかもちょうど今がスタート時刻だ。今頃、駅前のリバーサイド渋谷には人が集まっているはずだ。

「ツムギがイベントに来てるみたいなんだけど……マシューのこと殺すって言ってる」

ぎこちなく、智亜がスマホを丈太郎達に見せてくる。そこにはリバーサイド渋谷にある屋外イベント広場の写真がアップされていた。

〈自分さえよければファンなんてどうでもいいんだろ〉

〈ナイフで目玉をほじくり出して全身切り刻んでやる〉

〈お前の命もあと数十分だざまあみろ〉

立て続けにそんな投稿がされた。南原が「ひえっ」と悲鳴を上げるのと、エイジが立ち上がるのが同時だった。

「まずいだろ、これ」

掠《かす》れ声で吐き捨て、ソファに立てかけてあったスケートボードに手を伸ばした。「本当にやる気だ」と呟いて、トロピックを出ていく。

「トモ、南原さんと一緒に笹森さんに連絡しとけ！」

カメラとボードを抱えて、丈太郎も店を飛び出した。


日曜の午後の渋谷は人が多い。それでも構わずエイジはボードに飛び乗った。

たった一度のプッシュで鋭く加速し、その音に驚いた通行人が足を止め、次々と道を開ける。後ろを追いかける丈太郎が啞然《あぜん》としてしまうくらい、見事な加速だった。

「本当に真周を襲撃すると思うかっ？」

エイジのスピードに振り落とされそうになりながら、投げかける。

「おじさんはどう思うの！」

ペンキで真っ赤になった自分の家の郵便受けが脳裏《のうり》に蘇《よみがえ》った。こういうのは少しずつ過激になっていく。応援というには行きすぎた感情を抱き、崇拝《すうはい》していた存在に裏切られたという被害者意識をこじらせた人間は、本当に、何をするかわからない。

「やるよなあっ、やっちまう予感がヒシヒシするよ！」

言いながらカメラバッグからカメラを出していた。地面を蹴り、エイジの背中を追い、カメラ本体に魚眼《ぎよがん》レンズを取りつけ、電源を入れる。切羽《せっぱ》詰まっていようと冷静にその作業をしてしまう自分に、少しだけ背筋が寒くなる。

渋谷駅に向かって緩やかな坂を下りながら、徐々に歩道には人が増えていく。巨大なキャリーケースを引き摺《ず》る外国人観光客の集団を避け、エイジは車道に出た。

自転車や電動キックボードを猛スピードで追い越す金髪のスケーターに興奮する英語と口笛をよそに、丈太郎は「あー……怖い」と嘆《なげ》きながら車道を滑り抜けた。電動キックボードよりは多分安全だ、と自分に言い聞かせる。

タワーレコード、西武渋谷、渋谷ＴＳＵＴＡＹＡを通過し、エイジは迷うことなくスクランブル交差点に突っ込んでいった。

歩行者用の信号が青になる。ビルに囲まれ、大量の広告に見下ろされ、日本中のトレンドを一ヶ所に凝縮《ぎょうしゅく》した世界一有名な交差点に、黒山の人だかりが四方から吐き出された。

交差点を直進しようとしたエイジが瞬時にあたりを見回し、人を避けて体を大きく左に倒した。熱っぽい摩擦音《まさつおん》を掻き立て、交差点を左折する。ＪＲのガードをくぐって、明治通りからリバーサイド渋谷に向かうつもりらしい。

あとに続こうとした瞬間、交差点の先に自転車に跨がった宇田川交番の笹森巡査を見つけてしまった。

スクランブル交差点に突っ込んできた二人組のスケーターに「こらー！」と声を上げようとして、それがエイジと丈太郎と気づいて呆然《ぼうぜん》……というかドン引きしている。

その一瞬のせいで、バランスを崩した。交差点を曲がり損ね、丈太郎は慌ててデッキから飛び降りる。スクランブル交差点で記念撮影したり動画を撮ったりしている観光客をくるくる回りながら避け、見失いかけた自分のボードを拾い上げた。

「リバーサイド渋谷に集合！」

人垣の向こうから、エイジの声が飛んできた。「おう！」と叫び返した。

「与野さん！　あんたら日曜の昼間から何やってるんですか！」

笹森が叫ぶ。交差点を駆け抜けながら丈太郎は彼に向かって手招きした。

「事情はあとで説明するから、とにかく来て！」

交差点を出たところで再びスケボーに乗り、問答無用でアスファルトを蹴る。困惑しながらも「待ーてー！」とこちらを追ってくる笹森を確認し、京王井《けいおうい》の頭線《かしら》の入る渋谷パークシティ前をバスやタクシーを避けながら通過した。車なら交通違反切符を切られるところだが、スケボーだとどうなるのだろう。

渋谷駅西口のバスロータリーを抜ければ、神宮《じんぐう》通りは玉川《たまがわ》通りとぶつかる。そこを左折して線路下を潜《くぐ》れば、渋谷駅の東側を覆《おお》う巨大な歩道橋がある。リバーサイド渋谷とも繋がっていたはずだ。

歩道橋の階段を駆け上がっても、エイジの姿は見当たらなかった。通行人に白い目で見られるのは承知の上で、スケートボードで歩道橋を駆けた。

ちょうど二年前、エイジの背中を追いかけてこの歩道橋をボードで爆走したのを思い出す。雨の中、必死にカメラを回した。二年たっても同じようなことをしているというわけだ。

リバーサイド渋谷は目の前だった。イベント会場は、歩道橋を下りてすぐの屋外広場だったはずだ。ジメッとした午後の日差しに顔を顰め、丈太郎は歩道橋から身を乗り出した。

広場には特設のスケートパークがある。ステージの上でMCの男がマイク越しに周囲を煽り、隣に立つ姫川真周が観客に向かって手を振っている。広場にはカラフルなパイプテントが並び、これまたカラフルなボードを抱えた少年少女が出番を待っている。

フェンスで区切られた観戦ゾーンには人が詰めかけていた。若者や家族連れの姿が目立つが、ツムギとかいう眼鏡の男の姿は見つからない。

ビルの二階と渋谷駅への連絡通路に繋がる三十段はありそうな巨大な階段も客席になっていて、大勢の人が階段に腰掛けてパークに声援を送っていた。でも、猫背気味のリュックを抱えた男はいない。

小学生くらいのスケーターがアールセクションでトリックを披露し、拍手と歓声が飛ぶ。少年は得意顔でガッツポーズをし、ＭＣと共にそれを見ていた真周と握手をした。

少年の両親がフェンス越しにスマホを構えていることに気づいた真周が、わざわざそちらに向き直ってポーズを取ってやった。

そのときだった。

観戦ゾーンの一角、何度も目を凝《こ》らしたはずの場所から、ぬるりとフェンスを跳び越える影があった。

眼鏡をかけた――間違いなく、智亜が見つけてきた写真に写っていた男で、ローマ大会の客席にいた男で、防犯カメラに映っていた男だった。

周囲にいた客が「え？」と声を上げる。ほとんどの人間は真周に夢中で気づいていない。真周ですら気づいていない。

黒いリュックサックを地面に投げ捨てた男は、まっすぐ真周に向かって走っていった。右手に刃物が握られているのがはっきり見えた。

「逃げろ！」

叫んだら、真周がこちらを見上げた。丈太郎に気づいて、困惑気味に頬を引き攣らせる。

同時に、観客から悲鳴が上がる。

一歩だけ後退《あとずさ》った真周は、真っ先に隣にいたスケボー少年をＭＣの男の方へ突き飛ばした。

でも、そこから動けなくなった。眼鏡の男を見つめたまま、肩を強ばらせる。

大きく息を吸って、丈太郎は歩道橋の手すりを飛び越えた。カメラを絶対に放さないように、ハンドルを強く握り込んだ。

自分の影がイベント広場に落ちるのを見つめたまま、真下にあったテントの天幕に背中から落ちた。テントの支柱が軋《きし》んで、丈太郎の体は大きく撥《は》ねた。

宙に投げ出された瞬間、スカイブルーのツインテールと、彼に迫る鋭利な刃物が目の前にあった。

落下の勢いのまま、真周に手を伸ばした。彼の頭と胴体をぎゅっと抱きしめて、ステージを転げ落ちる。特設のスケートパークに背中から落ちた。真周が「ぐえっ」と声を上げたが、彼が頭や手足を打ちつけた気配はなかった。「マシュー！」と彼の両親の叫び声が聞こえた。

振り返ると、MCの男がステージ上で腰を抜かしていた。だが、真周に突き飛ばされたスケボー少年だけはしっかり背中で守っている。

スタッフ達が子供達を転がすように避難させる中、襲撃犯はこちらを見下ろしていた。刃物は、ホームセンターでいくらでも売っているような家庭用の料理包丁だった。

眼鏡に正面から太陽光が差して白く光る。表情は見えない。でも、わなわなと震える口で真周の名前を呼んだ。

「お前が悪いんだ！」

駄々《だだ》をこねる子供みたいにその場で地団駄《じだんだ》を踏んで、ステージを飛び降りる。ためらいなく包丁を振りかざした男に、丈太郎は叫んだ。

「おいおい、待て待て待て！」

真周の前に躍り出て両手を広げたはいいが、いつかと違って今日は腹に週刊現実を仕込んでいない。男の視界に丈太郎は確かに映っているはずなのに、真周しか見ていない。

行けるか？　丸腰で行けるか？　自分に問いかけた。行ける気は全くしないが、行くしかない。料理包丁だし最悪刺されても死にはしない、気がする。

息を呑んで拳《こぶし》を握り込んだとき、遠くで熱っぽい滑走音が聞こえた。

イベント広場に響いていた観客の悲鳴と怒号《どごう》を押しのけるように、確かに聞こえた。

リバーサイド渋谷の二階へ続く大階段を、観客達が駆け足で上っていく。上の方で呑気《のんき》にこちらをスマホで撮っている人までいた。

その向こう、大階段の上から人を蹴散らすようにして飛び出す金色の影が見えた。

無意識にカメラを向けていた。大和エイジは階段の手すりをデッキで滑り降り、踊り場に着地したと思ったら——跳んだ。

残りの階段も、逃げ惑う観客も飛び越え、一言「どけぇ！」と叫ぶ。広場に降り注ぐ夏の日差しの中、彼の金髪が炭酸みたいに光って弾《はじ》けた。

ボードをかなぐり捨て、観戦ゾーンとパークの境のフェンスを一蹴りしたエイジは男に飛びかかる。人の骨と骨がぶつかり合う鈍い音がして、男と一緒に地面を転げ回る。

カンと乾いた音を立てて包丁が落ちた。甲高《かんだか》い悲鳴を上げたと思ったら、男は「殺さないで！」と喉を震わせた。

問答無用で男に馬乗りになったエイジは、彼の左頬を一発殴った。

たったそれだけで、広場は静かになる。悲鳴も怒号も戸惑いの声も消え、無数の視線が犯人とエイジ、真周と丈太郎に注がれた。

「うわあっ、なんじゃこりゃあ！」

がちゃんがちゃんとフェンスを乗り越えて会場に現れたのは、汗だくの笹森巡査だった。現場にいたイベントスタッフが総出で犯人を指さし「捕まえて捕まえて！」と叫ぶ。地面に落ちた包丁をＭＣの男が確保し、「凶器！　これ凶器！」とガラガラ声で繰り返した。よくよく見たら、エイジと初めて出会ったスケボーイベントでＭＣをやっていた男だった。

エイジに代わって笹森に取り押さえられた犯人は「俺は何もやってない！」と喚《わめ》いたが、笹森は涼しい顔で無視した。

「お前……刃物持ってる相手に丸腰で突っ込んでいく奴がいるかよ」

一仕事終わったという顔で深呼吸をしたエイジの肩を、丈太郎は摑んだ。フェンスを蹴って犯人に飛びかかったとき、どれだけ肝が冷えたか。口をへの字にひん曲げた丈太郎にやり返すように、エイジは全く同じ顔をした。

「刃物持ってる相手と丸腰でやり合おうとしてたおじさんがよく言うよ」

ほら、怪我してないよ。溜め息をつきながらエイジは両手を振って見せた。確かに、体のどこからも流血はない。

「新潟のときも思ったけど、そうやってホイホイ人を殴るなよ。骨折ったらどうする」

「新潟のときも思ったけど、助けられたくせに文句が多いなあ」

「お前が来るのが遅かったのが悪いんだろ」

「しょうがないだろ、途中でセキュリティに追われて遠回りしてたんだから」

エイジがリバーサイド渋谷の大階段を指さす。二人の警察官が「何事だー！」と怒鳴りながら階段を下りてきた。

「パリ金、怪我は？」

地面にへたり込んだままだった真周に、エイジが問いかける。胸を大きく上下させ、彼はエイジを眩しそうに見上げた。ご自慢のスカイブルーのツインテールが乱れ、髪が頬にへばりついていた。

真周の両親が、息子の名前を呼びながらフェンスを押し倒すようにこちらに向かってくる。

＊

丈太郎が夕方にトロピックに顔を出すと、エイジも智亜もまだ来ていなかった。

代わりに、エイジがいつも寝転がっているソファに姫川真周が座っていた。古びたソファにどかりと腰掛けて長い足を優雅に組み、丈太郎の顔を見るとピンと右眉を動かした。

「パリの金メダリストが何のご用で？」

丈太郎が向かいのソファに腰掛けると、真周はあからさまにジロジロとこちらを見つめた。

頭、腕、足と順番に視線を巡らせる。

「フィルマーさん、怪我はもういいの？」

「おう、まだちょっと痛いけどな」

姫川真周襲撃事件で一番の負傷をしたのは、結局は丈太郎だった。といっても、背中に特大の青痣《あおあざ》ができたくらいなのだが。どうしてその程度で済んだのか、自分でも理解不能だ。

「今日は一人なんだな」

「パパもママもついてこようとしたんだけど、断ったの。ストーカー気味の厄介なファンもやっと捕まったし、お礼くらい一人で行こうと思って」

真周を襲撃した男の名前は麦田《むぎた》といって、殺害予告をしていたツムギというアカウントも間違いなく彼のものだった。

渋谷のど真ん中で金メダリストが襲撃されたのは大ニュースも大ニュースで、ワイドショーはこの一週間、事件のことで持ちきりだった。

犯人の素性《すじよう》はもちろん、執拗《しつよう》なつきまといや悪質な出待ち、過度《かど》なファンサービスの要求など、真周サイドが手を焼いていた厄介ファンだったことも次々報道された。といっても、日常生活はいたって普通の会社員だったらしく、同僚や知人が皆一様《いちよう》に「彼が姫川真周にそこまで入れ込んでいたなんて……」と驚いていた。

一方で「アスリートのアイドル化が今回の騒動の原因にある」なんて、まるで真周の方に非があるかのような主張がＳＮＳで激論を生んでいたりもする。

「そっちは大丈夫なの？　マスコミが来たりしてない？」

大和エイジが事件現場で大立ち回りをした写真や動画も随分ネット上に出回った。当然ながら話題になり、真周襲撃犯を捕まえたのがエイジとわかるとさらに大きな騒ぎになった。

「最初だけだな。君が大々的に記者会見を開いてくれたから、それ以降は静かなもんだ」

その過程で真周は話したくないことまで話す羽目《はめ》になっただろう。間違いなく。

「いいんだよ。それは助けてくれたお礼だから」

あとこれも、と真周が足下に置いてあった紙袋をテーブルに置く。高級洋菓子店の名前がプリントされていた。

「これまた、ご丁寧にどうも」

「貸し借りなしにしないと、オリンピック予選が戦いにくくなって嫌だからだ」

すーっと凪《な》いだ表情になって、真周は言った。まるでこれから一本目のランに挑むかのような、真剣で……どこか力みすぎた眼差《まなざ》しだった。

「あいつは貸し借りどうこうなんて考えながら滑らないと思うけど、こうすることで君が戦いやすくなるならご自由にどうぞ。もうちょっと肩の力を抜いてもと思うけど、オリンピックでメダルを狙うようなアスリートにそんな凡人の気遣いは無用だろうし」

「そうだね、無用だよ」

それでも、真周が唇をぎゅっと……何かを握り潰すように引き結ぶものだから、思わず聞いてしまった。

「ローマ大会のあと、『好きに生きてでもとやかく言われないように、結果を出す』って言ってたよな」

あれってどういう意味？　と首を傾げる丈太郎の目を、真周は凝視した。こちらの腹を探るような慎重な視線がふと揺らぎ、か細い溜め息に変わる。

「そのままの意味だよ。普通にそうでしょ。好きなことをやり続けるには、それ相応の結果だったり責任だったりが求められて当然でしょう」

ワイドショーや雑誌のインタビュアーだったら、彼の言う〈好きなこと〉を勝手にスケートボードのことだと解釈して、勝手に納得して、次の話題に移るのかもしれない。

でも、真周の話には続きがあるように思えてならなかった。ソファの肘掛《ひじか》けに頬杖をついて続きを待つ丈太郎に、真周は居心地悪そうに顔を顰《しか》めた。

長い沈黙の末に、観念したようにゆっくりと口を開く。

「こんな格好をしてるボクを、パパとママが許すのは……世界一かわいいって笑って応援してくれるのは、ボクがアスリートだからだ。金メダリストだからだ」

ツインテールを指先で梳《す》きながら、真周は溜め息をついた。

「何もなかったら、きっと、変わった趣味を持つ変わった息子だ。心配されるし、嫌な顔をされる。ていうか、性自認が女ってわけでもないのに女の子みたいな格好が好きなボクのことを、未だに根本では理解してないと思う。親がわかってくれたとして、友達とか、学校の先生とか、世間の皆様ってやつはきっと、ボクを変な目で見る。変な奴は、結果を出したり社会貢献したり愛想を振りまいたりして初めて、〈みんな〉に受け入れてもらえる。だから、頑張る。それだけだ」

言い切った真周に、無意識に「そうか……」と呟いてしまった。

「だから、君はエイジが嫌いなんだな」

一度はオリンピック金メダルを摑んだくせに、連覇へのチャレンジを自ら捨て、金メダリストとして社会貢献することもなく、愛想を振りまくこともせず、夜の渋谷でセキュリティに追いかけ回される。そんな大和エイジが、真周は腹立たしくてしょうがないのだ。

「嫌いに決まってるだろ。パリオリンピックのときのパートもそうだし、あいつの振る舞いの何もかもが、ボクを馬鹿にしてる……そう思えて仕方がない」

悪いか、と言いたげにこちらを睨む真周に、丈太郎は「まあまあ、怒るなよ」と苦笑した。

「まあ、仕方がない。スポーツの世界って、そういうものだ」

エイジにいくらそんなつもりがなくたって、真周からすれば自分の努力を嘲笑《あざわら》われているように思える。研ぎ澄まされた才能と努力がぶつかり合う世界で、頂に昇りつめた人間の振る舞いには、本人が意図しない声がまとわりついてしまうのだ。見上げることしかできない凡人にも、頂を奪い合うライバルにも、奇妙な幻聴を聞かせてしまう。

実はそれは、自分の内なる欲求や苛立ちの声なのに。

「君はよく頑張ってる。これからも頑張れ」

突然の労《ねぎら》いに、真周が目を瞠《みは》る。「は？」と首を傾げる彼に、丈太郎は「頑張れなくなったら誰かの前で弱音を吐いて、次の日からまた頑張れ」と続けた。

「だから、誰でもいいけど、弱音を吐ける人間を一人くらいは作っておけよ」

お前に何がわかる、という反応をされるに違いないと思ったのに、真周は呆れた様子で鼻を鳴らした。トロピックの店内に置かれたデッキやスケボーシューズに視線をやったと思ったら、「フィルマーさんさぁ」と丈太郎を見る。

「頑張ってる人にこれ以上頑張れなんて言えない〜とか、そういう心配りはないわけ？」

「何言ってんだ。そんなのは凡人が『自分は天才の努力を敬《うやま》える思慮深い優しい奴だ』って気持ちよくなるための言葉だ。結局、最後は〈頑張れ〉しかないって、職業柄よく知ってる」

丈太郎の言い分がそんなに愉快だったのか、真周は一瞬だけ笑うのを我慢して……我慢できず小さく噴き出した。何故かレジカウンターの中で南原までが声を上げて笑った。

ドアベルが鳴った。何がそんなに面白いのか、エイジと智亜がケラケラ笑いながら店に入ってくる。真周は「帰る」と短く言って席を立った。

「げっ、なんでパリ金が来てんの」

真っ先に顰めっ面になった智亜に、真周はすぐさま「うるさい、ガキんちょ」と切り返した。この二人、厳密には同じ高校生なのだが。

「何の用？」

額の汗を拭《ぬぐ》いながら素っ気なく問いかけたエイジに、真周は静かに口を開いた。

この前はありがとう。そう言いかけて喉元で消えたのが、横で見ていてわかった。

「次は、東京大会で」

それだけ言って、店を出ていった。振り返りもせず、凜《りん》とした足取りで去っていく。

「えっ、本当に、ただ宣戦布告だけしに来たの？」

店のドアがぴしゃりと閉まると同時に智亜がそんなことを言い出すから、「ほら、この間の礼ならここにあるぞ」と洋菓子の袋を差し出した。

「お、これは見るからに高級なお菓子。やるじゃんパリ金」

途端に機嫌をよくして包みを開け始める智亜を尻目に、丈太郎はカメラを引っ張り出して先日の襲撃事件の映像を再生した。

リバーサイド渋谷の大階段の手すりを滑り降り、広場に向かって飛ぶ大和エイジがそこにいる。咄嗟に撮ったにしてはいい映像だった。

「目の前に包丁持った男がいるっていうのに、よくもまあカメラ回す余裕があったよね」

丈太郎の背後からカメラを覗き込んだエイジが、呆れ返った顔でそんなことを呟いた。ソファの背もたれに肘をつき、カメラと丈太郎を交互に見て溜め息をついた。完全に、馬鹿な飼い犬を見る目だ。

「俺もそう思うよ」

死ぬときもカメラを回しながら死んでいくんだろうか。額《ひたい》の生《は》え際《ぎわ》の白髪を掻きながら、そんなことを考えてしまった。あまりにわかりやすい死亡フラグな気がして、慌てて笑い飛ばした。

「なに一人で笑ってるの」

エイジに怪訝《けげん》な顔をされた。笑いを噛み殺しながら「なんでもない」と答えたが、彼の表情は変わらなかった。

「しかしお前、この大ジャンプは重力を無視してねえか？」

「俺もそう思う」

「なんのトリックも繰り出してないけど、大会なら何点つくんだろうな」

動画を繰り返し再生する丈太郎を横目に智亜から洋菓子を受け取り、エイジは「何点だろうとどうでもいいよ」と乾いた笑いをこぼした。

第四話

12／24ミヤモトパーク50－50

「だからさぁ、いくらボクが世界一かわいいからって、推《お》しのアイドルと共演しただけでアンチ活動するのは違うと思わない？　あなたの推し活って他者を攻撃することなの？　って話」

大振りのステーキ肉に優雅にナイフを入れながら、パリオリンピックの金メダリストは顰《しか》めっ面《つら》でそんな話をした。

「あとさ、未《いま》だにボクが女の子になりたい男の子だと思って取材に来るテレビや新聞の人が多いの。ボクはただかわいい格好がしたいからしてるだけなのにさ、勝手な想像で取材に来て、当てが外れたって顔しないでほしいよね」

小さく切り分けた肉をゆっくり咀嚼《そしやく》し、まるで酒を飲むかのような手つきで炭酸水のグラスに口をつける。それが、淡い照明の下でえらい画《え》になる。自分が一番かわいく見える画角《がかく》を熟知している仕草だった。

「あとさあとさ、ワイドショーに呼ばれて政治についてコメントしただけでなんで叩かれなきゃいけないわけ？　アスリートはスポーツだけやってろって？　高校生が政治に興味持つのをむしろ歓迎しろって話だよね！　もうすぐ都知事選だってあるんだしさ」

わかるでしょ？　という顔でこちらを見つめる姫川真周《ひめかわましゆう》から、与野丈太郎《よのじようたろう》は静かに目を逸《そ》らした。

「ちょっとフィルマーさん、なんで梅干しみたいな顔するの。ボク、変なこと言ってる？」

「いや、ごもっともなことしか言ってないよ。さすがは大手通信教育講座とスポーツドリンクのＣＭに出てる金メダリスト様だよ。でも本当に申し訳ないんだけどさ、君と二人でこうやってメシ食ってるとパパ活してる気分になってくるのよ。ていうか周りからは絶対そう見られてるのよ」

幸い、通されたのは個室だったのだが、そのせいでよりパパ活感が増してしまったともいえる。上等な料理ばかり出てくるはずなのに、どれもこれもパパ活の味になる。

「えー、フィルマーさんが目立ちたくないって言うから、こーんな地味な格好で来たのに」

姫川真周のトレードマークであるツインテールは、今日は大人しいハーフアップだった。服装も落ち着いたデザインのワンピースだが、髪がスカイブルーなのは変わらない。相も変わらず全身黒ずくめな丈太郎と並んで歩いていたら、異常なほど目立つ。

「そもそも、弱音を吐ける人間を一人くらい作っておけって言ったの、フィルマーさんじゃない」

「言ったけど、どうしてその〈一人くらい〉が俺になるの」

「なるでしょう、手っ取り早いもん。フィルマーさんがアドバイスした張本人なんだから」

彼が丈太郎の前で吐き出すのはどちらかというと愚痴《ぐち》なのだが。七月の襲撃事件以来、何故《なぜ》か定期的に真周と会う習慣が勝手に作られてしまった。恐ろしいことに彼の両親公認である。

肉料理を食べ終えて食後の紅茶とデザートを平らげるまで、真周は一人で喋り続けた。

会計して（もちろん金メダリスト様の奢《おご》りである）店を出てなお、思い出したように海外遠征すると肌が乾燥して大変だという話をし始めるものだから、丈太郎は額《ひたい》の生《は》え際《ぎわ》の白髪を小指で掻きながら「へー」「すごい」「大変だ」の三つをひたすら繰り返すだけになっていた。

クリスマスを控えた表参道《おもてさんどう》は華やかだった。店という店、建物という建物がクリスマスのために装飾され、道行く人々も楽しいクリスマスと年末年始の休暇を指折り数えているような顔をしている。

「年が明けたら、東京大会だな」

イルミネーションが光る街路樹を見上げた真周に、ふと問いかけた。こちらから彼に振れる話題など、結局は競技のことしかない。

「東京の金メダリストさんはお元気？」

にやりと笑った真周に、「昨日も元気にセキュリティに追い回されてたよ」と告げる。呆《あき》れ顔で彼は肩を揺らして笑った。

「ねえ、フィルマーさんの見解を聞きたいんだけどさ。ボクがオリンピック予選で大和《やまと》エイジに負けたら、世間はなんて言うと思う？」

「さあ、どうだろうな。姫川真周の時代は終わったって言う奴もいるだろうし、大和エイジの返り咲きにドラマを見る奴もいるだろうし。ああ、でも、世間では君の方が圧倒的に好感度が高いから、大和エイジはどうしたってヒールキャラかもな。君が予選でエイジに負けたとして、むしろオリンピック本番に向けて応援ムードになるかも」

さり気なく見た真周の横顔は険《けわ》しかった。先ほどまで年相応に高校生らしい表情で愚痴を言っていたのに、鼻筋が別人のように凜《りん》としている。

「あいつに負けることを想定してるのか？」

「違うよ、絶対に負けたくないって思った」

地下鉄の入り口が見えてきた。「それじゃあ、気をつけて帰るように」と立ち止まった丈太郎を、真周が振り返る。瞳がイルミネーションに似合わない好戦的な色をしていた。

「それじゃあ、よいお年を。大和エイジにもそう伝えて、フィルマーさん」

足取り軽く真周は地下鉄の階段を下りていく。その背中が見えなくなるのを見届け、すぐさま彼の両親に「おたくの真周君は帰りました」とメッセージを送る。

そのまま、青山通りを渋谷方面へ歩いた。街路樹を彩《いろど》る煌《きら》びやかなイルミネーションを見上げながら吐き出した息の白さに、ふと二年半前のことを思い出した。

二〇二四年の六月、訳あって途方《とほう》に暮れながら青山通りを歩いていた丈太郎は、渋谷で金メダリストのスケーターに出会った。

丈太郎は当時と同じルートを通って渋谷へ向かった。宮益坂《みやますざか》上の五差路《ごさろ》から、六本木《ろっぽんぎ》通りの方へ。白と焦げ茶の縦縞《たてじま》が印象的なビルが近づいてくる。

このビルの敷地内が大和エイジとの初遭遇の場だったのだが、偶然にも今日の目的地はここだった。

歩道から続く階段を上ると、レンガ敷きの広場にスケートボードの滑走音が響いた。広場の中央、外灯に照らされた一帯に見慣れた金髪と、彼を見守る女子高生の姿がある。今日はここで滑るから、暇だったら集合――そんな連絡が、今日の昼間に届いていた。

カメラバッグに手を伸ばしながら一歩踏み出したとき、スマホが鳴った。電話だった。

相手の名前を確認して、丈太郎は足を止めた。その間もスマホは鳴り続ける。暗がりにウィールが地面を擦《こす》る音が走る。耳の奥を焦《こ》がすような熱っぽい音を振り切って、丈太郎は踵《きびす》を返した。

通話ボタンを押して、電話に出た。

電話の相手とは池尻大橋《いけじりおおはし》駅側のコンビニで待ち合わせた。

「与野さん、ご無沙汰《ぶさた》っす」

後輩カメラマンの篠田《しのだ》は、煌々《こうこう》と明るい店内に似合わない青い顔をしていた。

後輩といっても、多々良《たたら》と違って篠田はいわゆる芸能カメラマンというやつだ。アスリートではなく芸能人の熱愛とスキャンダルを追いかけるのが彼の仕事で生き甲斐《がい》だった。出会った頃は二十六歳だった彼も、いつの間にかアラサーに片足を突っ込んでいた。

「元気そうだな」

「元気っすよ。これからどうなるかわかんないっすけどね」

声を潜めた篠田に、丈太郎は小さく溜め息をついた。「酒でも買うか？」と提案したら、篠田が「そんな場合じゃないっすよ」と即答するので、余計に気が重くなってしまう。

結局、缶コーヒーを二つだけ買って、その足で丈太郎の暮らすマンションに向かった。

「俺はですねえ与野さん、芸能カメラマンなんですよ。人気アイドルや若手俳優のプライベートを追いかけるのが楽しくって仕事してるんですよ」

リビングに通されて座布団に腰を下ろすやいなや、篠田はそんなことを言い出す。丈太郎は
「あ、はい、もちろん承知してます」と姿勢を正した。

芸能カメラマンである彼に、本業から逸脱《いつだつ》した仕事を依頼していたからだ。それも、彼からの電話一本でこうして会いに飛んできてしまうほど、重要な仕事を。

「与野《よの》にある矢本《やもと》家の墓を探し出しちゃったよしみで引き受けましたけど、まさかこんなものを摑《つか》まされるとは思いませんでした」

眉間《みけん》に皺《しわ》を寄せたまま、篠田は鞄《かばん》からファイルを取り出した。

「ヤバいっすよ。笑えないです」

篠田が「例の依頼の件ですぐに話したい」「でも二人きりじゃないと話せない」とまで言うので、今日は自宅で会うことにした。覚悟はしていたつもりだったが、普段はお調子者の彼にこんな切羽《せっぱ》詰まった物言いをされると、どうしたって身構えてしまう。

今から二年半前、二〇二四年の夏、丈太郎は大和エイジと渋谷で出会った。三歳で児童養護施設に預けられた金メダリストと行動を共にするようになった。

エイジを施設に置いていった男の正体を知り、エイジの母親がすでに亡くなっていることと、彼女が眠っている墓を突き止めた。

エイジは、それをもって自分の素性《すじょう》を探ることを止《や》めた。本人の中ではしっかりケリがついたらしかった。

大和エイジの母親が誰かはわかった。でも、父親はわからない。エイジの母親は未婚のまま

エイジを産み、父親の正体も行方《ゆくえ》もわからないままなのだ。

だから、丈太郎は篠田を使って勝手に大和エイジの父親捜しを続けた。

「順を追って話しますけど、まず、大和エイジの母親・矢本美春《みはる》の経歴についてです。あ、これ、矢本美春の写真っす」

当然という顔で篠田がファイルから取り出したのは、集合写真のコピーだった。大学生くらいの若い女性が五人と、初老の男性が一人。大学のキャンパスらしき場所で撮られている。

篠田はその中の一人の女性を指さした。ロングストレートの茶髪に、前髪はセンターわけのワンレングス。顔の周りにシャギーが入って、それに厚底のロングブーツにミニスカートが加われば……。

「見事なアムラーだな。絶対一九九五年か六年の写真だろ、これ」

写真の右下を確認してみれば、「1995」と赤く印字されていた。やっぱり、と呟《つぶや》きかけた丈太郎を、何故か篠田がキョトンとした顔で見ている。

「アムラーって何っすか？」

「……お前もだったか篠田よ」

エイジや智亜《ともあ》ならまだしも、こいつもアラサーとはいえ丈太郎から見れば充分に若者だった。油断した。

「安室奈美恵《あむろなみえ》みたいなファッションしてた女の子のことだよ」

写真に写るのはみんな同じような髪型とファッションのアムラー達だったが、矢本美春が一番似合っていた。透明感のある美人なのが、髪型によって際立《きわだ》っている。

「……これが、大和エイジの母親か」

「写真は矢本美春の大学時代に同じゼミだった人がコピーさせてくれました。ゼミの記念写真だそうです。高校の交友関係も洗いましたけど、今回の話に大きな影響はなさそうなので割愛《かつあい》します」

矢本美春はいたって普通の女子大生だった。友人と一緒に流行のファッションに身を包み、大学生活を楽しんでいたのが写真から伝わってくる。

「埼玉県与野市出身の矢本美春は、一九九六年に大学を卒業して、都内の建設会社で事務職として働き始めます。ところがこの会社、二〇〇〇年に倒産してます」

「そっか、平成不況の真っ直中かあ」

矢本家の墓に刻まれた矢本美春の没年は二〇〇七年だった。大学を卒業しておよそ十年後、彼女は癌で他界することになる。

「会社が倒産してからの矢本美春の足取りを摑むのに手こずったんですけど、間を置かずに銀座の三栗屋《みくりや》ってクラブでホステスになってます。当時の同僚を捕まえたんで間違いないです。美人だけど幸薄《さちうす》そうなのが気に入ったって、ママが拾ってきたと言ってました」

この男、芸能カメラマンではなく探偵か何かになった方が稼げるのではないか。おののく丈太郎に、篠田は再び写真を見せてきた。

「こちらがホステス時代の矢本美春です。学生時代も綺麗でしたけど、めっちゃ美人ですね」

なかなかに高級そうな雰囲気のクラブで、淡い色のドレスを着た矢本美春が客と共に写っていた。大学時代に比べて化粧は濃くなったが、印象はそう大きく変わっていない。

「で、ここからなんですよ、問題は」

ぐっと身を乗り出した篠田は、酷《ひど》く低い声で「聞いたらマジで後戻りできないっすからね」と前置きした。

「『聞きたくない』は今更《いまさら》なしですからね？　与野さんが調べてくれって頭下げたんだから」

丈太郎の返事を待たず、篠田はもう一枚写真を見せてきた。

先ほどと同じ、三栗屋というクラブのソファに矢本美春が腰掛けている。隣には、見るからに仕立てのいい三《み》つ揃《ぞろ》えスーツを着た若い男が笑みを浮かべていた。

思わず、写真を手に取って男の顔を凝視《ぎょうし》していた。

「似てる」

二十代後半に見える男は、大和エイジとよく似ていた。目元と、笑ったときの眉と、口元の感じがそっくりだった。

「この男の名前、モモセアキヒデといいます」

「……アキヒデって、漢字でどう書くんだ」

「〈日〉の下に〈光〉、英語の〈英〉で晃英です」

堪《たま》らず目を閉じた。そうか、〈英〉か。〈英〉の字が入っているか。

「この男が、大和エイジの父親？」

「百瀬晃英が三栗屋に来るようになったのは二〇〇三年頃だそうです。同僚だったホステス曰《いわ》く、矢本美春とは結構いい仲だったと。百瀬も矢本に入れ込んでいたし、矢本も彼が店に来ると毎度嬉しそうだったとか。矢本はその後、二〇〇四年の秋頃に店を辞めています。百瀬もその頃から店に来なくなったとか」

エイジの生年月日は二〇〇五年の八月八日……ということになっている。二〇〇八年八月八日に彼は児童養護施設に預けられ、その時点でエイジが自分のことを三歳だと言っていたから、逆算して二〇〇五年生まれということになった。当然ながら、エイジの本当の誕生日は二〇〇五年八月八日より前のはずなのだ。

「二〇〇四年の秋頃に妊娠が発覚して店を辞めたんだとしたら……子供が産まれるのは二〇〇五年の春頃、だよな」

子供のいない篠田はピンと来なかったのか、「ですかね？」と首を傾《かし》げた。

「計算は合う」

「同僚だった元ホステスも『矢本美春は何も言わず店を辞めた』と言ってましたけど、実は百瀬の子供を妊娠したんじゃないかと思ってたらしいですよ。同じことを考えてるホステスが何人もいたって」

ああ、じゃあ、もう、ほぼ確定じゃないか。床に放置された缶コーヒーの入ったレジ袋を見つめながら、丈太郎は大きく溜め息をついた。

「あとは、この百瀬晃英さえ見つかれば答え合わせができるってわけか」

「それがですね、見つけるのは超楽勝だったんですよ」

言いながら、篠田はファイルからＡ４のコピー用紙を引っ張り出した。

そこに印刷されていたのは、歳を重ねた百瀬晃英の写真——を使ったポスターだった。

「……これ」

見覚えのあるポスターだった。

四十代後半だろうか、年を取っても百瀬の目元にはエイジの面影《おもかげ》がある。爽《さわ》やかに笑う彼の写真と共に、「百瀬晃英」とオレンジ色のゴシック体で印字されていた。「進もう、次の時代へ」というキャッチコピーと、現在与党と呼ばれる政党のロゴマーク付きだ。

「政治活動用ポスターってやつです。百瀬晃英は衆議院議員です。四十八歳だけど政治家なら若い方だから、若手のホープだとか次世代を担うイケメン若手議員だって持ち上げられてます。元総理の姪《めい》っ子と十五年前に結婚して、子供が二人います」

「言われてみれば俺もテレビで見たことあるわ。この前、深夜の討論番組出てたわ」

「ちなみに、父親は外務大臣の百瀬晃造《こうぞう》ですよ。三栗屋は百瀬晃造の行きつけで、息子の百瀬晃英は二十代の頃は父親の秘書です。もちろん、父親と一緒によく三栗屋に通ってました」

困惑する丈太郎に、篠田はスマホを見せてきた。ニュースで何度も見たことのある大物議員の顔がそこにあった。組閣のニュースのたびにどこかの要職に必ず収まっている政治家だ。

「つまり、大和エイジの父親は、二世議員で、しかも現職大臣のご子息……」

「それに加えて、百瀬晃英は次の都知事選に立候補予定です。本人が先週明言しました」

恐る恐る自分のスマホで百瀬の名前を検索した。一番上に表示されたのは、彼が来年二月に告示される東京都知事選への立候補を表明したというニュースだった。爽やかイケメン若手議員が東京のトップを獲《と》りにいく宣言をしたことに、「政治も世代交代が必要」だとか「若い人に政治を担ってほしい」というコメントが飛び交っている。

「これ、本当に都知事になると思う？」

「どうでしょう？　現職も強いでしょうけど、対抗馬筆頭なのは間違いないと知り合いの記者が言ってました」

「これは確かに……二人きりじゃないと話せないな」

百瀬晃英のポスターを見下ろして呟いた丈太郎に、篠田は何故か呆れた様子で笑った。カラカラに乾いた感情の滲《にじ》まない笑い声だった。

「与野さん、違うんすよ……まだ先があるんですよ」

いや、これ以上何があるんだよ。笑い返したいのに、喉が詰まって言葉にならない。

「百瀬晃英と矢本美春の関係、矢本が店を辞めた時期、大和エイジの年齢、大和エイジと百瀬が似ていることを踏まえても、親子である可能性は大です」

「ああ、理解してるよ」

頷いた丈太郎に、篠田は頬を引き攣《つ》らせた。

「百瀬晃英と父親の百瀬晃造は新潟出身で、二人とも選挙区こそ別々ですが地盤はもちろん新潟です。晃英の方の選挙区は新潟三区なので、メインは県北ですね。神邑《かみむら》とか新発田《しばた》とか」

神邑と聞いて、丈太郎はすっと息を呑んだ。聞き覚えがあると思ったら、一年前にスケートボードの日本選手権が開催された地だ。会場の名前だって神邑市スケートパークだった。

「神邑市……」

ああ、思い出した。百瀬晃英のポスターを、俺は神邑市スケートパークの周辺で見た。この爽やかな二世議員のポスターが、民家の塀や路肩《ろかた》の電柱に何枚も貼ってあった。スケートパーク側のコンビニの前にもあった。

「百瀬晃英について調べているうちに見つけてしまったんですけど……与野さん、去年の十一月に神邑市の海辺で大麻《たいま》持ってた若者を撮っちゃって、えらい目に遭《あ》ったって言ってましたよね？」

「ちょっと待ってちょっと待って」

思わず篠田を遮《さえぎ》ってしまった。「え、なんでその話が出てくるの？」と、篠田に釣られて頬を引き攣らせる。笑えない、本当に、笑えない。

「その事件で捕まった二十代の男三人、全員が不起訴処分になってました。そのうちの一人の父親が、百瀬晃造の後援会長です」

自分を拉致《らち》した三人の男の顔を順繰《じゅんぐ》りに思い出した。坊主頭と、首にタトゥーが入った男と、仲間からトシキと呼ばれていた茶髪の男。

「ちなみに後援会長の息子、首にでっかい蝶のタトゥーが入ってるそうですよ」

「あいつかぁ……大物政治家の後援会長の息子だったかぁ……。エイジに蹴り食らって伸びてた奴だ」

「ねえ与野さん、こいつらの不起訴って、後援会長が百瀬親子に口利きを頼んだ可能性はないっすか？」

この家には自分達二人しかいないのに、篠田は声を潜《ひそ》める。限界まで声のトーンを落とし、丈太郎を見据《みす》える。

「うちの息子に前科がつかないように、お友達共々、何とかしてやってくれって？」

「だって、与野さんを拉致してまで証拠隠滅《いんめつ》しようとしたんでしょ？　大麻の現物だって押収《おうしゅう》されてるんでしょ？　仲良く三人とも不起訴なんてありえます？」

答えに窮《きゅう》する丈太郎に、篠田は深々と溜め息をついた。

「金メダリストの父親捜しのはずが、政治家の笑えないスキャンダルを二つも摑んじまいましたよ。都知事選の有力候補の隠し子騒動に、その父親がお友達関係の犯罪をもみ消したかもしれないんですよ？　俺は芸能人の熱愛と泥沼不倫を撮りたくてカメラマンになったのに！」

「いや、篠田お前……マジでニュースカメラマンやった方が稼げるよ。政治の闇を暴けるよお前なら」

「嫌ですよ、いつ殺されるかわかったもんじゃない！　今だって危ない橋渡ってるってのに」

頭を振りながら、篠田は手にしていたファイルを丈太郎に押しつけてきた。めくってみれば、写真以外にも彼がこれまで話してくれた内容が事細《ことこま》かにまとめられている。

「これを与野さんがどう使うかはお任せしますけど、気をつけてくださいね。下手すると本当に……仕事を干されるなんて次元じゃ済まないかもですよ」

「ああ、そうだな。お前はもうこの件は追うな、知らない振りしてろ。あと、しばらくは身の回りに気をつけて」

「言われなくたってそのつもりです。与野さんも、無茶はしちゃダメですよ。これ、連ドラだったら『この日を境に与野とは連絡がつかなくなった』ってパターンのやつですからね」

床に置きっぱなしだったレジ袋から缶コーヒーを一本取り出した篠田が、「いただいていきます」と丈太郎に一礼して立ち上がる。

「あ、この件、麻倉《あさくら》さんには伝えた方がいいですか？　与野さんが自分で言います？」

リビングを出ていきかけた篠田に問われ、喉の奥が強《こわ》ばる。

「いや、麻倉には言わないでくれ」

冴恵《さえ》は、肝《きも》も据わっているし頭もキレる。厄介事に巻き込んでおけば絶対に役に立つ。だから、これは言えない。

「了解です」

丈太郎の決断にとやかく言わず、篠田は帰っていった。缶コーヒー片手に去っていく彼を玄関で見送ったのち、リビングでもう一度ファイルの中身に目を通した。

生前の矢本美春と若い頃の百瀬晃英が並ぶ写真を、じっと眺めた。これが大和エイジの両親が共に写る唯一の写真の可能性があるのかと、幾度となく溜め息をついた。

妙な気分だった。怒りとか憤《いきどお》りとか、やるせなさとか。個々の感情はしっかり認識できるのに、混ざり合った瞬間に何が自分の胸を痛めつけているのかわからなくなる。

ただ、抱えているものすべてを壁に向かって投げつけてやりたい衝動に駆《か》られた。

＊

どこからかクリスマスソングが聞こえてくる。黄ばんだ渋谷の夜空を見上げたまま、丈太郎は耳を澄ませた。

クリスマスイブのミヤモトパークは混雑していたが、屋上のスケートパークは午後九時が迫ると人が疎《まば》らになっていった。きっと階下のレストランフロアは賑やかなことだろう。

お隣の芝生の庭園は金色のイルミネーションが眩《まぶ》しく、カップルだらけだった。コンクリートで造られたボウルと呼ばれる窪地《くぼち》が並ぶパークは、数人のスケーターの滑走音が響くだけになる。

エイジはボウルの中を緩やかに滑っていた。堅く冷たい曲面でふっと加速したと思ったら、ボウルの縁から高らかにジャンプする。丈太郎はその一瞬を見逃さず、シャッターを切った。

そう広くないボウルの中をスケボーで彼に並走するのは無理な話だった。

エイジと同じボウルで滑っていた二人のスケーターが、エイジに手を振りながら帰っていく。「おう」と短く手を振り返したエイジは、無人のボウルに再びドロップインした。

明らかに、先ほどまでとスピードが違う。他のスケーターがいた手前、エイジはずっと流し程度にしか滑っていなかった。彼が本気で滑ったら周りのスケーターが危ないし、周囲が萎《い》縮《しゅく》して金メダリストのために場所を空けてしまう。

カメラを動画モードに切り替えて、丈太郎はその場で膝を折った。エイジの姿を目で追い、位置を決めてカメラを構える。ファインダー越しに見るエイジの金髪に、同じ色をしたイルミネーションが反射する。

目の前でエイジが跳んだ。ボウルの縁から宙へ飛び出し、テールを摑んでデッキから足を浮かす。危なげなく着地して、鋭い音と共にボウルを駆け抜ける。

公園を冷たい風が吹き抜けた。エイジの金髪が揺れて、どうしてだか百瀬晃英の顔が浮かんでしまった。

あの男の名前の中にある〈英〉の字が、丈太郎の眉間で蠢《うごめ》いた。

そんな丈太郎のことを、エイジが見ていた。ファインダー越しに胡散臭《うさんくさ》そうにこちらに視線を寄こす。

あ、と息をしたら、ボウルの縁《ふち》につけられたパイプ《コーピング》をエイジは滑り抜けていった。クリスマスソングを掻き消す金属の摩擦音《まさつおん》と、バックサイドテールスライド。

「なにボーッとしてんの」

そう吐き捨てて、エイジはボウルの曲面を滑り降りていく。

お前の父親のことを考えてたんだよ——そんな声を腹の底に押し込んだ。

ボウルを駆け抜け、エイジはさらにスピードを上げた。火花が散るような滑走音が再び迫ってきて、丈太郎の頬を叩いた。

エイジが大きく膝を折り、ボウルの縁から高らかに跳ぶ。あまりの高さに、エイジの姿が画角に収まらない。

カメラごと、頭上を大きく仰ぎ見る。尻餅をついた。

丈太郎を軽々飛び越えたエイジは、パークを取り囲むフェンスの枠に前後のトラックを引っかけた。軽やかな50－50グラインドの最中、こちらを見下ろす。

俺のトリックに集中しろとばかりに、彼はファインダーの中で丈太郎を指さして笑った。

その瞬間、イルミネーションが色を変えた。金色から青へ、世界が裏表ひっくり返る。

フェンスを冷たく鳴らし、エイジは身を翻《ひるがえ》して難なくボウルに着地する。真っ青なイルミネーションを背景に、金髪がレンズの向こうで尾を引いた。

大和エイジと初めて出会った日、彼を撮り損ねた。満月を背負うように頭上を舞ったエイジを、丈太郎のカメラは捉えられなかった。未だにそのことを夢に見てしまうときがある。

でも、今のは撮った。逃さなかった。

「うわ、青っ。いつの間にか色変わってた」

ボウルの底でボードを下りたエイジが周囲を見回した。瞳に青い光が映り込む。「九時になると、一分だけ青に変わるんだよ」と、フェンスの向こうを通り過ぎたカップルが楽しげに話しているのが聞こえた。

カメラを覗き込み、撮ったばかりの映像を再生した。

金色のイルミネーションに照らされる中、コンクリートの曲面で加速したエイジが、ボウルの縁から跳ぶ。鉄製のフェンスをボードで鷲掴《わしづか》みするようなフロントサイド50－50。彼がカメラを指さしてニヤリと笑った瞬間、イルミネーションの色が切り替わる。画面が青に染まり、エイジの髪だけが金色に光った。

「なに笑ってんの」

ボウルを這《は》い上がってきたエイジに、カメラを見せてやる。画面を覗き込んだ彼は、ははっと肩を揺らす。

エイジの笑い声に呼応《こおう》するように、イルミネーションの色が再び変わる。凛とした青色から夜の渋谷らしい煌《きら》びやかな金色に、世界が裏返る。エイジの金髪が輝きを増した。

「いいクリスマスプレゼントだろ」

そんな生意気を言われたが、これればかりは「違いねえ」としか返せなかった。

「おじさん、なんでリボン結びが上手なの。すごい、めちゃくちゃ綺麗に結ぶじゃん」

赤と緑のリボンを使って布袋の口を綴《と》じたら、エイジに目を丸くされた。「娘がいると自然と上手になるんだよ。髪結《ゆ》ってやるから」とこぼしながら、リボンのサイズと角度を調整してやる。

「よし、これでいいだろ。立派なサンタさんからのプレゼントだ」

渋谷駅近くのディスカウントストアで買い込んだ大量の菓子の入った袋を、エイジは意気《いき》揚々《ようよう》と担《かつ》ぎ上げた。赤いアウターを着た彼が真っ白な袋を背にすると、本当にサンタクロースだった。

そのまま、三歳から十八歳までを過ごした児童養護施設「金木犀寮《きんもくせい》」の正門を飛び越える。

「お前、施設を出てから毎年こんなことしてるのかよ」

「あれ、去年っておじさんも一緒じゃなかったっけ？」

足を止めたエイジが、そのまま「あ、おじさんと来るのは初めてか」と首を傾げる。

「そーだよ。去年の今日は金木犀寮でクリスマス会の撮影してただろ」

丈太郎も静かに正門を越えた。今年は年度の予算が怪しくなってきたからと撮影の依頼がなかったが、どうせ仕事もないならタダで撮りに来ればよかったと今更ながら思った。

午後十時を回り、寮の一階は職員のいる部屋を除いて明かりが落ちていた。クリスマス会も無事終わり、寮は静かなものだ。

足音を立てないように建物に忍び寄ったエイジは、一階の――クリスマスツリーの飾られた談話室の窓に手を伸ばした。鍵はかかっておらず窓はあっさりと開く。

今日は寮のクリスマス会だからとミヤモトパークに来なかった智亜《ともあ》が、こっそり鍵を開けておいたのだという。

靴を脱いで談話室に侵入したエイジは、クリスマスツリーの横に大量の菓子が入った袋を置いた。一度だけ室内を見回して、すぐに外に出てくる。

「トモがあとでトイレに行くついでに鍵をかけてくれるから」

いたずらが上手くいった子供のように笑って、「さ、逃げよ」と走り出す。白い息をふっと吐き出して、再び軽やかに正門を飛び越えた。

「サンタくらい、いるかもしれないって思えた方が楽しいだろ？」

先ほどの丈太郎の問いに、今頃になってエイジは答えた。「一応、実家くらいのつもりでは思ってるから」とスケートボードに飛び乗って、夜の住宅街を走り抜ける。

何も言わず、丈太郎はついていった。二台分のウィールが夜の渋谷にか細く響く。通り過ぎた一軒家の玄関にクリスマスリースが飾ってある。生け垣や窓の電飾が点滅している。

丈太郎は明日、結衣《ゆい》と冴恵とクリスマスを祝う。冴恵のスケジュールの関係で、イブよりクリスマスの夜の方が余裕があるからと、そういう予定になった。

それが申し訳ない気分になるのは何故だ。エイジの赤いアウターを睨みつけて、思った。眉間にぼんやりと鈍い痛みが走った。

またた。また、百瀬晃英の〈英〉の字が、丈太郎の頭を埋め尽くす。

スマホが鳴って、丈太郎は緩やかに減速した。立ち止まって確認すると、篠田からメッセージが届いていた。

もうこの件は追うな。そう伝えたはずなのに、これが芸能カメラマンの……いや、週刊誌なんて世界に足を突っ込んだ人間の性《さが》なのだろうか。篠田はとあるニュースサイトのＵＲＬを送ってきた。

タップすると、濃紺のすらりとしたスーツを着込んだ百瀬晃英と——丈太郎もよく知る人物が並んでいる写真が表示された。

「おじさん、どうしたの」

十メートルほど離れたところで、エイジがこちらを振り返っていた。

「なんでもない、仕事のメールだ」

なんでもないよ。意味もなくそうつけ足して、丈太郎はアスファルトを蹴った。ゆるゆるとエイジに追いついて、「コンビニでケーキでも買って食うかぁ」と天を仰《あお》いだ。

「どうせ半分食べて胸焼け起こすくせに」

そう嘆《なげ》く自分が鮮明に思い浮かんだ。だが、呆れて笑うエイジに、笑い返すことも「生意気な」と呟くこともできなかった。

＊

ハロウィンが終わったらクリスマス、クリスマスが終わったらすぐさま正月飾りと、入れ替わり立ち替わり街が装飾されて賑やかだった時期が終わった。一月の終わりが見えてくると、エアポケットのように街は殺風景になる。

それは、ストライプビル渋谷のエントランスも同じだった。入場ゲート前で仁王立《におうだ》ちする警備員を横目に、ベンチに腰掛けて丈太郎は灰色の天井をボーッと見上げていた。

受付に掲げられた時計がちょうど午後六時を指したタイミングで、エレベーターが到着する音が無機質に響き渡った。

上階から降りてきた中年男性は、丈太郎を見つけるなり「やあやあやあ！」と手を振った。左手首には出会ったときと同じように高級腕時計が巻かれている。

「まさかこのタイミングでオーデマ・ピゲを頼ることになろうとは……」

二〇二四年の六月、このストライプビル渋谷のレンガ広場で大和エイジと出会ったのは、このオーデマ・ピゲこと豊澤《とよさわ》という男がきっかけだった。

「与野さーん、明けましておめでとう、元気してる？」

初対面の豊澤の印象は〈健全じゃない方法で金持ちになったタイプの金持ち〉だったのだが、彼の正体はこのビルに入るネクストハーバーという——何をしているのかよくわからないがＣＭやニュース番組でやたら名前を聞く有名ＩＴ企業の社長だった。

「急ごうか」

丈太郎の「明けましておめでとうございます」を寸止めし、豊澤は立ち止まることなく目の前を通り過ぎていく。マネージャーなのか、一緒に降りてきた男と共に異様な早歩きで車寄せへと向かった。

「悪いねえ、忙《せわ》しなくて。もうすぐ都知事選の告示でしょう？　まあ忙しいんですよ、こうなると」

ハイヤーの後部座席に豊澤と並んで乗り込むと、彼は腕時計に視線をやりながらそうぼやいた。今日も時計はオーデマ・ピゲだ。よく見たら、初めて会った日とは違うモデルだった。一体いくらの代物《しろもの》なのか。

「いえ、重々承知してます。こちらこそ無理を言ってすみません」

「無理は押し通したけど、まあそこはエイジのフィルマーである与野さんの頼みだからね」

窓枠に頬杖《ほおづえ》をついて、豊澤は肩を竦《すく》める。丈太郎は無言でスマホに視線をやった。この年末年始、幾度となく読み返した記事を睨みつける。

クリスマスイブの日に篠田から送られてきたのは、とある大学の創立百周年を祝う特設サイトのURLだった。社会で活躍するOB・OGが対談するという企画の中に、衆議院議員・百瀬晃英の名前があった。

彼と対談しているのは、三歳違いで同じアメフト部の先輩後輩同士だったという豊澤だ。自社ビル内でスケボーのコンテストを開いてビール片手に高笑いしている豊澤が、それはもう大真面目に日本の未来について語っていた。

「まさか、豊澤さんが都知事選の立候補者の先輩とは思いませんでしたよ」

「先輩っていっても、ものすごく距離が近かったわけじゃないけどね。僕としては、都知事選のタイミングで有力候補と繋がりができて嬉しい限りだけど」

「取り次いでいただけてよかったです。正直、ほぼ無理だろうなと思ってたんで」

「僕もダメだろうと思ってたよ。都知事選の直前に、ただの大学の先輩が『お友達に会ってほしい』と頼んでOKしてもらえるなんて、ありえないでしょ」

でも、丈太郎は豊澤に伝言を頼んだ。それを聞いた百瀬は、今日こうして丈太郎と会う時間を作った。

「何を企《たく》んでるのか知らないけど、とりあえず穏便《おんびん》にね。僕、楽しくないことは好きじゃないんだ」

「俺、今そんなに物騒《ぶっそう》な顔してます？」

「親の仇《かたき》でも取りに行く顔なんだもん」

親の仇かあ……苦笑しながらシートに背中を預けた。気分は確かにそうかもしれない。

豊澤は一人で話し続けた。大学時代から百瀬は〈育ちのいい爽やか好青年〉だったとか、でも親は厳しいようだったとか、アメフト部ではどこのポジションだったとか。丈太郎が押し黙ったからか、豊澤はわざとらしいほど楽しげに喋った。

ハイヤーが向かったのは赤坂だった。駅前の飲食店街を抜け、住宅街の細い通りの先に、見るからに「うちは政治家もご贔屓《ひいき》にする老舗《しにせ》料亭です」というたたずまいの生け垣と門扉《もんぴ》があった。小さな表札に彫られた「白鷺《しらさぎ》」という店名が、橙色《だいだいいろ》の照明に照らされている。

「やっぱり、こういうのって赤坂の料亭になるんですね」

ハイヤーを降りて思わず呟いてしまった丈太郎に、豊澤はなんてことない顔で「ほら、メインは僕と百瀬議員の会食だから」と笑った。

門を抜けると、竹の植栽の中を敷石《しきいし》が真っ直ぐ延びていた。玄関で待ち構えていた仲居の女性は、明らかに場違いな黒ずくめの男にも表情一つ変えなかった。

「東京オリンピックの金メダリストと繋がるのは、百瀬議員もイメージ戦略的に悪くないと考えるんじゃないかと思ったんだけど、どうやらそんな次元の話じゃない雰囲気だね」

狭い廊下を仲居に案内されながら、前を行く豊澤の声はどこか訝《いぶか》しげだった。丈太郎が答えるより先に、仲居が「こちらです」と音もなく障子戸《しょうじど》を開けた。

十畳ほどの広々とした和室に通されると、豊澤はスマホ片手にすぐさま廊下に出た。

「僕は二十分ほど仕事の電話をしてくるので、その間に済ませてちょうだい。百瀬議員もそれで了承してくれてる」

そう言って、廊下で待機していたマネージャーと連れ立って、来た道を戻っていく。

一人残された和室で、丈太郎は静かに深呼吸をした。床の間に随分と立派な寒牡丹《かんぼたん》の掛け軸が飾られている。上品な井草《いぐさ》の香りに、何故か頭痛がした。下座《しもざ》の座椅子に腰を下ろし、艶《つや》やかなのテーブルの天板をじっと見る。

何分たったか。足音が近づいてくる。耳を澄ます。足取りの異なる音が、二人分。

「こちらでございます」

先ほどと同じ仲居の女性が障子を開けた。「どうも」と彼女ににこやかに会釈《えしゃく》し、濃紺のスーツを着た男が入ってくる。

年末に篠田と話して以降、何度も写真で見た百瀬晃英だった。秘書やら何やらをぞろぞろ引き連れてくるかと思いきや、一人でやって来た。

丈太郎の顔を凝視したまま、百瀬は向かいの座椅子に腰かける。ジャケットの一番下のボタンを外して、ただ一言「百瀬です」と笑う。白い歯を覗かせた、ポスターそっくりの営業スマイルだった。

大和エイジとは、随分違う笑い方だ。

「与野です。カメラマンをやっています。本日は」

お時間をいただきありがとうございました。そう続けようとしたのに、すぐさま百瀬は腕時計に視線をやった。

「豊澤さんからあなたのことは伺《うかが》っています。時間もないですし、本題に入りませんか」

わずかに身を乗り出した百瀬に、丈太郎は無言のまま頷いた。

「都知事選前にわざわざ人払いまでして会ってくださるということは、矢本美春さんのことをよくご存じだということですね」

百瀬に接触を図る際、豊澤に伝言を頼んだ。

矢本美春さんの件で伺いたいことがある、と。

「聞かずとも、あなたはもう随分と理解しているのでは？　顔に書いてありますよ」

ふふっと口の端だけで笑う百瀬に、丈太郎はテーブルの下でそっと拳を握った。過去のスキャンダルを突きつけられて焦って姿を現した、なんて雰囲気ではない。奇妙なほどの余裕と優雅さが百瀬の全身から放たれている。

「豊澤さんから与野さんのことを聞いて、私の方でも調べさせてもらったんですよ、あなたのこと。あなたが私に会いに来た理由も、おおよそ察しがついています」

察しがついた上での、この余裕か。無意識にテーブルの木目《もくめ》を睨みつけていたことに気づき、丈太郎は顔を上げた。

「矢本美春さんに子供がいることも、ご存じなんですね」

「大和エイジ君でしょう？　東京オリンピックの金メダリストの」

正面からまじまじと見る百瀬晃英の顔は、やはりエイジに似ていた。あいつが四十八歳になったら、きっとこういう顔になる。

「与野さんの名前を検索すると真っ先にヒットするのが、大和君がパリオリンピックの会場に侵入してスケートボードをする動画でした。与野さんが美春さんの名前を出したことと、大和君のプロフィールを確認したら、彼が美春さんの子供なんだろうとおのずと想像できます」

「美春さんが二十年前に亡くなっていることも、ですか」

「ええ。彼女のことだから、そんなことでもないと息子が児童養護施設に行くなんてことにならないでしょう」

さらりと言ってのけた百瀬に、言葉が続かなかった。政治家なんてやっていると自然とこうなるのだろうか。どんなときも口元が穏やかに微笑《ほほえ》んでいる。なのに、目の奥だけが常に淡々としているのだ。

「そして、あなたは大和エイジの父親が私であると考え、こうして会いに来た」

自ら核心を突いてきた百瀬に、丈太郎は大きく頷いた。「身に覚えは？」という問いに、百瀬は口元に手をやって笑った。

「ありますよ。二十代の私の、最も大きな過《あやま》ちだった。父にも随分とお灸《きゆう》をすえられました。

未だに父は私にお説教をするとき、当時のことを持ち出しますからね」

それに——そう小さく呟いて、百瀬はわずかに目を伏せた。

「大和エイジの写真と私の若い頃の写真を見比べると、私ですらよく似ていると思う。本当のところはＤＮＡ検査をしないとわかりませんけど、ほぼ間違いないでしょう。彼は、僕と矢本美春さんの子です」

百瀬の語尾に、懐かしさが滲んだような気がした。吐息をつくように笑った彼は、遠くを見るように目を細めた。

「僕と彼女が別れてからの年月を思えば当然のことですが、あのときの子がこんなに大きくなっていたんだなと、身勝手に感慨深くなってしまった」

決定的な証拠が提示されるまで、意地でも認めないのではないかと思った。それに対して、声を荒《あら》らげないよう、万が一にも手を上げないよう、自分に言い聞かせながらここまで来た。

まさか、こうもあっさり百瀬が認めるなんて。

「金メダルまで獲っている子を相手にこういうのも失礼かもしれませんが、彼は元気に暮らしているんですか？」

「ええ、まあ、元気すぎるほどに」

「そうか、それはよかった」

誰かに語りかけるように呟いて、百瀬は小さく肩を揺らす。生まれたばかりの我が子を見るような顔をする彼を、丈太郎は凝視したままでいた。

「こうして知らせてくださったあなたにも、感謝しています」

百瀬はゆっくりと丈太郎に向かって頭を下げた。つむじの位置と巻き方がエイジと同じだと気づいてしまって、どうしてか喉の奥が震えた。

「この件を、大和エイジ本人はまだ知りません。だから――」

もしエイジが『会いたい』と言うなら、会うつもりはありますか。

丈太郎の問いかけに、百瀬は音もなく顔を上げた。

彼はもう父親の顔をしていなかった。

「いくらで買い取れますか？」

薄く乾いた笑みを浮かべ、気に入った商品の値段でも尋ねるように、エイジそっくりの目で百瀬は首を傾げる。

「……買い取る？」

「ええ、今日の本題です。与野さんもそのつもりで来たんじゃないんですか？」

口を半開きにしたまま、丈太郎は瞬《まばた》きを繰り返した。それがそんなに面白かったのか、百瀬は白い歯を覗かせて笑った。政治家として百点満点の、爽やかで好感度抜群の笑顔だった。

「与野さん、カメラマンなんですよね？　この情報を週刊誌に売らず私に直接持ち込んだということは、そういう目的だったのでは？　逆に、それ以外に何がしたかったんですか？」

「俺はニュースカメラマンでも芸能カメラマンでもない。スポーツカメラマンです」

カメラを向けるべきはアスリートで、彼らの輝かしい一瞬のパフォーマンスを記録するのが俺の仕事で。

「……俺はただ、あいつが東京オリンピックの金メダルに願ったことを、叶《かな》えてやりたかっただけだ」

日本にストリートカルチャーを根付かせたかった。親を捜したかった。東京オリンピックに出た理由を、エイジは以前そう語っていた。

ただのスポーツカメラマンに手出しできるものがあるなら、せめて、と思った。

「叶えてやりたかった？」

ポカンと目を瞠《みは》った百瀬が、先ほどの丈太郎のように小刻みに瞬きを繰り返す。

「都知事選を控えた私を脅迫するでもなく、金銭が目的でもなく、ただ大和エイジの願いを叶えたかった。そのためにわざわざ私に会いに来たんですか？」

言いながら百瀬は半笑いになった。そんな馬鹿なと言いたげな目で、世の中には酔狂《すいきょう》な人間もいたものだと感心する目で、口の端を吊り上げてニヤリと笑う。ああ、やっぱりエイジの父親だ。あいつとそっくりだ。

「ええ、そのつもりでした。二十代のあなたにだって立場があっただろうから。結婚できなかった事情も、あの子を認知《にんち》できなかった事情もあるだろうから。だから、もしかしたら今のあなたは、大和エイジに会いたいと思うんじゃないかと、そう期待した」

「残念ながら、与野さんのご期待には添えないです。こちらの率直な希望は、この件をあらゆる手段を使って表沙汰《おもてざた》にしないこと、それに限ります」

「都知事選のためですか」

「戦後、都知事選で現職の知事が立候補して負けたことはない。それを打ち破るためには、余計な荷物を背負ってはいられない」

「実の子かもしれないのに、余計な荷物ですか」

「事実、荷物としか認識できないんですよ。小学生の子供が二人いるので、今更、二十歳過ぎの彼と感動の親子の再会をするつもりもない」

大和エイジはほぼ間違いなく自分の子供だろうが、父親だという感覚は微塵《みじん》もない。封印しておきたい過去の過ち。そう言いたげな百瀬の口振りに、気がついたら腰を浮かしていた。

そんな丈太郎を、百瀬は珍獣でも観察するようにじっと見ている。

「確かに、政治家になったあなたにとってエイジは……一生隠しておきたい人生の汚点だろうよ。でも、あの子がどんな気持ちで十八歳まで施設で暮らしてたか、どんな気持ちでオリンピックに出たか、考えないんですか」

「いらぬ苦労をしただろうと想像できます。だから、買い取り料にその詫《わ》びは上乗せするつもりです」

「それと引き換えに、もう二度と、関わってくれるなと？」

「ええ、そうですね」

当然とばかりに語る百瀬に、丈太郎は立ち上がった。こちらを仰ぎ見た百瀬を睨み返す。

カメラバッグから、大和エイジの金メダルを引っ張り出した。

二年半前――パリオリンピック開会式の日、矢本家の墓の前でエイジが「あげるよ」と丈太郎の首にかけた金メダルだ。

「あんたの息子が、東京オリンピックで獲った金メダルだよ」

眼前に突きつけられたメダルを、百瀬は凝視した。メダルに彫刻された勝利の女神・ニケが、和室の照明を受けて白く光る。

「へえ、これが東京オリンピックの金メダルなんですね、初めて見ました」

感動など微塵も感じられない薄っぺらな反応だった。腹の底で暑苦しい落胆が暴れ回る。勝手に期待したのはこちらだ。なのに、裏切られたことに猛烈に憤っている。

「これを見ても、あんたは、何も思わないのか」

ふざけんなよ、と喉まででかかって、奥歯を噛んだ。

「二十代の私の軽薄な過ちのせいで苦労させてしまったけれど、彼の側にあなたのような慈悲《じひ》深い大人がいてよかったですよ」

「……は？」

組市松紋《くみいちまつもん》の入った首かけリボンを握り締めた。金メダルが静かに反転する。

「そうでしょう？　要するに、あなたは彼の父親代わりをしてるつもりなのでは？　私はそれを咎《とが》めません。どうぞ、これからも存分に続けてください。その方が彼も幸せなんじゃないかな。自分のためにこんなことまでする大人が側にいて、大事な金メダルを預けるほどに信頼してるんだから」

「俺はあの子に何もしてやってない」

何が〈大事な金メダル〉だ。大和エイジがどんな気持ちでこれを手に入れたか、どんなつもりでこのメダルを持ち続けていたか、思いを馳《は》せるつもりすらないくせに。

――親が見たら、喜ぶかなと思って。

丈太郎にそう言ったエイジの横顔を、思い出してしまう。

「親の代わりをしてるだなんて、ただの一度も思ったことはない。やりたいとも、できるとも思ってない」

「じゃあ、赤の他人のために、あなたはそんな顔をするんですね」

百瀬が丈太郎の顔を指さす。どんな顔をしているのか自分ではわからない。わからないことに無性《むしょう》に腹が立った。

「金なんて誰がいるか」

吐き捨てて、メダルをカメラバッグにしまい込む。

「安心しろ、この件、俺が墓場まで持っていってやるから。あんたのためじゃない、大和エイジのためだ。あんたが父親だって知ることも、世間に知られることも、あいつを不幸にするだけだ」

百瀬の顔を見ないように個室を出て、今度ははっきり「ふざけんなよ」と声に出した。百瀬に聞こえようと構わなかった。

廊下を歩く足音が自然と大きくなってしまう。鼻から大きく息を吸って、吐く。何度繰り返しても怒りが収まらない。

「失礼します」

長い廊下の先で、スーツ姿の初老の男が待ち構えていた。百瀬の秘書の久住《くすみ》と名乗った彼は、家電の説明書でも読み上げるような口調で「お帰りになる前にお荷物の確認をさせてください」と告げた。垂れ目なのに眼光の鋭い男だった。

「だろうと思ったよ」

百瀬との会話を録音していないか、入念に持ち物を確認され、カメラの撮影データはもちろんスマホの通話記録まで見られた。服の下に録音機材の類《たぐい》を隠し持っていないかまで、出国検査かのようにチェックされた。

「大丈夫そうですね。失礼しました」

荷物を一式返されたところで、二十分なんてとっくに過ぎただろうに、玄関の方から豊澤がマネージャーを連れて戻ってきた。

「お疲れ様、与野さん」

そんなに酷い顔をしていたのだろうか。「深呼吸、深呼吸」と丈太郎の肩を叩き、豊澤は百瀬のいる個室の方へ歩いていった。


仲居に見送られて店を出て、ひたすら歩いた。立ち止まったら余計なことを際限《さいげん》なく考えてしまいそうで、ただ地面を睨みつけたまま足を動かした。いつの間にか青山通りに出ていて、自然と渋谷に向かってしまう。

寒空の下、赤坂から一時間ほど歩いて辿り着いた渋谷は、相も変わらず人が多かった。

「言えるわけがない」

スクランブル交差点の赤信号を見上げたまま、無意識に呟いた。

百瀬のことを、エイジに言えるわけがない。なのに、彼がいそうな場所に足が向いてしまう。トロピックか、もしくは先日メイクできなかったスポットにまた行っているか。

今顔を合わせたところで、平常心でいられるわけがないのに。取り乱す。絶対に、年甲斐もなく取り乱す。

信号が青になった。通行人が一気にスクランブル交差点に吐き出され、丈太郎も流されるまま横断歩道を渡った。交差点の間近にそびえるビルの大型ビジョンに、午後八時の時報が表示されていた。

耳たぶがキンと痛むほどの風が吹いて、ふと前を見た。

交差点の人混みの中に、エイジがいた。

いつも通りスケートボードを手にして、大勢の人の流れに逆らって仁王立ちしていた。

こちらを、見たことのない形相《ぎょうそう》で睨みつけていた。

＊

「もうすぐ八時になるのに、おじさん、今日は来ないんだね」

スツールに座ってスマホを弄《いじ》っていた智亜が呟いた。レジカウンターにいた南原《なんばら》が、「あ、もうそんな時間？」と店内の壁に掛けられた時計を確認する。

定位置であるソファに腰掛けたまま、大和エイジはストリートマガジンから顔を上げた。

「仕事でもしてるんじゃないの？」

別に、いつも律儀《りちぎ》に「何時にどこそこに集合」と約束しているわけではない。ふらっとトロピックに来て、ふらっと街に繰り出す。来なければ「今日は来ないのか」だし、来たら「来たんだ」になるだけ。それ以上のべたついた繋がりは、逆に鬱陶《うっとう》しいだろうし。

「でも、僕、夕方に与野さんと会ったよ。本買ったあとに、大盛堂《たいせいどう》書店の前で。挨拶《あいさつ》しかしなかったけど」

エイジの向かいのソファで参考書を広げていた南原の息子・柚季《ゆずき》が、「だから、今日は来ると思ったんだけどな」と首を傾げる。

「あ、じゃあ渋谷には来てるんだ」

それで顔を出さないなんて珍しい、とカウンターに頬杖をついた南原を尻目に、エイジはソファから腰を浮かした。

「おじさんも来なさそうだし、メシでも食いに行くか」

智亜がすかさず「何にするー？」と立ち上がる。柚季も一緒に食べて滑りに行くかと問いかけたが、「もうすぐ模試だからまた今度」と断られた。昔からそうだが、南原の息子とは思えない勤勉《きんべん》ぶりだ。

トロピックをあとにし、新しくできたパスタの店に行こうという智亜の提案にのって公園通りに出て、渋谷パルコ前の坂を下っているときだった。

息を白く染めながら大勢の人が行き交う中に、覚えのある顔を見つけた。

智亜が先に声を上げた。足を止め、こちらに歩いてくる懐かしい友人の顔を、エイジはまじまじと見つめた。

「え、広翔《ひろと》君じゃん」

かつて――三年ほど前までエイジのフィルマーだった長谷川《はせがわ》広翔に他ならなかった。

「広翔君！」

智亜の呼びかけに、広翔が立ち止まる。あたりを見回して、エイジ達を見つけた。

ほんのちょっと頬を強《こわ》ばらせて、でもそのあとにちゃんと笑みを浮かべた。笑って「久しぶり」と小さく手を振った。

最後に会ったのはいつだったか。与野丈太郎と出会った頃に一悶着《ひともんちゃく》あって、そのあと一度だけ顔を合わせて〈一悶着〉の謝罪をされた。決して絶縁したわけではないのだが、それ以来、顔は合わせていなかった。

でも、眼鏡をかけた真面目そうな風貌《ふうぼう》も、はにかむような笑い方も、エイジがよく知る長谷川広翔だった。

「何してんの」

〈今日〉ではなく〈今〉のつもりで問いかけたのだが、広翔は苦笑しながら隣にいた人間を手で指し示す。

「こちら、カメラマンの多々良さん」

そこにいたのは、黒ずくめの小柄な男だった。智亜と背丈《せたけ》が変わらないが、服装は丈太郎そっくりだ。つむじから爪先《つまさき》まで、見事に黒一色のものしか身につけていない。

多々良と紹介されたカメラマンは「どうも」と会釈し、奇妙なくらいじろじろとエイジの顔を見つめた。

「今、アシスタントのバイトをさせてもらってるんだ」

今日は渋谷のスタジオでスポーツ雑誌の撮影があって、夕飯でも食べて帰ろうと話していたところだという。広翔が説明している間も、多々良はエイジから視線を外さなかった。

「多々良さん、こっちは僕の友達で……」

「大和エイジ。東京オリンピック、スケートボード男子ストリートの金メダリスト」

広翔の紹介を遮《さえぎ》って、多々良は言った。頭の中のデータを引っ張り出すような、平坦な口調だった。

「そうですけど」

「ああ、やっぱり。与野さんが夢中になってる大和エイジか」

なるほどぉ、と肩を揺らして笑う多々良に、無意識に眉を寄せてしまう。「金メダリストになるほどぉ、と肩を揺らして笑う多々良に、」

街中でばったり出会えて光栄です」と握手を求められ、黙って応えると多々良は両手でしっかりエイジの手を握った。

それでもなお、多々良はエイジを凝視したままだ。獲物を捕捉した猛禽類《もうきんるい》の目をしている。

「あの……なんですか？」

「いや、ごめんね。君が、与野さんがバロンドールを蹴ってまで選んだアスリートかあ、と思って。どんな人なのか一度会ってみたいと思ってたから」

は？　と咄嗟《とっさ》に声に出してしまった。バロンドール……というエイジの呟きを智亜が拾って、「……って、何？」と広翔に投げかける。

「サッカーの賞だよ。その年のシーズンの世界最優秀選手に贈られるの。メッシとかモドリッチとかクリスティアーノ・ロナウドが獲ったやつ」

サッカーに詳しくない智亜はピンと来なかったらしい。エイジ自身、どれだけすごい賞なのかはっきりわからないが、羅列《られつ》された選手の名前だけで、その価値を想像するには充分だ。

「バロンドールを蹴ったって、どういう意味ですか」

エイジの問いに、多々良は「えっ？」と目を丸くする。

「嘘、知らないの？　君も承知の上だったんじゃないの？」

言いながら、あちゃ～と多々良は額に手をやった。「しまったぁ～」と大きく肩まで落とす。

「ごめん、口が滑った」

「どういうことですか」

「いやいや、ごめん、言えない。与野さんが言わなかったことを、俺の口から君に言うのは違う。それはよくない。直接本人から聞いた方がいい」

ごめん、ごめん、と両手を合わせて深々と頭を下げる多々良に、息を呑んだ。困惑する智亜と広翔をよそに、多々良の肩を摑む。

「あの人、どうせ言わないですよ。俺が聞いたってはぐらかしますよ、そういう人だから。無理矢理言わされたってことでいいんで、教えてください」

「うわあ、与野さんのこと、よくわかってらっしゃる……」

喧嘩でもしていると思ったのか、道行く人々がジロジロとこちらを見ながら通り過ぎていく。エイジ達の周囲にだけ、ポカリと穴が空いたように人がいなくなった。

「あのスポーツ馬鹿、俺に隠れて何かしてますよね。まさかですけど、でっかい仕事を蹴ったりしてるんじゃないですか」

頭をガリガリと掻きながら、多々良は視線を泳がせた。

「えーと、どこから話せばいいんだ……？　まず、一昨年の十一月に、与野さんにＦＩＦＡから公認カメラマンの打診《だしん》があったのはご存じ？」

「なんですかそれ」

本当に、なんだそれは。それすら知らなかったのか、という顔を多々良はした。

「あー……まずですねえ、ＦＩＦＡってのは国際サッカー連盟のことで、要するにワールドカップとかを主催してる組織ね。ＦＩＦＡの大会って制約がいろいろあって、俺達フリーのカメラマンはなかなか思ったような撮影ができないんだけど、連盟から公認をもらえると話は別なんだよ。もらうって言っても、連盟の人間の目に留まって声がかかるのを、宝くじを買う気分で待つしかないんだけど」

「それを断ったんですか、あの人」

「結論から言うとそうなるね。与野さん、二〇二二年のカタール大会の撮影に入ってて、そこで連盟の関係者に売り込みに行ってるんだよ。それ自体は空振りだったけど、一昨年の十一月に公認カメラマンにならないかって打診が本当に来た」

一昨年の十一月といったら……新潟で日本選手権があった頃だ。

「パリオリンピックのとき、君と与野さんは騒動を起こしただろ？　パートって言うんだっけ？　君を撮った映像が大バズりしたのを、連盟の人間も見た。どうもそれがきっかけだったみたいだよ」

丈太郎に公認カメラマンの打診があった半年後、ローマでロスオリンピックの予選大会に出ている頃、大西洋の向こう側でワールドカップが開催されていた。

公認カメラマンになっていたら、あの男は、ローマではなく北米にいたんじゃないか。ワールドカップを撮っていたんじゃないか。

「しかもワールドカップが終わってから、今度はバロンドール賞の贈呈式に公認カメラマンとして撮影に来ないかって打診があった。バロンドールだぞ？　歴史に名を残すスター選手を撮れるチャンスだ。公認カメラマンだって撮影に入れない人間が多いのに。与野さん、よほど連盟の人間に気に入られたらしい」

「でも、それも断った？」

「スポーツカメラマンが百人いたら、百人が即決で引き受けるのにな。俺だって喉から手が出るほどほしかった」

多々良の肩を摑んだ右手が力んでいるのに気づいた。黒の上着に走った皺が、近くのネオンを反射して白く光る。

手を離してやっと、中指のあたりが強《こわ》ばっていることに気づいた。

「今年の女子ワールドカップの撮影の誘いまで辞退したってさ。サッカー好きのカメラマンが、怒りを通り越して呆れ返ってた。『与野丈太郎はどうしちまったんだ』って」

俺も正直、どうしちまったんだって思ってるよ。そう言いたげに、彼はエイジを見上げた。

「あの人、スポーツカメラマンの界隈《かいわい》じゃ、結構尊敬されてる人なんだよ。いいもの撮るのはもちろんだけど、世話焼きだし、若手にも優しいし。俺もスポーツを専門に撮り出した頃にいろいろ助けてもらった。あの人の信条に感化されて黒い服を着て仕事をするくらいには、リスペクトしてるよ」

深々と頷いたのは、意外にも広翔だった。

「多々良さんのアシのバイトを紹介してくれたの、与野さんだから。専門学校辞めてずっとバイトしてたから、カメラを触れる世界に戻れて、ありがたかったんだよね」

専門辞めたのは、自業自得《じごうじとく》なんだけど。言いながら頰を搔いた広翔を前に、拳を握り込んだ。ああ、確かにそうだ。あの男は、そういうことをする人だ。お人好しで、何故か自分に対する優先順位が低い。腹立たしいほどに低い。

「だから、俺も含め、お節介ながら与野さんを心配してる人間は多いのだよ。金もないのにでかい仕事をあっさり蹴るから。与野さんらしいっちゃ、らしいんだけどね」

無理矢理話をまとめるように、多々良は両腕を組んだ。

「でも、別に君に文句が言いたいわけじゃないから、そこは勘違いしないで。いい年した大人が何を選んで何を捨てるかなんて、あの人の自己責任なんだから」

自己責任。多々良の言う通りだ。子供じゃないんだから、あの男が自分で選んだことなのだから。

なのに、気がついたら歩き出していた。智亜が「エイジ君？」と呼ぶのが聞こえたが、構わず歩いた。拳を握る力が強くなればなるほど、歩調《ほちょう》は速まっていった。

公園通りを抜け、神宮《じんぐう》通りに沿ってスクランブル交差点まで歩いた。赤信号を睨みつけながら、あの男の家は確か池尻大橋だったか、と考えていた。

信号が青になる。大勢の人が交差点に吐き出される。

人だかりの向こうに、背の高い黒ずくめの男を見かけた瞬間、思わず足を止めた。どんな偶然だよ、と毒づきそうになって、眉間の奥で何かがプツンと切れた。

きっと、偶然じゃない。両手で顔を覆って、天を仰いだ。大きく息を吸って、再び彼を見つめる。

一際《ひときわ》冷たい風が吹いて、黒ずくめの男がこちらを見た。

与野丈太郎が、エイジを見つけた。

交差点のちょうど真ん中で立ち止まった丈太郎に向かって、エイジは無言で歩み寄った。

苦々しげにこちらを見つめていた丈太郎が、目を瞠《みは》る。

問答無用で、その左頬を殴った。

せめて、ローマ大会で俺が優勝していたら、よかったのだろうか。

そんなことを考えてしまった。

＊

気がついたらスクランブル交差点の真ん中で尻餅をついていた。仰ぎ見た空は星一つ見えず、高層ビルが丈太郎を嘲笑《あざわら》うように見下ろしていた。

じわじわと、左頬から全身に痛みと熱が広がっていく。

悲鳴を上げた通行人が大きく道を空けた。右手を真っ赤にしたエイジが、呆然《ぼうぜん》とする丈太郎に馬乗りになる。エイジのスケートボードが音を立ててひっくり返った。

「気持ち悪いんだよっ！」

胸ぐらを摑んできたと思ったら、そう吐き捨てる。大粒のツバが丈太郎の頰に飛んできた。

「出られるかどうかわからないロスオリンピックの予選とワールドカップだったら、ワールドカップを撮りに行くのがプロだろ。たいした稼ぎもないくせになんで俺を撮りに来てんだよ！

四位だった俺を！　優勝すらしなかった俺を！」

なんだよ、なんで知ってるんだよ。問いかけようとしたら、口の中に粘ついた血の味が広がった。

「……誰から聞いた」

「誰だっていいだろ」

歪《ゆが》んだ目元は嫌悪《けんお》感でいっぱいだった。そんな顔をされるのは、きっと初めてだ。

カタールでFIFAの人間と連絡先を交換したことなど、とうに忘れていた。彼から公認カメラマンにならないかという電話が突然かかってきたのは、日本選手権の直後だった。丈太郎が撮ったエイジのパートを見て、次はこいつに声をかけようと決めていたのだという。

神邑スケートパークの側の海を望む公園で、エイジから預かった金メダルを眺めながらその電話を受けた。ワールドカップの日程は、スケートボードのローマ予選と被《かぶ》っていた。

だから断った。それだけだった。

「あんたのそういうところ、本当にキモいんだよ！」

信号が点滅し始めた。乱闘を傍観《ぼうかん》していた通行人達が、足早に横断歩道を渡っていく。

それでもエイジは丈太郎の胸ぐらを摑んだままだった。殴ったのはそっちなのに、親に引っぱたかれたかのような顔で丈太郎を見ていた。

「いいかっ、俺は、あんたがそういうことをするたびに、〈失敗したくない〉って思うんだよ！　あんたが諦《あきら》めたものや捨てたものに報《むく》いたいって思うんだよ！」

なんだそれは。言いかけて、夕闇に沈むコロッセオの影が脳裏《のうり》に蘇《よみがえ》った。あれは――ローマ大会の直後だった。エイジが、成功率の低いトリックに挑めなかった理由を「失敗したくないと思った」と語ったのは。

「俺がいつ、そんな恩着せがましいことを言った」

エイジの胸元に手を伸ばす。アウターの襟《えり》を引っ摑んで「一度でも報いてくれって言ったか」と問いかけた。

「俺をなんだと思ってんだ」

投げ捨てるように言ったエイジの表情は変わらなかった。むしろ、瞳の奥で怒りと嫌悪感が燃え上がったのが見えた。

「あんたの勝手な自己犠牲に、何も感じない人間だと思ってんのか」

唇の端を震わせて、エイジは丈太郎を解放した。酷《ひど》く忌々《いまいま》しいものを見る顔で、丈太郎を睨みつける。

「終わりだ」

スケートボードを拾い上げ、交差点を囲む高層ビルと同じように丈太郎を見下ろしたと思ったら、そう言い放った。

交差点の周辺はこんなにも賑やかで眩《まぶ》しいのに、エイジの瞳は海の底のようだった。嫌悪でいっぱいになった人間の目は、こういう色になるらしい。

一体、どこで何を間違ったのか。

「もう、あんたのカメラに撮られたくない」

踵《きびす》を返したエイジは、大股で丈太郎から離れていった。点滅していた青信号が赤になる。鮮血のような赤色に、丈太郎は顔を顰《しか》めた。

「俺は、何も諦めてないし、捨ててないからな」

血の混じった唾液《だえき》を飲み込み、離れていく背中に投げかけた。エイジの歩調は変わらない。振り返りもしない。

車道の信号が青になった。交差点の中央でへたり込む中年に、四方からクラクションが鳴る。舌打ちをして、冷たいアスファルトから腰を上げた。エイジとは反対方向に、ゆっくり歩いていった。

振り返らなかった。振り返ったところで、あの煌《きら》びやかな金髪は、もう雑踏《ざっとう》に紛《まぎ》れて見えなくなっている。

＊

「反省してるんですよ、めちゃくちゃ反省してるんです」

スタジアム内に設置されたメディアゾーンでカメラを抱えながら、多々良は今日何度目かわからない謝罪をしてきた。

「いや、だから別に怒ってないって何度言わせれば」

多々良の隣で胡座《あぐら》をかいて、丈太郎は深々と溜め息をついた。スタジアム中央に設置された大型ビジョンには、並走する三人の女性ランナーが映し出されている。年に一度の大阪国際女子マラソンは、35キロ地点を通過していよいよ最後の勝負が始まろうとしていた。

「いやいや、アレはどう考えたって俺が悪いです。あんなの、初対面の人間から聞かされたら混乱するに決まってるのに。とんでもない形相で歩いていったと思ったら、スクランブル交差点の真ん中で与野さんがぶん殴られてるし」

およそ一週間前にエイジに殴られた左頬は、未だに青痣《あおあざ》がうっすらと残っていた。

「いいんだよ。どのみち、あいつにはそのうちばれただろうし」

「でも、もうすぐ東京予選なのに与野さんは撮影に入らないんでしょう？」

ロスオリンピックの予選第二戦は、四日後に東京で開催される。だが、この状況で顔を出す気にはなれなかった。

「選手の気持ちを乱すようなことはするべきじゃないからな。邪魔はしたくない」

自分には撮ることしかできず、エイジに「撮られたくない」と言われては、彼の前から消える以外に方法がない。

「それになあ、こうやってフィルマーじゃないスポーツカメラマンらしい仕事をしてると、やっぱりこっちの方が性《しょう》には合ってると思うわけよ」

「わかりますよ。ていうか与野さん、被写体に感情移入しすぎるから、これくらいの距離感がちょうどいいに決まってるじゃないですか」

多々良がスタジアムの出入り口を顎《あご》でしゃくる。もう少ししたら、40キロ以上を走った選手達があそこからトラックに入ってくる。カメラマン達は決められた位置から、選手達のゴールを撮る。必要以上に近づくことはせず、声をかけたりかけられることもない。礼を言われることもない。

これくらいの距離感がちょうどいい。確かに、そうなのかもしれない。後輩の多々良に諭されるのも情けないが、本当にその通りだった。

再び大型ビジョンでレースの動向を確認する。多々良と話しながらも、片耳ではイヤホンを通してずっとラジオ中継を聴いていた。ラストのスパート合戦が始まったが、なかなか決着がつかない。

両手の指先に息を吹きかけて、丈太郎はその場に腹ばいになった。防寒着越しにトラックの冷たさがシンと伝わってくる。

微動《びどう》だにせず、数分待った。スタジアムの外の歓声が大きくなる。いつの間にか隣で多々良が丈太郎と同じ体勢を取っていた。集まった全カメラマンが、カメラをスタジアムの出入り口に向ける。

二人の選手が競《せ》り合《あ》いながらトラックに入ってきた。臙脂色《えんじいろ》のタータンを駆け抜け、一人が大きく息を吸って前に出るのを丈太郎のカメラは逃さなかった。

そのままゴールした選手を正面から撮った。いい笑顔をしていた。二位の選手が悔しそうにゴールする姿も、そのずっとあとに今日を引退レースに選んだベテラン選手が清々《すがすが》しい顔で帰ってくるのも、撮った。

「めっちゃいい顔してますね」

撤収作業をしながら丈太郎のカメラを覗き込んだ多々良が、そんなことを言ってきた。今日をもって引退する選手の写真だった。

「おう、俺も、今日一番はこれだと思う」

でも、広くメディアに掲載されるのは優勝した選手だ。この数年いい成績を残していないベテランの引退は、そこまで大きなニュースにはならないから。

「お好み焼きでも食べて帰ります？」

荷物を抱えた多々良が、そんな提案をしてきた。「お詫《わ》びに奢《おご》りますよ」と、丈太郎の頬の青痣を指さして。

多々良に宣言通りお好み焼きを奢ってもらい、その日は大阪に一泊した。

翌日、昨年ローマにも同行したゴールドスピリットの伊藤《いとう》と共に、大阪在住の女子サッカー選手を取材し、開催まで半年を切った女子ワールドカップの抱負《ほうふ》を聞いた。ローマでは新人らしくあたふたしていた伊藤も、いつの間にか編集者らしい堂々とした顔になっていた。

さらに次の日は、再び伊藤と大阪にあるラグビーチームの取材に行った。こちらはこちらで、十月にラグビーワールドカップを控えている。

こうやって仕事をしているうちに、あっという間に二〇二七年は終わる。年が明けたらすぐにロサンゼルスオリンピックが来る。

帰りの新幹線の中でスケジュール帳を確認しながら、何故か溜め息をついていた。新大阪で一緒に夕飯を済ませたからか、単純に疲れたのか、前の席で伊藤は爆睡《ばくすい》していた。

明後日《あさって》には、スケートボードのロスオリンピック東京予選がスタートする。その実感がまるでない。

スクランブル交差点での一件以来、エイジとは一切連絡を取っていなかった。智亜と南原から何度かこちらの怪我《けが》を案じるメッセージが届いたが、丈太郎が挨拶程度の返事しかしないから、会話のラリーが続かない。

東京駅まで乗車する伊藤と品川《しながわ》で別れ、四日ぶりに自宅に向かった。途中、いくら渋谷乗り換えとはいえ、無意識に足が駅を出ようとしてしまって自分に呆《あき》れ返った。

多分、このままあの金メダリストと関わることはなくなっていく。そんな予感を噛み締めながら地下鉄に乗り、自宅マンションのある池尻大橋で降りた。

違和感に気づいたのは、駅を出てマンションへ続く路地を歩いているときだった。

背後から車のエンジン音が聞こえた。人通りのない細い路地を、一台の車がゆっくり走ってくる。道にでも迷っているのか、のろのろと走る車は一向に丈太郎を追い越さない。

いつも通る児童公園の前に差し掛かったあたりで、車はするりと丈太郎の横に来て、唐突《とうとつ》に停まった。灰色のバンだった。

運転席の窓から、見知らぬ男が顔を出した。

「与野丈太郎さん？」

は？　と足を止めた瞬間、バンの後部座席のスライドドアが開いた。

これまた見知らぬ男が二人、丈太郎の両腕を摑んだ。

あ、これ、知ってるやつだ。咄嗟に男達の腕を振り払った。「おいっ！」と声を荒らげる二人に、うわやっぱり！　と叫びそうになる。

走った。四十過ぎの大人が二度も拉致《らち》されて堪《たま》るか。

大通りを目指して走りながら、後方を振り返る。灰色のバンは路地を乱暴な運転で追いかけてきた。ヘッドライトの鋭い光が丈太郎を刺していた。

運転席の男に、後部座席にいた男二人。暗がりだったとはいえ、どいつもこいつも見覚えがない。見覚えがないのだが、嫌な予感がする。

「拉致られる覚えなんて……！」

エイジそっくりの顔で笑う百瀬晃英の顔が浮かんだ。嘘だろ、嘘だろ。呼吸の合間に吐き捨て、バンが入りづらそうな細い路地に駆け込んだ。

その瞬間、路地から若い男が一人、丈太郎に飛びかかってきた。

放り出しそうになったカメラバッグを両手に抱え、代わりに青痣の残る左頰をアスファルトに思いきり打ちつけた。

黒のニット帽とマスクで顔を隠した男が、丈太郎を組み伏せていた。

「なんだお前っ……」

男の顔が煌々《こうこう》と照らされ、近くに停まったバンから何やら指示が飛ぶのが聞こえた。どうやら待ち伏せまでされていたらしい。

「くそ、マジで消されるやつじゃねえか！」

男がバンの方に意識をやった隙《すき》を突いて、丈太郎は彼に摑みかかった。男の腰を蹴り上げて突き飛ばしたら、指先が彼のマスクの端に引っかかった。

マスクが外れる。露《あら》わになった男の顔に、息を吞んだ。

「……なんでお前がいる」

日本選手権の直後に丈太郎を拉致した三人組の一人、仲間からトシキと呼ばれていた男だった。髪こそ短くなったが、茶髪なのは変わってない。

「おっさん、覚えてんのかよ」

舌打ち混じりにこぼした声も、間違いなく彼のものだった。海辺の廃倉庫で丈太郎を「おっさん」と呼んだトシキだ。

バンから他の男達が降りてくる音がした。息が震えるのを無理矢理飲み込み、地面を這って立ち上がる。大通りに向かって細い路地を走り抜けた。

左足首に鈍い痛みがあった。押し倒されたときに捻《ひね》ったか。踏ん張ろうとしても力が入らない。

カメラバッグに手を突っ込み、なんとかカメラを引っ張り出す。電源を入れ、前を見据《みす》える。首都高の高架《こうか》と、玉川《たまがわ》通りを走り抜ける自動車のテールライトが見えた。

「なんであいつがいるんだよ！」

どうして、俺を襲《おそ》う。考えれば考えるほど、嫌な予感がした。

「待てよっ！」

トシキの声と共に、背後から肩を乱暴に掴まれた。左足に力が入らず、バランスを崩す。トシキがまた何かを叫んだ。随分と切羽詰《せっぱつ》まった、今にも泣き出しそうな声だった。

そのときだった。

カメラバッグの口から、金色に光る何かが転がり落ちた。あまりに美しい黄金色が、外灯の光の中を尾を引きながら転がった。

金メダルだった。

大和エイジの、金メダルだった。

玉川通りの歩道で大きく撥《は》ねたメダルは、残酷なほど軽やかに、車道に転がり出る。

トシキを振り払って、カメラバッグを放り投げた。それでもカメラだけは放さなかった。捻ったはずの左足で地面を蹴り、車道へ跳んだ。

金メダルに手を伸ばした。

どうして無事だったのだろう。そう思うことが、大和エイジと出会ってから何度もあった。川に飛び込んだり刃物を向けられたり電車に轢《ひ》かれそうになったり拉致されたり。

よく死ななかった。運がよかった。何度もそう思った。その裏でぼんやり、まだ死ぬときではないのだろうと思っていた。

もっと未来に、もっと別の場所で、命を懸けてやらねばならないことがある。だから今は死なないのだと。神様か何かがそうやって帳尻《ちょうじり》を合わせているのだと。

もしかしたらそれは、今なのかもしれない。

車道に走る白線を睨みつけ、丈太郎はメダルを摑んだ。冬の外気を吸い込んだ冷たいメダルを、熱い掌で握り込んだ。

組市松紋《くみいちまつもん》の入った首かけリボンが、迫り来る自動車の風圧で揺れた。クラクションとブレーキの音が混ざり合う。ヘッドライトの光に自分の体が飲み込まれる。耳の奥に、死神の息遣いかのような轟音《ごうおん》が響いた。

そうか、このときのためだったたか。

メダルとカメラを胸に抱いて、大きく息を吸って、丈太郎は目を閉じた。

第五話

Re:東京ゴールデン・エイジ

教えられた病室のドアを開けてから、ノックを忘れたことに気づいた。部屋の中央に置かれたベッドの横で、見知らぬ男が土下座をしていた。床に額《ひたい》を擦《こす》りつける男の横顔は、二十代後半といったところか。丸椅子に腰掛けた麻倉冴恵《あさくらさえ》は、男の土下座を無表情で見下ろしていた。

「あら、エイジ君、来ちゃったのね」

こちらに視線をやった麻倉が、肩を竦《すく》める。エイジが土下座男を凝視《ぎょうし》しているのに気づいて、「気にしないで、あとで説明するから」と彼を顎《あご》でしゃくった。

「トロピックの店長に連絡したのは間違いだったわ。東京予選が終わるまで言わないでおこうと思ったんだけど、まさか連絡したその場に居合わせちゃうなんて」

いつも通りトロピックのソファに寝転がっていたら、店の電話を受けた南原《なんばら》が突然慌てふためき出した。「え、与野《よの》さんがっ？」なんて叫ぶものだから、どうしたんだと聞けば、不自然なはぐらかし方をする。問い詰めたら、彼は目黒《めぐろ》にある総合病院の名前を口にした。

与野丈太郎《じょうたろう》が、事故に遭《あ》って救急搬送された、と。

「何があったんですか」

「今更《いまさら》隠してもしょうがないね、見ての通りよ」

麻倉の傍《かたわ》らのベッドには、確かに与野丈太郎が寝ていた。頭部を包帯でぐるぐる巻きにされて、頬にガーゼを貼って、首から下は——白い掛け布団に隠れてどうなっているのかわからない。左手は無傷だった。点滴の管《くだ》が腕から伸び、中指につけられたクリップから枕元のモニターにケーブルが繋がっている。

薄く口を開けたまま、丈太郎は眠り続けていた。

「昨夜、玉川通《たまがわ》りで撥《は》ねられた。ぐちゃぐちゃになってるんじゃないかって覚悟したんだけど、運転手が急ブレーキを踏んでくれたから、怪我《けが》はそこまでたいしたことなかった。頭を打ったのと、肩の脱臼《だっきゅう》と、肋骨《ろっこつ》が二本ほど折れたのと、左足の捻挫《ねんざ》と、右足の骨折、あとは地面に叩きつけられたときの打撲《だぼく》と挫傷《ざしょう》。元高校球児って頑丈《がんじょう》にできてるのね」

「じゃあ、なんで起きないんですか」

「言ったでしょう、頭を打ったから。全然起きないのよ」

麻倉は土下座したままの若い男を見下ろした。「ああ、もう」と特大の溜め息をつく。

「篠田《しのだ》君、もういいって言ってるじゃない。いい加減、土下座はやめてよ。何分やってるの」

ゆっくり顔を上げた篠田という男は、無言でエイジを見上げた。何か言いたげに口を開き、ぐっと引き結ぶ。

「すいませんでした。俺が、さっさと麻倉さんに報告するべきでした。与野さんは誰にも言わないってわかってたくせに」

「だから、それはもうわかったから。とりあえず、私は今からエイジ君にいろいろと事情を説明しなきゃならないから、あなたはちょっと外に出ててちょうだい」

麻倉に言われるがまま、篠田は立ち上がった。目が充血して真っ赤だった。その目でエイジを一瞥《いちべつ》して——何故《なぜ》か苦しそうに眉を寄せて、病室を出ていく。

ドアがしっかり閉まったのを確認して、麻倉はベッドに横たわる丈太郎に向き直った。中途半端に離れた位置から、エイジは一歩も彼に近づくことができなかった。

「本当にね、相手の運転手に申し訳ないわ。飛び出したのはこっちなのに、人を撥ねたらまず運転していた側が悪いってことになるんだもの。向こうも仕事や家族があるでしょうに」

「自分から飛び出したんですか」

どうして。問いかけようとしたら声が掠《かす》れた。麻倉を睨《にら》みつけると、同じくらい強く睨み返された。お前は知る必要がない、という目だ。

「ただの事故なら、どうしてさっきの人は土下座してたんですか。この人、何やってたんですか。俺に関わることですか」

一歩、麻倉に躙《にじ》り寄った。さっき、篠田はエイジをひと目見て、苦々しげな顔で去っていた。そこから導き出せる可能性は、最悪のものだった。

「また、このおじさん、俺のために何かしてたんですか」

麻倉はもうはぐらかさなかった。そこまで察しているなら、知ってしまった方が楽だろう。そんな慈悲《じひ》をかけられた気がした。

「誰かに追われてたことはわかってる。カメラを大事に抱えたまま撥ねられたんだけど、レンズは割れても本体は無事で、直前の映像が残ってた。大通りでの事故だったのが幸いしたわね。すぐに大騒ぎになったから、犯人もカメラや撮影データを回収できなかったみたい」

ベッドサイドに無造作《むぞうさ》に置いてあった丈太郎のカメラバッグから、麻倉がタブレットを取り出す。丈太郎がいつも撮影データをＷｉ－Ｆｉで飛ばしているタブレットだった。

動画を再生すると、麻倉は「はい」とエイジにタブレットを差し出した。

映像は暗かった。ざらざらとした足音と、丈太郎らしき息遣いと声が小さく聞こえるだけ。

不鮮明な映像が大きく上下に揺れる。「待てよっ！」と丈太郎でない男の声がした。

直後、丈太郎ではない茶髪の男の顔が一瞬だけ映った。男は丈太郎に掴《つか》みかかっていた。

画面の端を、金色の何かが掠《かす》めていった。

それを追いかけるように、映像は乱れる。車道の白線が画面を横切る。丈太郎の手が伸ばされる。

甲高《かんだか》いクラクションとブレーキ音が響き、何かが踏み潰されるような湿った音を残して、映像は終わった。

それを見計らったように、麻倉は一冊のファイルをエイジに見せた。

「丈太郎君が襲《おそ》われたことと関係があるかはわからないけど、このファイルに書いてあることを、丈太郎君はこの二年半、ずっと追ってた。そしてこの中身は、確かにあなたに関係があること。篠田君は、今回の事故もこのファイルが引き金になってると考えてる。だから、丈太郎君と二人でこっそり調べ回ってたことを後悔してるの」

でも、本当のことはわからないから。そう念押しする麻倉から、エイジは恐る恐るファイルを受け取った。

「あなたのせいじゃない」

麻倉は再びカメラバッグに手を伸ばした。丸椅子から立ち上がり、バッグから取り出した金色の——東京オリンピックの金メダルを、エイジに差し出す。

丈太郎の残した映像に見切れていた金メダル。アスファルトを転がったこれを、丈太郎は拾おうとした。

メダルには誰かさんの指紋がべったりと残っていた。力強く摑んだのがよくわかる。嫌でもわかる。

首かけリボンに、赤黒い染みがついているのも。

「カメラと一緒にね、大事に胸に抱えてた」

あの人ね、大事なものはカメラと一緒に持って歩く癖があるのよ。自分がカメラを手放せないってわかってるから、家に置いておくより安全だって思えるみたいね。金メダルを預かってから、カメラと一緒にずっと持ち歩いてたんだと思う。

麻倉の言葉が、指の隙間《すきま》から砂がこぼれ落ちるように、するするとどこかへ行ってしまう。

「意識不明で搬送されたくせに、メダルだけはどうしても放そうとしなかったから、引っぺがすのが大変だったって病院のスタッフに聞いた」

その様子がありありと想像できてしまった。この男は、金メダルを追いかけて橋から川に飛び込む男だった。ためらいもなく橋の欄干《らんかん》を蹴ってしまう男だった。

「四十過ぎの大人が自ら進んで行動した結果どうなろうと、誰のせいでもない。本人の責任よ」

そう言って麻倉はエイジの肩を叩いた。「私は外で篠田君と話してくるから、ちょっと見てあげて」と告げて、振り返ることなく病室を出ていく。

静まりかえった病室に、自分と丈太郎だけが残された。

麻倉が座っていた丸椅子に腰かけた。メダルを握り締めたまま、ファイルを開いた。

自分の母親について書いてあった。矢本美春《やもとみはる》――埼玉県の旧与野《よの》市の出身で、大学卒業後に都内の建設会社に就職して、紆余曲折《うよきょくせつ》を経て銀座でホステスになっていた。

自分の父親の可能性が高い男が、唐突《とうとつ》に現れる。その男は何故か政治家で、何故か都知事選に立候補している。

ファイリングされた文書やメモ、写真を一つ一つ確認しているうちに、ページをめくる指先が小さく震え出した。その都度《つど》、金メダルに触れた。血で汚れたリボンに触れた。

一昨年の十一月、日本選手権のあとに丈太郎を拉致《らち》した挙げ句《あくく》、大麻《たいま》の所持だか使用だかで捕まった三人組が不起訴になったことを伝える短い記事も出てきた。見知らぬ手書き文字で、三人組のうちの一人が、エイジの父親らしき人物と繋がりがあると走り書きされていた。

丈太郎のタブレットを引っ張り出して、もう一度動画を再生した。一瞬だけ映る茶髪の男の顔を、一時停止してよく確認する。

ぶれぶれの映像の中に、奇跡的にピントが合う瞬間があった。カメラの持ち主に摑みかかる茶髪の若い男は――確かに、あの三人組のうちの一人だ。仲間を置いて逃げ出した、アイツ。

ファイルをめくった。最後のページに、ウェブサイトをプリントアウトしたものが挟まっていた。

自分の父親かもしれない男——百瀬《ももせ》晃英《あきひで》と、よくストライプビル渋谷でスケボーイベントを開くネクストハーバーの豊澤《とよさわ》が並んで写真に写っていた。

慌てて豊澤に電話をかけた。幸いにも彼はすぐに電話に出た。与野丈太郎と百瀬晃英を引き合わせたことはあるか。そう問いかけたら、日付まで込みであっさり教えてくれた。

エイジが、スクランブル交差点で丈太郎を殴りつけた日だった。

「なんだよ」

電話を切り、立ち上がってファイルを思いきり振り上げた。叩きつけてやろうと思ったのに、丈太郎の頭の包帯が目に入ってしまって、結局どうにもできなかった。代わりに金メダルを握り締めた。

一年前の初詣《はつもうで》を、何故か思い出した。智亜《ともあ》と丈太郎と並んで神社の鈴を鳴らし、賽銭《さいせん》を投げ入れ、手を合わせた。

合掌《がっしょう》する丈太郎を見て、「ローマ予選で優勝できますように」と思わず願ってしまった。今のなしなし、とすぐに首を横に振って本殿《ほんでん》から離れた。

「なんで、ここまでするんだよ」

ファイルを彼の枕元に置いて病室のドアを開けた。すぐ側《そば》のベンチで、麻倉と篠田が能面のような顔で話をしていた。

「全部読んだんで、もう行きます」

酷《ひど》い声だった。自分でも生気《せいき》のない声だと思った。

「どこへ行くの」

麻倉の問いに答えられない。エイジが手にした金メダルを、彼女は一瞥した。

「あなたが百瀬晃英の街頭演説に乱入して大暴れしても、あなたが損をするだけよ」

いや、誰がそんなことするかよ。笑い出しそうになって、そうしてしまう自分があっさり想像できてしまった。

「もしね、あなたが丈太郎君のために何かをしようというのなら、明日からのオリンピック予選にちゃんと出なさい。自分のせいであなたが出場を辞退したなんてことになったら、あの人、一生引き摺《ず》ると思う」

「俺が何をしたって、俺の自己責任でしょ」

麻倉を睨んでしまった。彼女は微動《びどう》だにしなかった。

「二十歳を過ぎたばっかりの大人もどきが、自己責任だなんだと生意気を言うんじゃないの」

顔も話し方も全く似てないのに、エイジのことを「未成年」と子供扱いする丈太郎の顔と重なってしまった。

麻倉は険《けわ》しい顔のまま病室の戸を開けると、丈太郎のタブレットを手に凛《りん》とした足取りで戻ってきた。

「撮影データは仕事が終わったらタブレットからは消すのに、あなたの映像だけは残ってた。

その意味、汲《く》んでやって」

エイジの胸にタブレットを押しつけ、麻倉は再び病室へ戻っていった。篠田が一礼してあとに続く。

誰もいない廊下を、エイジは一人、丈太郎の病室から離れた。エレベーターで一階に下りて待合ロビーに差し掛かったところで、エントランスに智亜が飛び込んでくるのが見えた。

「エイジ君、おじさんの病室どこっ？」

智亜は制服のままだった。エクステもつけておらず、ネクタイの結び方もスカート丈《たけ》も校則通り。トロピックを出る前に連絡を入れたから、授業が終わってまっすぐ駆けつけたらしい。

「結衣《ゆい》ちゃんもね、学校が終わったらお祖母《ばあ》ちゃんと来るって言ってて……」

スマホ片手にそう言った智亜が、何故か途中で黙り込む。

どうしてだか、エイジの顔を凝視したまま。

「エイジ君、大丈夫？」

果たして、そんなに大丈夫じゃなさそうな顔をしているのだろうか。

「おじさんの心配してやりなよ」

「でも」

「病室、五階の、エレベーター降りて三つ目のドア」

じゃあな、と告げて、再び歩き出す。智亜の視線が握り締めた金メダルに注がれているのに気づいたが、振り返らなかった。

あなたのせいじゃないと麻倉は言った。

「……そんなわけがない」

オリンピックなんて、出なければよかったのだ。金メダルなんて手に入れてしまったのがそもそもの間違いだった。

パリオリンピック開催を間近に控えたあの夏の夜、与野丈太郎と出会わなければよかった。ただそれだけの話だ。

病院を出る間際、ロビーのゴミ箱に金メダルを投げ捨てた。

金属製の重たいメダルは、他のゴミを押しのけるようにしてゴミ箱の底で冷たい音を立てた。甲高い悲鳴みたいだった。子供の泣き声みたいだった。

お前の願いを、金メダルは何一つ叶《かな》えてくれなかったよ。あの夏、オリンピックの表彰台の一番上に立った十六歳の自分に教えてやりたい。

病院をあとにした足で渋谷に戻った。駅を出ると、ハチ公口前の広場にオレンジ色の幟《のぼり》がいくつも立っていた。

鮮やかなオレンジ色の旗には、確かに「百瀬晃英」と書いてあった。選挙スタッフが、今日の午後六時から街頭演説があると声高《こわだか》に宣伝していた。

広場の端で花壇の縁に腰掛けて、ひたすら待った。徐々に広場に人が増えていき、オレンジの揃いのジャンパーを着たスタッフの姿が目立つようになる。

六時少し前に、広場の前の道に立派な選挙カーが停まった。鮮やかなオレンジ色の看板に、百瀬晃英の顔写真がでかでかと載っていた。

広場は人でギチギチになっていた。交差点を渡って駅に向かおうとした人々が、何事かと足を止める。老若男女《ろうにゃくなんにょ》幅広い人間が集まっていた。その中でも五十代、六十代の女性が多く見えるのは、百瀬がその層に人気ということなのだろう。

六時ちょうどに、百瀬が選挙カーの上に現れた。歓声と拍手が湧き、野太い「頑張れー！」が聞こえた。

最初にマイクを取ったのは、エイジもぼんやり顔を知っている政治家だった。

その男は、百瀬晃英がいかに有能な人間かを語った。日本の未来を見つめる責任感のある男で、頼り甲斐《がい》があって、でも親しみやすく気さくで、子煩悩《こぼんのう》な優しい父親だとも語った。

「……子供、いるのかよ」

はにかみながら応援演説を聞いている百瀬を見上げて、思わず口走ってしまった。

別に傷つきはしなかった。いてもおかしくはないと思っていた。でも言葉にしてしまった。

「渋谷の皆様、都知事選に立候補しました、百瀬晃英と申します」

百瀬の第一声は穏やかだった。政治家の割に、柔《やわ》らかな声色《こわいろ》で話す人だ。それが、あの男の戦略なのかもしれない。案の定、エイジの側にいた中年女性のグループがアイドルを前にしたかのような顔で拍手をした。

財政政策がどうとか、少子化対策とか、前知事の政策の総点検がどうだとか、百瀬はわかりやすい言葉で自分の政策をアピールする。

「これからの都政に、相容《あいい》れない存在を罵《ののし》ったり揚げ足取りをして争ったりしている暇はありません。だってそうでしょう？　皆さんの目の前の生活を、子供達の未来をもっとよくするために政治は存在するんです。対立候補に汚い言葉を投げつけるのが政治家の仕事じゃない」

どこかから「そうだー！」という声が飛んできた。若い人の声に聞こえた。

「大事なのはどんな政策をするかです。綺麗事に聞こえますか？　ええ、綺麗事です。綺麗事は、本気で成し遂げようとする人間にしか成し遂げられない。私が都知事になった暁《あかつき》には、やるべきことに一つずつ着実に取り組んでいく、そんな建設的な都政をお約束しましょう」

一段と拍手が大きくなった。こめかみのあたりに刺すような痛みが走って、思わず顔を顰《しか》めた。目を閉じたら、病室で寝ている丈太郎の顔が浮かんでしまった。

人混みを搔き分けるようにして、百瀬に近づいた。押しのけられた人に舌打ちをされたが構わなかった。

選挙カーのすぐ近くまで来た。オレンジ色を身につけた熱心な支持者がバリケードを作るように最前列に陣取っていた。

目の前に百瀬晃英がいた。選挙カーの看板に記されたその名前の〈英〉という字が、エイジの胸を摑んで離さない。

あれは、与野丈太郎と出会ったばかりの頃だ。

——俺は自分の名前が漢字でどう書くのかもわかんないんだから。

彼にそう言ったのは、間違いなく自分だった。頼んだわけじゃない。願ったわけでもない。でも、確かに言った。

無意識に一歩前に足が出ていた。選挙カーの周囲にいたSPらしき男達がこちらに鋭い視線を寄こした。

構わなかった。あいつのところへよじ登って、一発殴ってやれ。本気でそう思った。

右手を握り込んだ瞬間、カメラのシャッター音がした。離れたところに、百瀬にカメラを向ける記者らしき人物がいる。

忙《せわ》しなくシャッター音は響いた。百瀬を見上げたまま、エイジは瞬《まばた》きを繰り返した。

拳《こぶし》を解《ほど》いて、自分の右手を見た。そこで初めて、スケートボードを持っていないことに気づいた。ああ、トロピックを飛び出したとき、店に忘れてきたんだ。

代わりに抱えているのは、丈太郎の撮影データだけが残るタブレットだった。

「ふざけんな」

吐き捨てて、踵《きびす》を返した。百瀬を見つめる聴衆を押しのけ、スクランブル交差点を渡った。

丈太郎を殴り飛ばした、あの場所を。

走った。二月の外気はカラカラに乾いていて、喉の奥がひび割れるような冷たさだった。吐き出した息が真っ白になって舞い上がる。それを自分の肩で掻き消して走った。

トロピックに飛び込むと、こちらの剣幕《けんまく》にカウンターにいた南原が椅子から転げ落ちそうになった。隣にいた柚季《ゆずき》が慌てて父の丸い背中を支えてやる。

「与野さん、大丈夫だった？　店を閉めたらお見舞いに行こうかと思ってたんだけど……」

ソファの横に立てかけられたままだったボードを、乱暴に摑む。

「エイジ？」

カウンターから身を乗り出した南原に、一言「帰る」と告げた。

「明日から、東京予選だから」

＊

「どういう心変わり？」

唐突に問いかけられ、思わず「は？」と棘《とげ》のある反応をしてしまった。姫川真周《ひめかわましゅう》は相変わらず勝ち気な表情でツインテールの毛先を弄《いじ》っていた。

二月六日の東京は快晴だった。オリンピック予選第二戦の会場は、東京アーバンスポーツフィールド。かつて有明アーバンスポーツパークという名前で、東京オリンピックのスケートボード種目が行われた場所だ。

「いい具合にピリピリしてる。アスリートって感じ。やっぱり、自分が金メダルを獲《と》った思い出の場所だから、他のスケーターには絶対に負けたくないってこと？」

空の色と同じくらい鮮やかなツインテールを風になびかせながら、真周は待機スペースで椅子に腰掛けるエイジを見下ろした。

「いいよ、そっちの方がずっといい。一昨日の予選からずっといい顔してる」

膝を折った真周が、こちらの顔を覗き込む。好戦的な目をしていた。叩き潰したい相手がやっとファイティングポーズを取ってくれたと喜んでいる目だ。

「黙ってろ」

言い捨てて、エイジは手にしていたタブレットに視線を戻した。真周はそれ以上何も言わず、待機スペースを出ていった。

パリの金メダリストの登場に会場に集まった観客の声が大きくなる。真周は手を振ってそれに応え、歓声はより激しくなる。

真周の名前がアナウンスされる。彼の一本目のランがスタートする。

一つ目のトリックからどよめきが起こるのがわかったが、一切コースを見なかった。ずっとタブレットで動画を見ていた。

丈太郎が撮った、自分の映像を。

スタッフに早く準備をしろと促《うなが》され、スケートボードを抱えて待機スペースを出た。真周は四十五秒間のランを終えたところだった。

彼の点数が出た。90・14と表示された大型ビジョンを一瞥して、エイジはランのスタート位置についた。

東京オリンピック後に一般向けのスポーツ施設として大改修されたはずだが、プラットフォームから眺めるコースはあの頃と変わっていない。

三つの階段《ステア》を始め、坂《バンク》にフラットレール、ダウンレール、ハバレッジ、ユーロギャップ、コースの端にはバンクとアールセクション。他の大会で使われるコースより広く、利き足がどちらの選手でも滑りやすい、公平な作りをしている。

自分の名前がコールされる。視線を感じた。熱っぽい視線が自分の横顔に注がれている。

一昨日の予選、昨日の準々決勝。パリオリンピックの金メダリスト・姫川真周や国際大会で活躍する各国の選手達をなぎ払って一位通過した大和《やまと》エイジの――東京オリンピックの金メダリストが今日の準決勝でどんなランを見せるのか、期待に満ち満ちた視線だ。

黒のキャップを被《かぶ》った。誰が応援していようと、期待していようと、なんの関係もない。

一番高い点数を出して、ただ勝つ。

地面を蹴った。バンクを下って加速した瞬間、二月のはずなのに真夏の日差しを頬に感じた。六年近く前の、この先に望んだものが待っていると信じて滑り出した十六歳の大和エイジの記憶だった。

あのときと同じ十段のステアから、あのときと同じバックサイド180キックフリップで跳んだ。

跳んだ瞬間、今日は体が軽いとわかった。浮遊感が全身を包んで、コンクリートに落ちる自分の影が小さくなる。

観客のどよめきが聞こえた。それくらいの高さが出ていた。エイジが身を翻《ひるがえ》し、デッキが回転するのに合わせ、どよめきは歓声に変わった。

渋谷ヒカリテラスで与野丈太郎が初めて撮ったのも、バックサイド180キックフリップだった。六月の終わりの、じっとりと暑い夜だった。

着地の瞬間、落下のエネルギーが推進力に変わる衝撃が全身を走った。耳の奥でビリッと音まで聞こえた。

バランスは崩さなかった。スピードを殺すことなく、坂《バンク》に突っ込む。バンクの上のダウンレールに背面《はいめん》からエントリーした。

デッキを縦に回転させ、板の中央でレールを捉える。土踏まずに走る衝撃が柔らかなのを確認しながらレールを滑り抜け、着地に合わせてもう一度跳ぶ。体は百八十度、デッキは三百六十度、音を立てて回転する。

キックフリップバックサイドボードスライド、ビッグスピンアウト――いつか、宇田川町《うだがわちょう》のタイ料理店前の階段で、渋谷駅東口の歩道橋でメイクしたボードスライドを、思い出してしまう。傍《かたわ》らには常に黒ずくめのフィルマーがいた。

冷たいコンクリートをプッシュして、コースの端の傾斜《けいしゃ》を這《は》い上がる。右足前のグーフィースタンスから左足前にスイッチして切り返したら、ハバレッジに背面からエントリーし、ノーズとウィールを押し当て滑走する。着地も上手くいった。実況が「スイッチバックサイドノーズブラントスライド!」と叫んでいる。

一年前、渋谷のサルビアタワーで、このトリックをメイクした。

コースの端まで一気に滑り抜ける。音を立ててアールを駆け上がり、ノーズとテール両方のトラックをアール上部のパイプに引っかけ、グラインドさせる。

そのとき、やっと息を吸えた。空が近く見えた。青い。クリスマスイブのイルミネーションを思い出す。

あのときの50－50グラインドだって、あの男は撮っていた。でも、今はどこを見回したってフィルマーはいない。

そこで、考えるのを止《や》めた。

アールで駆け下り、ハンドレールでフロントサイドリップスライド、再びのハバレッジでヒールフリップしながらのフロントサイドKグラインド。

全部、直前まで見ていた動画の中でエイジ自身がメイクしていたトリックだった。いつか与野丈太郎が撮ったトリックだった。

頭の中でここまでの点数を計算する。色鮮やかだった記憶とトリックの数々が、無機質な点数になる。

構わなかった。

バンクを越えてレールに向かって跳ぶ。デッキを蹴り、三百六十度回転させる。跳んだ瞬間に勢いがつきすぎたのを感じた。360キックフリップからテールスライドを狙ったのに、デッキのテールではなく中央部分でレールに着地し、滑り抜ける。

思わず舌打ちをした。

バンクを上り、プラットフォーム上で一度ボードを降りた。胸を一度拳で叩く。コース中央のステアに真っ直ぐエントリーできる場所まで移動し、大きく息を吸う。

ラスト十秒という大型ビジョンの表示を確認して、バンクを滑り降りる。風圧でキャップのツバが揺れた。

デッキを爪先《つまさき》で蹴って跳ぶ。体はしっかり軽やかに浮き上がった。誰かが天から自分の体を引っ張り上げたみたいだった。

ノーリーでレールにエントリーし、体を二百七十度翻す。デッキの中央でレールを捉える。

カンという鋭い音と滑らかな滑走音が、海風の冷たさを切り裂いた。

ノーリーバックサイド270ボードスライド。技名はすぐさま仮定の点数になる。制限時間が残り一秒となったのを睨みつけて、爪先でデッキを蹴る。やや乱暴なキックフリップになったが、デッキはちゃんと一回転した。

着地で大きくバランスを崩しながらも、ギリギリ転倒はしなかった。歓声と拍手が聞こえる中、キャップを深く被り直す。ノーリーバックサイド270ボードスライドにフリップアウト
……これで、点数はどうなる。

海風が頬を打った。点数が出るまでが異様に長く感じた。

大型ビジョンの大和エイジの名前の横に、「91・32」と表示される。拍手と歓声が四方から飛んできて、実況と解説が興奮気味に何か言っているのまで聞こえた。

ちくりとも心は動かなかった。ラン二本のうちの高得点一本、ベストトリック五本のうちの高得点二本の合計で競う戦いの、ひとまずランの点数を確保した。

ただ、それだけだ。

「ランに重点を置いて練習してきたってわけ？」

待機スペースに戻ったら、真っ先に真周が話しかけてきた。眉間《みけん》に皺《しわ》が寄っている。

「なんだよ、ランに重点を置いた練習って」

「ローマ予選のときと全然違うから。ベストトリックで出すような高難易度のトリックをランに組み込んでくるし」

「そっちもだろ」

準々決勝を一位通過したエイジは準決勝では最後の滑走だった。すでに二本目のランが始まっている。準決勝参加者は十六人。ここから決勝に向けて、八人に絞られる。トリックを成功させたら歓声が、失敗すれば溜め息とチャレンジを称《たた》える拍手が聞こえる。

それらにかすかに耳を傾けながら、エイジは再びタブレットを手に取った。

フィルマーが撮った自分の姿を、目に焼きつける。

ランの二本目で３６０キックフリップからテールスライドに挑んだが、やはり勢いがつきすぎて上手くいかなかった。跳躍《ちょうやく》とデッキの回転が合わず、無理矢理ボードスライドに持ち込むしかなかった。

幸い、一本目のランの「91・32」を上回る選手は出なかった。真周が二本目で「91・01」を叩き出したが、ギリギリで凌《しの》いだ。

ベストトリックの一本目。ブラジルの選手がフロントサイドブラントスライドからのキックフリップフェイキーアウトで早速90・06を叩き出していた。それが現状の最高得点だった。

でも、それももう更新される。

姫川真周がスタートを切る。緩やかにバンクを下った彼が選んだセクションは、階段に添えられたハンドレールだった。

スカイブルーのツインテールが風になびく。高さのあるヒールフリップで背面からエントリーし、ノーズとウィールをレールに押し当てる。水が流れ落ちるような滑《なめ》らかなバックサイドノーズブラントスライドだった。

しかも、着地の瞬間にビッグスピンアウトを足す。反転する体と三百六十度横回転するデッキ。新体操のリボンみたいにツインテールが舞う。

93・38という高得点に、真周は当然という顔でプラットフォームに戻ってきた。フェンスにもたれてコースを眺めていたエイジの前を、何も言わず素通りしていく。

大型ビジョンで煌々《こうこう》と光る93・38という数字を睨みつけた。すぐさま表示は切り替わり、エイジの名前が出る。

得意なのはどちらかといえば、ベストトリックの方だった。狙いを定めたセクションで、高難易度のトリックを決める。毎日のように夜の渋谷でやっていることだ。

なのに、不思議と腹の底が強《こわ》ばっている。息を吸っても吐いてもそれが解《ほど》けない。太陽の照りつけるハンドレールを睨みつけたまま、地面をプッシュした。

一本目で何に挑むか、ランが終わった時点で決めていた。

先ほど真周も組み込んだビッグスピンから、テールスライド、最後に再びビッグスピンアウトで着地――ノーリービッグスピンバックサイドテールスライドビッグスピンアウト。決めれば、真周と同等かそれ以上の得点になる。

だが、踏み切った瞬間に「あ、ダメだ」と思った。エネルギーが空回《からまわ》って体から抜けていく。無理矢理テールスライドに持っていこうとしたが、見事にバランスを崩した。階段で受身を取って、点数など確認せずボードを拾い上げた。

スケートボードは、基本的に失敗するものだ。五本のベストトリックをすべて成功させるなんて、ここに集まった有力選手達ですらほぼ無理だ。

わかっているのに、どうして、俺はこんなに焦《あせ》っているのか。


ベストトリックの二本目でブラジルの選手が91・75を叩き出して追い上げてきたが、依然としてトップは真周だった。当然という顔で二本目も高難易度のトリックをメイクし、93・86という高得点をマークしていた。

ボードを手に待機スペースを出ると、客席から名前を呼ばれた。智亜と南原だった。

客席の一角を陣取るようにして、智亜と南原親子と、よく渋谷で滑っているスケーターが何人も集まっていた。東京オリンピックの頃も、やはり彼らがああやって声援をくれた。あそこに学校の友人や金木犀《きんもくせい》寮の先生達も交ざっていた。

手を振って彼らの声に応えた。大きく肩を回して、スタートを切った。

ノーリービッグスピンからの、バックサイドテールスライド。一本目でイメージは湧いた。バンクを下って加速する間に、イメージはどんどん鮮明になっていく。

ハンドレールから視線を外すことなく、デッキのテールを爪先で叩く。

行ける。自分の体がふわりと浮き、デッキが音もなく回転するのを感じながら確信した。体を反転させ、足の裏でデッキを摑む。

テールを金属製のレールに引っかける。捉えた。確かに捉えた。

なのにカクンと間抜けな感覚が襲ってきた。レールへの引っかかりが甘かった。滑走に耐えられなかった。

エイジが地面に着地するより先に、客席から落胆が聞こえた。誰かが音もなく肩を落とす気配すら伝わってきた。

エイジを呼ぶ智亜の声がした。ボードを拾い、客席に向かって手を振った。「大丈夫」と口パクで伝えた。

おかしい。東京オリンピックの頃、俺はこうやって戦っていたのに。客席の智亜や南原や、あの頃まだフィルマーでいてくれた広翔《ひろと》や、渋谷で知り合った大勢のスケーター達に応援されながら、一人で金メダルを手にしたのに。

どうして、こんなにも弱くなったのだろう。たかが二本失敗しただけで、呼吸が浅くなっているのだろう。

待機スペースに戻って、また、タブレットで丈太郎の動画を見てしまった。編集される前の動画には、ときどきフィルマー自身が転倒したり階段から落ちる様子が記録されていた。

そのたび、フィルマーがカメラを庇《かば》う。真っ先に自分の体を地面に投げ出す。

こういうところがキモいんだよ、と思ってしまう。彼のこういうところを真っ先に気に入ったのは、自分だったくせに。

あっという間に三本目が巡ってきた。真周は三本目を失敗していた。すでに三本分の得点を揃えたから、あとはどれだけ点数を伸ばせるかというフェーズに彼は入っている。

ランでは僅差《きんさ》で勝っていたのに、いつの間にかこちらが不利に追い込まれてしまった。ベストトリックでひとまず二本成功させないと、駆け引きも糞もない。

「あー、もう、出ていけよ」

右手で頭を掻きむしった。頼むから出ていってくれ。あんたがそこにいると、俺は〈失敗したくない〉と思ってしまうんだ。

スタートを切った。もう一度、同じトリックに挑んだ。

エイジの体が反転するのに合わせ、デッキが回転する。「出ていけ」と腹の底で叫んだ。

勢いがつきすぎた。百点満点のノーリービッグスピンではなかった。無理矢理体を捻《ひね》って軌《き》道《どう》を修正した。

テールとウィールを金属製の手すりに引っかける。滑らかなスライドに身を任せ、奥歯を嚙んでもう一度跳んだ。

二度目のビッグスピンアウトの勢いのまま、着地する。「乗れ」と自分に命じた。乗れ、死んでも乗れ。東京オリンピックの最後のトリックですら、ここまで強く願わなかった。

無事メイクできたのを確認して、ボードを下りた。客席が随分と騒がしい。拍手と口笛が聞こえる。

深呼吸をして顔を上げる。ノーリービッグスピンバックサイドテールスライドビッグスピンアウトの点数は、95・04だった。

ここまでの最高得点だ。喜んでいい結果なのに、無意識に唇を引き結んでいた。

足りない、と思いながら待機スペースに戻った。「ナイスメイク！」と称えてくれた他のスケーター達とハイタッチをしている間も、きっと無表情だった。

足りない。足りない。そればかり考えながら、ひたすらタブレットの縁《ふち》を握り締めていた。同じ動画を何度も見た。そこにいるのは自分のはずなのに、どんどん自分から離れていく。

四本目。エイジの目の前で真周がノーリーヒールフリップフロントサイドノーズブラントスライドを決めた。

ノーリーで蹴り上げたデッキを裏表に回転させ、斜めにレールをスライドする。気の早い歓声で会場の空気が揺れた。

真周は気持ちよさそうに両手を広げ、身を翻しながら着地した。本当に……羽でも生えているような軽やかな着地だった。

これはいい点数が出る。スタート位置に着きながら確信した。

大型ビジョンに表示された点数に、会場がどよめいた。

95・04――エイジが三本目で決めたトリックと全く同じ点数だった。小数点第二位まで細かく採点するのに、一体どういう巡り合わせだ。

真周のラン二本のうちの高得点91・01に、ここまでのベストトリックの高得点二つを足すと、279・91。

一方、こちらはランの高得点が91・32、ベストトリック唯一の成功が95・04。合計が186・36。

逆転には――。

「93・55以上」

無理な数字ではない。小さく頷いてスタートを切った。

大きく膝を曲げ、跳んだ。九十度、百八十度……さらに二百七十度まで体を捻《ひね》る。自分の肉体に絡まる重力を引きちぎる。

デッキのノーズでレールを擦《こす》り上げる。ノーリーバックサイド270ノーズスライドは、水を切るような澄んだ音がした。一度は逃れたはずの重力が、レールを滑るごとに手足に絡みついてくる。足の裏が強ばって、一瞬だけ、本当に一瞬だけ、痙攣《けいれん》した。

最後にキックフリップを追加したかったのに、できなかった。着地でバランスは崩さなかったが、加点は狙えなかった。

93・55にギリギリ届くか……恐る恐る大型ビジョンを見上げると、そこには「92・30」と素《そ》っ気《け》なく表示されていた。

やるべきことはシンプルになった。オリンピックのときと一緒だ。

「ねえ、これが準決勝だってわかってる？」

待機スペースに戻ったら、真っ先に姫川真周が近づいてきた。椅子に腰掛けて再びタブレットを抱えたエイジに、不審《ふしん》げに問いかけてくる。

「何を当然のことを」

「あんた、点数的にもう明日の決勝進出は決まってるじゃん。ローマ予選のときなんて、ランキングポイントが手に入ればそれでいいって態度だったくせに。まあ、そこまでしてボクに負けたくない、っていう気持ちはわかるけどさあ」

ああ、そうか。そうだった。別にもう、一位で通過するか、それ以下で通過するかの二択でしかなかった。リスクを負ってまで大技に挑む必要はない。

「だからって手を抜けとは言わないけど、決勝でもないのに、どうしてそんな怖い顔で滑ってるわけ？」

「怖い顔？」

「親の仇《かたき》でも取ろうとしてる顔だよ」

言ってから、真周はハッと息を止めた。エイジにそもそも親がいないことを思い出したらしく、「とても不適切なたとえだった」と頭を下げてきた。

「ごめん、考えというか認識が足りなかった。軽率《けいそつ》だった」

「いいよ、別に。あながち間違ってない」

え？　と首を傾げる真周の隣で、「間違ってない」と言ってしまった自分に心底驚いた。今朝ニュース番組で見てしまった百瀬晃英の顔に、その驚きも何もかも塗り潰されていく。

目の前を選手が一人通り過ぎていった。滑走順一番の選手だ。ベストトリック五本目が始まった。

あの男を親みたいだと思ったことはない。

だからこそ、だった。与野丈太郎は他人だから、あの男のお人好しぶりが報《むく》われてほしいと思ってしまった。だから失敗が怖くなった。俺が失敗するとはつまり、与野丈太郎の献身《けんしん》が無駄になるということだった。

もう、あの男が俺を撮ることはない。彼と出会う前の自分のように、軽やかに跳ぶことができる。

でも結局、彼がいなくても、こうやって余計なことをたくさん考えて滑っている。

一昨日、予選を一位通過したら、丈太郎は起きるのではないかと思った。でも起きなかった。

昨日、準々決勝を一位通過したら、起きるのではないかと思った。でも起きなかった。

今日、準決勝を一位通過したら……とは、もう考えなかった。

なのに、ここにきて考えてしまう。一位通過したら。この五本目で成功率一パーセントをメイクしたら、もしかしたら。

あのスポーツ馬鹿は、起きるだろうか。

顔を上げたら、そこにはストリートコースがあった。エイジが金メダルを獲ったときとほぼ同じコースだった。

ベストトリック五本目の出番が来てしまった。真周は五本目でミスをして0点だったらしい。他の選手の合計得点も大型ビジョンに表示され、順位がほぼ確定した。

あとは、エイジが一位通過するか、真周が一位通過するかだけだ。明日の決勝に点数は持ち越されないから、本当に、それだけでしかない。

息を吸って、地面をプッシュした。滑らかで強い加速に、キャップのツバが揺れた。

丈太郎が最初に撮ったエイジのトリックは、バックサイド180キックフリップだった。今日、何度も見た。渋谷ヒカリテラスの階段から跳ぶ自分を。カメラ片手に十六段の階段をためらいなく跳んだ丈太郎を〈面白い〉と思った大和エイジの横顔を。

あの感覚が全身に蘇《よみがえ》った。真昼のコースが、夜の渋谷になる。

膝を曲げ、跳ぶ。高さは充分だった。

爪先でデッキを蹴って、回す。デッキを裏表させながら、体を回転させる。レールから目を離さなかった。バックサイド180キックフリップの感覚は体に染みついてる。

その染みついた百八十度の回転を振り切る。百九十、二百、二百十……二百七十度ぴったり回りきって、デッキを足の裏で引っ摑む。

サルビアタワーのハバレッジで丈太郎が一度だけ撮ったバックサイド270キックフリップに、会場のどよめきが聞こえた。歓声に変えてやる。喉の奥で唸って、デッキのノーズをレールに押し当てる。

カンと心地のいい音がした。レールに接地した感触が爪先から全身に伝わった。メイクできたときの感覚だった。

バックサイド270キックフリップからの、ノーズスライド。パズルのピースが全部嵌《は》まりきって境目《さかいめ》が消えていくような、爽快感《そうかいかん》のある熱が込み上げてくる。

熱が途切れたのは、その直後だった。熱は冷たい痛みに変わって、日の当たるコンクリートに叩きつけられた。

受け身を取るのは得意なはずなのに、為《な》す術《すべ》もなく地面に体を打ちつけていた。頭なのか肩なのか手足なのか、体のどこかから鈍い音がした。

気がついたら地面に仰向《あおむ》けに倒れて空を見ていた。一瞬だけ霞《かす》んだ青空が、見る見る鮮明になる。

青い。二月の空じゃないみたいだ。夏みたいな青空だ。俺が金メダルを獲った日の空も、こんな色だった。あと、真周のツインテールの色とそっくりだ。忌々《いまいま》しいことこのうえない。

会場のどよめきは、どよめきのままだった。

失敗したから、五本目は0点。

準決勝は二位通過。俺は一パーセントを摑めなかった。

両手で顔を覆《おお》った。大きく息を吸って、肺を冷たい空気でいっぱいにして、思い切り吐き出した。

「――くそっ！」

空に向かって叫んだ。自分の吐いたツバは、ゆっくり自分に落ちてきた。

なんで俺は怪我一つしてないのに、あのおじさんは寝たままなんだ。

＊

「怪我なくてよかったね」

日の落ちた住宅街を金木犀寮に向かいながら、思い出したように智亜が顔を上げた。予選会場から南原の運転でトロピックに戻って、明日の決起集会をして解散するまで、今日のことに彼女は何も言及《げんきゅう》しなかったのに。

「肩から落ちていったからさ、私も南原さんも柚季君も悲鳴上げたんだよね」

「俺も脱臼《だっきゅう》か何かしたんじゃないかって覚悟したんだけどな」

金木犀寮の看板が見えてきた。時刻は午後七時半。高校生の門限は八時だから、怒られることはないだろう。

「いつまで寝てるんだろうな」

星一つ見えない黄ばんだ夜空を仰ぎ見て、そんなことを口走ってしまった。足を止めた智亜が、忙《せわ》しなく瞬きしながらエイジを見上げる。

「起きないね。もう四日もたつのに」

一日二日で起きるものだと……そう願っていたのは、智亜も同じらしい。言葉が続かないのか、困り顔で肩を落とした。

「別に、エイジ君のせいじゃないと思うんだよ」

智亜は、百瀬のことを知らないはずだ。丈太郎が事故に遭《あ》った原因も、何も。彼女が思い浮かべているのは恐らく、事故の前にスクランブル交差点でエイジが丈太郎を殴ったことだ。

「エイジ君さ、他人に優しくされるのが苦手じゃん」

「何さ、突然」

「昔からそうじゃん。エイジ君、他人に優しくされると、嬉しいより先に気味が悪いが来ちゃう人だから」

別に驚きはしなかった。的確な表現だなと感心してしまって、笑いが込み上げてくる。

「おじさんがエイジ君のために体張るのって、エイジ君が金メダリストだからだと思ってたんだよね。でもおじさんって、アスリートでもなんでもない私にも優しいし、多分、すごくお人好しなんだよ。だから、エイジ君はどんどんおじさんが怖くなっていくんだろうなって、去年くらいから思ってた」

去年とは、智亜の母親と一騒動あったときだろうか。

「でもさ、きっと、大丈夫になるよ」

エイジの目を真っ直ぐ見据《みす》えて、智亜は静かに頷く。

「私、小さい頃ピーマンが食べられなかったんだけど、大きくなったら苦いのに慣れてきて、最近は平気になってきたんだ。だからエイジ君もそのうち慣れるよ、おじさんの優しさに」

あの人のやってることは〈優しい〉の度を越してないか。咄嗟《とっさ》に口にしそうになって、飲み込んだ。

嬉しいより先に気味が悪いが来る。それは、俺に親がいなかったからなのだろうか。智亜がそうならないのは、あんな母親でも、それでも親がいたからか。

だとしたら、俺は慣れることができるのだろうか。

慣れるも何も、あの男が目覚めなかったら、それすら叶《かな》わないのだけれど。

「じゃあね、明日十時にトロピックでね」

手を振って、智亜は金木犀寮の正門を開けて中に入っていった。明日は午後二時から決勝がスタートする。今日と同じようにトロピックに集合して、南原の運転で会場へ向かう予定になっていた。

「じゃあな」

手を振り返したら、声が掠《かす》れた。「先生達によろしく」とつけ足すと、「明日、ライブ配信見るってさ！」と妙に元気な声が返ってきた。

智亜の姿が寮の玄関に消える。何かを振り切りたくて、抱えていたボードに飛び乗った。アスファルトを蹴ると、夜の冷たい空気に鼻面《はなづら》がピリリと痛んだ。

「明日」

無意識に、声に出していた。

真っ直ぐ家に帰って、夜の十時過ぎには布団に入った。目覚めたのは午前八時だった。シャワーを浴びて、朝食を済ませて、大きめのボストンバッグにシューズやらタオルやらを詰め込んで、集合時間には早いが九時過ぎにマンションを出た。

エントランスの目の前に、黒塗りの車が一台停まっていた。

光を吸い込むようなダークスーツを着た初老の男が一人降りてきて、「大和さんですね」とエイジの前に立った。穏やかな垂れ目をしているのに、油断した隙に刃物でも突きつけてきそうな鋭さをまとった男だった。

「誰ですか」

「百瀬晃英の秘書をしています、久住《くすみ》と申します」

右手がピクンと痙攣《けいれん》してしまい、慌てて左手で押さえた。久住は意に介すことなく、車の後部座席を手で指し示した。

「百瀬が、あなたにお目にかかりたいと申しております」

お前、今日が何の日かわかってんのか。咄嗟に口にしそうになって、代わりに乾いた笑いがこぼれてしまった。

「いいよ、行ってやるよ」

後悔しないか？　そう自分に問いかける必要すらなかった。一度は殴るのを思い留まった男が、向こうからのこのこやって来るというなら、のってやる。転がり落ちてしまえ。どうせ、勝とうが負けようが、どんなトリックをメイクしようが、あの男は起きないのだから。

決勝も、オリンピックも知ったことか。

＊

「結衣、結衣っ、結衣さん、お皿取ってください」

フライパン片手に振り返ると、保育園に通う娘の結衣はすでに父と自分のお皿を抱えてそこにいた。

「さすがママの子だな」

「先にお皿を出しとくんだって、ママ、いつも言ってる」

「そうでしたね」

焼きそばを皿によそって、ダイニングに運ぶ。グラスに麦茶を注いでやると、結衣は父が椅子に座るのを待ってから「いただきまーす」と両手を合わせた。丈太郎も真似をした。

日曜の昼の我が家は穏やかだった。冴恵が日曜も仕事で、朝から掃除に洗濯にと慌ただしかったが、それでも平和だ。最近、顔を合わせるとどうにも難しい顔で難しい話をせねばならないことが増えてしまったから。

「おう、もうメダル決まるか」

朝起きたときからつけっぱなしのテレビから、興奮気味の実況が飛んできた。

二日前に始まった東京オリンピックの——スケートボード男子ストリート決勝の模様が流れていた。東京オリンピックから採用された新種目だけあって、解説者の声にも力が入る。

日本代表として現れたのは高校生の少年だった。純朴そうな黒髪の彼は大きく息を吸ってスタートを切り、階段の手すり《レール》に向かって突っ込んだ。

コンクリートの地面に黒い影が走る。どこまで飛んでいく気だと問いかけたくなる高く大きな跳躍だった。

レールを滑り降り、無事着地した少年は、大きくガッツポーズをした。実況が「決めた！」と叫んでいる。

表彰台圏外《けんがい》だった少年が、逆転で金メダルを摑んだ。沸き立つ観客をよそに、少年は一人真夏の空を仰ぎ見ていた。

テレビ画面の上部にニュース速報が入る。少年の金メダルを、短い文面が淡々と伝えた。

「……ああー、パパもなんでもいいから撮りたかったなあ、東京オリンピック」

焼きそばを食べるのも忘れてぼやいた父に、結衣が箸を持つ手を止めてテレビを見る。

「パパ、もうずっと仕事してないもんね」

「結衣さん、父をニートみたいに言わないでください。コロナが悪いんです、コロナが」

テレビ画面に大写しになった少年の笑みを見つめて、焼きそばを啜《すす》った。味は申し分なかった。パンデミックのせいで仕事が激減した結果、料理ばかりが上手くなってしまう。

すぐに夢だとわかった。

だって、おかしいのだ。結衣はまだ三歳で、こんな流暢《りゅうちょう》に喋れないはずだし、そもそもパンデミックってなんだ。東京オリンピックは、二年後だろ？

目を開けたら、明らかに病院だった。どうして俺は病院のベッドに寝ているのか。ぼんやり枕元に視線をやると、見知った女性が椅子に腰掛けてスマホを見つめていた。

「え、冴恵さん……？」

口の中がカラカラに乾いていて、声が掠れた。ハッと顔を上げたのは、やはり冴恵だった。

妻の、冴恵だった。

「丈太郎君？」

こちらの顔を覗き込んだ冴恵の頬は強ばっていた。だが、丈太郎が瞬きをすると、ふっと表情を緩める。大きく息をついたかと思ったら、「よかったぁ～」と天井を仰いだ。

「丈太郎君よりは長生きするつもりだけど、さすがに四十でご臨終《りんじゅう》は早すぎる。せめて日本人の平均寿命くらいは生きてもらわないと」

　でも、よかった、よかった。そう繰り返す冴恵の目の下に隈《くま》が滲《にじ》んでいた。どれだけ仕事を根詰《こんつ》めようとピンピンしている彼女が、珍しく化粧で隠せないくらい肌荒れを起こしている。

　いや、それだけじゃない。

「冴恵さん、なんか、急に、老《ふ》けてない？」

　眉を潜《ひそ》めた丈太郎に、冴恵は「え？」と首を傾げた。思わず「ええ？」と返した。

「疲れてるにしても老けてない？　ていうか、四十でご臨終って、どういうこと？」

　喋りすぎたのか喉が詰まった。咳を三度すると、冴恵はギョッと目を瞠《みは》った。ああ、やっぱり、老けてる。おかしい、この人、俺の二つ上のはずなのに。

「待って、丈太郎君、あなた、自分のこと今いくつだと思ってるの？」

　頬を引き攣らせ、彼女はそんなことを聞いてきた。何度かツバを飲み込んで、「……さんじゅう、に？」と答えた。

「ちょっとっ！」

　冴恵が病院着の胸ぐらを摑んでくる。丈太郎の頭の包帯を見て慌てて放したと思ったら、掌を震わせながら口元を覆った。

「あ、あんた、十年分くらい記憶吹っ飛んでる……？」

　言いながら、冴恵は丈太郎の頬をつねってきた。それはもう、力いっぱい。

「ダメダメダメ、事故で記憶喪失とか連ドラじゃないんだからダメダメ。ていうか四十のおじさんの記憶喪失とかなんにも面白くない！」

ぐりぐりと頬を引っ張られ、あだだだっ！　と悲鳴を上げた。ぼんやりしていた視界が、痛みで徐々に鮮明になってくる。

「いいっ？　あんたは三十二歳じゃなくて四十だし、結衣はもう小学五年生だし、ていうか私達、離婚してるからね」

え、なんで、どうして。俺、浮気も何もしてないよ？　声に出そうとしたら、胸のあたりがぎりぎりと痛んだ。胸だけじゃない、体の節々《ふしぶし》から、大小さまざまな痛みが這い上がってくる。

「ていうか、自分のこと三十二歳だって思ってるってことは、あんた、エイジ君のこと、ごっそり忘れてるでしょ。さっさと思い出しなさい。あんな若者に罪悪感だけおっかぶせて自分は記憶喪失なんて、勝手にもほどがあるでしょう」

「待って……本当に、誰それ……」

――エイジって。

声に出した瞬間、夢で見たニュース速報が蘇った。

東京オリンピック、スケートボード男子ストリート金メダリストの名は、大和エイジといった。

満月を背負うように宙を舞う金髪の青年を思い出した。渋谷ヒカリテラスの階段を跳ぶ彼を思い出した。宇田川町のタイ料理店前の階段の手すりを滑走する彼を、渋谷駅東口の歩道橋を滑り降りる彼を、パリのコンコルド広場でトリックを披露する彼を、思い出した。

金色の光の中、軽やかに丈太郎を飛び越えた彼が、重力に逆らうかのようにフェンスの縁に飛び乗り、こちらを指さす。その瞬間、周囲のイルミネーションが金色から青に染まる。

丈太郎の撮った映像を見て彼が笑うと、イルミネーションまでが高笑いするみたいに金色に変わった。

そんな光景を、思い出した。

「……大和、エイジ」

はっきり言葉にした丈太郎に、やっと冴恵が頬から手を放してくれた。

「思い出した？」

「はい、思い出しました。僕《ぼか》ぁ四十歳だし冴恵さんとは離婚してるし、結衣は小学五年生でスイミングスクールに通ってます。この前クロールのターンができるようになりました」

「よかったわ。おじさんの記憶喪失なんて、数分でお腹いっぱいよ」

冴恵がポケットからハンカチを取り出して、何故か丈太郎の目元を拭《ふ》いた。息が苦しくなって洟《はな》を啜《すす》ったら、湿った音がした。

「今日、何月何日？」

「二月七日、日曜日。午前十一時ちょうど。あなたが事故に遭って五日たってる」

息を止めた丈太郎を見透《みす》かすように、冴恵は続けた。

「エイジ君、東京予選にちゃんと出てる。準決勝を突破して、今日の決勝に残ってる」

冴恵がスマホを見せてきた。昨日の準決勝の様子を伝える記事だった。

「ライブ配信で見たけど、すごかった。準決勝とは思えない戦いぶりだって記事にも書いてある。エイジ君は無事二位通過した」

残ってる。そうか、残ってるのか。ほっと胸を撫で下ろしたのに、記事に使われた写真を見て目を見開いた。

血走った目をしているのに、怖いくらい無表情でトリックを決めるエイジの姿があった。待機スペースでくすりとも笑わずタブレットを睨みつけるエイジの横顔があった。

コンクリートに仰向けに倒れ込んだ大和エイジが、顔を両手で覆って吠《ほ》えている写真があった。キャプションには「最後のトリックをミスした大和は悔しさを隠せない様子だった」と綴《つづ》られている。

「でね、丈太郎君。今さっき、智亜ちゃんから連絡がきたんだけど」

言葉を失った丈太郎を見つめたまま、冴恵は突然声のトーンを下げた。

「エイジ君、いないんだって」

手にしたスマホを見下ろしながら、冴恵は肩を竦《すく》める。

「いない、って」

「トロピックに集合して会場まで行くはずだったのに、集合時間になっても来ないって。家にもいないみたいだし、連絡もつかない。ここに来てないかって、私に連絡をくれた」

今は午前十一時ちょうどだと、さっき冴恵は言った。決勝の競技スタートは午後二時だったはずだ。

「どういうことだ」

起き上がった丈太郎に冴恵がギョッと身を引く。肋骨のあたりが鋭く痛んだが、気にしていられない。

「決勝の三時間前にいなくなるって、何を考えてんだあいつは」

側《そば》の棚にカメラバッグが置いてあった。中を確認すると、二つあるカメラレンズのうちの一つが割れていた。本体が無事だったならよしとしよう。

「待って、あんた、捜しに行く気？　あっちこっち怪我してんの、わかってる？」

「元高校球児だぞ、五日も寝てたなら治ってる」

「治るか馬鹿野郎。人体舐めんな」

「そっちこそ、スポーツカメラマン舐めんな」

ベッドを下りたら立ち眩《くら》みがした。でも、足はちょっと庇《かば》えば立っていられる。骨折といってもどうせボキリとはいっていない。立ち眩みは多分、五日間飲まず食わずだったから、それだけだ。

「逆だったら冴恵さんは俺を吹っ飛ばしてでも行くくせに」

一時的とはいえ記憶が吹っ飛んだせいだろうか、昔のような呼び方をしてしまった。

「……いや、丈太郎君のそれ、仕事なの？」

「俺がカメラマンやってない時間が二十四時間中一秒でもあるか。なかったから別れたんだろ、俺達は」

コロナ禍《か》で丈太郎がほぼ専業主夫状態だったとき、冴恵は快適に仕事をしているようだった。「家に大人が一人いるだけでこんなに楽なのね」と感激していた。夫婦の、家族のバランスが崩れるとわかっていながら、コロナ禍が明けてすぐ丈太郎はカメラマン業を再開した。やめられなかったのだ、カメラマンである自分を。

唇をへの字にひん曲げた冴恵は、何も言わず腕を組んだ。丈太郎を睨みつけたと思ったら、再び大きな溜め息を吐き出した。

「忘れてたわ。あなたのこういうところにイライラするようになったから、離婚したんだったわ」

言葉に反して、冴恵は笑っていた。だが目だけは笑っていないから、怒ってはいる。あとでとんでもない説教を食らうことは確実だった。

自分の腕に繋がった点滴の管を一瞥し、思い切って針を抜いた。ちょっとだけ血が出た。

「……とりあえず、病院の人に言い訳だけしてくれませんか」

最後の最後に「お願いします」と両手を合わせたら、冴恵はがっくりと肩を落とした。「とりあえず着替えなさい」と足下に置いてあった大きなトートバッグを指さした。

「お父さんが退院するときに困らないようにって、結衣が用意してくれたの。あと、午後から結衣とうちのお母さんがお見舞いに来る予定だったんだけど、とりあえず断りますので」

「おう、結衣には父は無事目覚めたから日曜日を楽しめと伝えてくれ」

「お母さんには？」

「大変なご心配とご迷惑をおかけしましたと謝っておいてください」

トートバッグの中の衣類は黒一色だった。着替えたらまたふらっと立ち眩みがしたが、だんだんよくなっている気がしなくもない。

「捜しに行くのはいいけど、当てはあるの？」

カメラバッグの中身を改めて確認し、深々と頷いた。

「あいつのフィルマーだからな」

＊

座椅子の上で胡座《あぐら》をかいたまま、エイジはもう二時間近く床《とこ》の間《ま》に飾られた寒牡丹《かんぼたん》の掛け軸を睨みつけていた。最初に出されたほうじ茶の湯飲みはとうに空になっていた。

ここに着いた直後、百瀬の秘書だという久住にスマホと荷物を没収されていた。トロピックでの集合時間はとうに過ぎているから、智亜や南原から鬼のように着信があることだろう。

障子戸《しょうじど》の向こう、廊下の先からかすかに足音が聞こえてきた。

音はエイジのいる和室の前で止まる。顔を上げると、真っ白な障子に鉛色《なまりいろ》の影が差していた。庭園からの穏やかな冬の日差しと細長い影のコントラストが、酷く禍々《まがまが》しかった。

障子戸が開く。数日前、渋谷で街頭演説するのを見上げた百瀬晃英が、爽やかに笑いながら入ってきた。

「やあ、大和エイジ君だね」

顔を見た瞬間に殴りかかってやろうと思っていたのに、座椅子から腰を上げられなかった。

「待たせてすまないね。選挙戦が始まるとイレギュラーなこともいろいろ起こるから、どうしてもスケジュールが狂ってしまう」

向かい側に腰を下ろした百瀬は、口角《こうかく》をしっかり持ち上げたままエイジの顔を凝視した。

「やっぱり似てるなあ。うちは父が厳しかったから髪を染めたことはないけれど、大学時代の自分を見てるような気分になる」

「そんなくだらない話をするために俺を呼んだんですか」

百瀬の言葉尻を蹴り飛ばすように言っても、彼は表情を変えなかった。

「感動の親子の再会がしたいわけじゃないでしょ」

「そうだね。君もそのつもりは端《はな》からないようだし、私にもそんな願望はない」

自分には正式に結婚した妻との間に子供もいるから。そんな顔で百瀬は微笑む。

「渋谷での街頭演説の際、君を見かけたからね。私のことを殺してやろうという顔だった。周囲にいたSPが君の殺気に身構えたそうだよ」

「俺が本当にあなたを殺しに行く前に和解でもしようと考えた、とでもいうんですか」

「あはは、察しがいいね。その通りだよ、不安の芽は摘《つ》んでおくに限る」

肩を揺らして笑った百瀬に、若い頃の写真でしか顔を知らない自分の母親のことを考えた。

この男の何に惹《ひ》かれたのだろう。俺ができてしまったとき、中絶する選択肢は思い浮かばなかったのか。

二十代だった百瀬と母は、どんなふうに笑い合い、どんな言葉を交わしたのだろう。

「君には申し訳ないことをしたと思っている。その償《つぐな》いをして、この話をここできっぱり終わらせたい、ということだ」

「そんなに都知事選が大事なんですか」

「そうだね、君の想像以上に。四十八の私が若手のホープ扱いされるような老人ばかりの政治を壊すにはさっさと都知事にでもならないと、何十年たとうと何も変えられない」

「あなたのその目的のために、俺の存在は邪魔ですか」

「邪魔とまでは言わないが、なんせ君は有名人だ。君と私の繋がりが明るみに出たらどんな騒ぎになるか想像できるかい？　私の計画も、実行のために動いたすべての人の努力も、水の泡になる」

エイジの目を見据え、百瀬は短く「申し訳ないと思っているよ」と肩を落とした。どこまでが本心なのか、本心がそこにあるのか、エイジには摑めなかった。

「俺が、金メダリストだから？」

ただ、十六歳の自分の願いも、それを叶えるために選んだことも行動したことも、全部間違いだったことだけは、よくわかった。

「そうだね。君は存在そのものが煌《きら》びやかすぎるから」

俺を褒めたつもりなのだろうか。ふっと笑った百瀬は、静かに目を細めた。わかる、俺を通して昔を懐かしんでいる。俺が知らない俺の母親との思い出を嚙み締めている。

「ここを出たら、久住から荷物を受け取ってくれ。君から預かったスマホと鞄《かばん》もそこで返す。荷物の中身が私なりの君への詫《わ》びだ」

「手切れ金と口止め料ってところでしょ、どうせ」

「まあ、端的《たんてき》に言うとそうなってしまうね。それなりのものを用意したよ。それと、君はロスオリンピックを目指して頑張っているそうだね。都知事選の結果に関係なく、私に協力できることはしようと思っている」

街頭演説のときと全く同じ表情で、同じ口調で、百瀬はさらりとそう言った。

「……は？」

本当に、本当に——意味がわからなかった。

「協力？」

「やりようはいろいろあるさ。君が日本代表に内定できるように便宜《べんぎ》を図《はか》ることもできるだろうし、君が不祥事《ふしょうじ》を起こしたら揉《も》み消すこともできるだろう。そういうのは政治家の得意技だから」

そんなことを平然と口にする百瀬の顔は、自分とそっくりだった。俺はきっと、あと三十年もしたらこんな姿になる。その事実が、彼と話せば話すほど、許せなくなる。

和解だとか詫びだとか、そんなしおらしいことを言いながら、こいつは——。

「直接話をしようと思ったのは、私なりの誠意とけじめのつもりだ。与野さんが最初に接触してきたときから、そうしたいと思っていた」

「白々しいこと言ってんじゃねえよ！」

気がついたらテーブルに飛び乗って百瀬に摑みかかっていた。えらく上等なジャケットとシャツに深い皺が走る。

百瀬は狼狽《うろた》えなかった。淡々とエイジを見上げ、「私なりの誠意とけじめのつもりだ」と繰り返す。

「何が誠意だっ、何がけじめだ！　お前、あの人に何した！」

指先が震えた。肩が痙攣《けいれん》した。百瀬が一瞬だけ目を丸くした。

「なんのことだ」

「あんた、お得意の口利《くちき》きだか何だかで恩を売った人間を使って、丈太郎さんを襲っただろ！　そのせいで事故に遭ってんだよ！　あの人、もう五日も起きないんだよっ！」

握り締めた拳を振り上げた。骨折ったらどうする、という丈太郎の声が聞こえて、ためらってしまった。寝てんなら黙ってろ！　と吐き捨てそうになった。

慌《あわ》ただしい足音が廊下から聞こえたのは、そのときだった。

「やめてください！　誰もいらっしゃいません！」

仲居のそんな悲鳴が、足音に続く。

白く光る障子戸を、黒い影が走る。百瀬の影よりずっと黒い。なのに不思議なほど清々《すがすが》しい色をしていた。渋谷の夜と同じ色だった。

ガタガタと障子戸が開く。仲居を振り解《ほど》きながら現れたのは――。

現れたのは、間違いなく、与野丈太郎だった。

「見つけたあああっ！」

勢い余って畳《たたみ》につんのめった丈太郎は、テーブルに両手をついて肩で息をした。テーブルが大きく揺れて、空になった湯飲みが転がった。

息ができなかった。喉元が強ばった。子供みたいな甲高い声が漏れそうになって、奥歯を噛み締めた。

「や、やっぱりこの部屋だったか」

顔を上げたと思ったら、百瀬に摑みかかるエイジを見て丈太郎は「うわ、危なかった」と叫ぶ。

頭には包帯が巻かれたままなのに、格好は彼が勝負服だと言い張る黒一色の装《よそお》いだった。点滴の針が刺さっていた腕から、カラカラに乾いた血が筋を作っている。

「やめろやめろ、オリンピック候補選手の暴力沙汰《ざた》はダメだ。お前のキャリア、消し飛ぶぞ」

這うようにエイジの背後に回った丈太郎は、左足を引き摺っていた。いやよく見たら右足も引き摺っていた。どうやって歩いてるんだ。

それでも丈太郎は、当然という顔でエイジの両肩を摑んで百瀬から引き離す。

「人が墓場まで持っていこうって思ってたのに、自分から突っ込んでいくんだからどうしようもねえなっ！」

そんな悪態《あくたい》をつく丈太郎に「あんたが事故になんて遭うからだろ」と言い返そうとしたが、

声にならない。

「……なんで」

絞り出せたのは、そんなか細い問いかけだった。

「なんでいるの」

「人の意識が五日ぶりに戻ったのがそんなにご不満か」

何も返せなかった。丈太郎はズボンのポケットをまさぐって、自分のスマホをエイジに見せてきた。

「お前、病室から俺のタブレット持っていっただろ。昨日の準決勝の記事に、俺のタブレットを見てるお前の写真が載ってた」

スマホの画面には地図が表示されていた。この場所に――赤坂の料亭「白鷺《しらさぎ》」にピンが刺さっている。

「お前が新潟でやったみたいに、同じＩＤのデバイスを探す機能を使ったら、ここが出た」

言いながら、丈太郎は百瀬に視線をやる。

「あんたが俺と会ったのもこの料亭のこの部屋だったから、あとはあんたの秘書と仲居さんを吹っ飛ばして強引にここまで来た」

百瀬を見つめたまま、丈太郎は眉間に皺を寄せた。獲物に狙いを定める獣のように、目が据《す》わる。

「選挙中でお忙しいのはわかるが、オリンピック予選の決勝直前に呼び出すとか、あんた、アスリートをなんだと思ってんだ」

百瀬が「へえ」と声を洩《も》らす。そんな大事な日だったのか、と言いたげな顔で、彼はエイジを見た。

「それは申し訳なかった。そんな忙しいタイミングだったんだね」

「忙しいもクソもあるか！　あんたの選挙と同じで、こいつだって真剣にスケートボードやってんだよ。都知事でも総理大臣でもなんでも勝手に目指せって話だけど、血の繋がった子供の人生すら気にかけられない政治家を、俺はぜっっったい信頼しないからな！」

ぜえ、と短く喉を鳴らした丈太郎の手に、力がこもった。握り締められた自分の両肩に、熱っぽい痛みが走る。

「あと、あんたの子、親なんていなくても立派に大人になったよ。一人で勝手にちゃんと大人になって、オリンピックで金メダルを獲った。これからも一人で勝手にちゃんと生きていくだろうよ」

行くぞ。そう低い声で言って、丈太郎はエイジの肩を叩いた。促《うなが》した丈太郎の方がすぐに立ち上がれず、エイジが肩を貸す形になった。

百瀬はテーブルの木目《もくめ》を睨みつけたままだった。顎《あご》に手をやって、細く細く息を吸った。

「与野さん」

酷く緊張した声色で、丈太郎を呼ぶ。

「あなたを襲った人間の顔を、見ましたか」

「四人いたが、三人は見覚えがない。一人は、あんたのパパの後援会長の……えーと、息子の友達だったか。二年前に大麻の所持だか何だかで捕まったのに、不自然に不起訴になったドラ息子達だ」

「なるほど」

百瀬の頬が引き攣《つ》る。語尾にはっきりと怒りと憤《いきどお》りが滲んでいた。

「そうか、アレはあんたじゃなくて、あんたのパパの仕業《しわざ》だったか」

エイジに担《かつ》がれたまま、丈太郎が吐息をこぼすように笑う。

「息子のスキャンダルを握ったどこの馬の骨ともわからないカメラマンを、自分の手の内の人間を使って脅《おど》すなり消すなりしようとしたってわけか。子供想いの素晴らしいパパだな」

百瀬は答えない。エイジは静かに丈太郎の横顔を見つめた。

「あんたのパパがやったこと、俺が死んだら公《おおやけ》になるからな。そうなるように仕込んである。パパにも伝えてくれ」

皮肉っぽく言い捨てて、丈太郎は廊下を顎でしゃくった。エイジは何も言わず、丈太郎の体を引き摺って和室を出た。

去り際、エイジは一度だけ百瀬を振り返った。

あんた、俺の母親のことが本当に好きだったの。結婚したいという気持ちはあったの。

この二十年と少し、一瞬でも俺の母親や俺のことを考えたことはあったの。

問いかけようとして、全部飲み込んだ。聞いたところでなんにもならない。何も変わらない。

　俺には、もう必要がない。

「あ、ちょっと待って。いよいよ本当に痛いかも。肋骨折れたときってこんな痛いもん？」

　廊下をちょっと歩いただけなのに、何かの糸が切れたように丈太郎は喚《わめ》き出した。揃いの着物を着た仲居が呆然と自分達を見送る中、長身の丈太郎を担ぐようにしてゆっくり歩いた。

「もうさ、今、視界が狭いの。なんか目がかすんで全然くっきり見えない」

　肩と背中に感じる丈太郎の体は熱かった。でも、摑んだ右腕は驚くほど冷たい。

「……じゃあなんで病院抜け出してきたんだよ」

「決勝前にお前が消えたとなったら捜すだろ」

「いや寝てろよ。怪我人なんだから」

「大丈夫だ、元高校球児だから」

　言葉の合間に丈太郎はガラガラと咳をした。当たり前だ、五日も寝てたんだから。

　確かに顰《しか》めっ面《つら》をしたはずなのに、笑ってしまった。

「馬鹿じゃねえの」

　玄関に百瀬の秘書の久住が待ち構えていた。エイジのスマホ、スケートボード、ボストンバッグに加えて、エイジですらよく知る老舗《しにせ》和菓子屋の紙袋を「お土産にどうぞ」とばかりに差し出してくる。明らかに和菓子ではないものが入っている重量感だった。

「いらないっす」

自分のものだけを受け取って、それ以上は何も言わず店を出た。段差があるたびに丈太郎がいちいち躓《つまず》いて、その都度エイジは彼の体を担ぎ直した。

「ていうかお前、怒らないんだな」

「え、どれに対して？　たくさんありすぎて一つに絞れないんだけど」

そりゃあそうかと思ったらしい。「ああ」と目を細めた丈太郎は、気まずそうに周囲の竹の植栽に視線を泳がせた。

「えーと、とりあえず、お前の父親を二年以上こっそり捜してたこと」

「めちゃくちゃ怒ってるよ。勝手に百瀬と会ったことも、俺に言わなかったことも、金メダル追いかけて事故に遭ったのも、病院抜け出したことも、全部怒ってるよ」

でも。

「もういいよ、別に。一つ一つ怒ってたらきりがない」

「悪かった。お節介《せっかい》で余計なことした」

「だから、いいってば。おじさんはそういう人だって、もう諦《あきら》めたから」

慣れるのは無理な気がした。きっとこれから、俺は何度もこの男に怒る羽目《はめ》になる。だけど、丈太郎に「俺に仕えない？」と言ったのは他ならぬ俺なのだから、それくらいは甘んじて受け入れるべきなのかもしれない。

「俺にはもう撮られたくないんじゃなかったのか？」

荒い呼吸の合間に、ふふっと丈太郎が笑う。頭に包帯を巻いてなかったら一発叩いているところだった。

「どこまでだって撮りに行くって、あんたが言ったんだろ」

丈太郎が緩やかに息を呑んだのが肩越しにわかった。直後、さっきよりずっとはっきりと声を上げて笑った。

「そうだな。撮りに行くから、お前は変わるな。失敗していいし負けていいから、渋谷で真剣に遊んでるお前のまま、もう一度オリンピックに行ってみせろ」

どこまでだって撮りに行くから。丈太郎の声は、いがらっぽい咳に掻き消える。

「ほら、病院帰るよ」

料亭の門扉《もんぴ》を抜けると、日差しが眩《まぶ》しかった。頬に当たる空気が二月にしては暖かい。

「何言ってんだ。有明《ありあけ》行くぞ、有明」

決勝は午後二時スタートだった。あと一時間ほどで出場者の招集時間が来る。そこに間に合わなければ、自動的に棄権《きけん》だ。

「いいだろ、予選の一つくらい棄権したって。来年まで予選は何回もあるんだし」

「お前が昨日、死ぬ気で姫川真周とやり合ったのを、俺のせいで無駄にして堪《たま》るか」

違う、俺が死ぬ気で跳んだのは——口を開きかけて、絶対に言ってやるものかと唇を引き結んだ。これだけ大勢の人間に心配をかけたんだから、それくらいの罰は当たれ。

「いいか、お前の怪我や体調不良ならまだしも、俺のせいでお前が棄権するのはナシだ。そんなこと、俺が許さない」

眠っていた五日分を取り戻すかのように丈太郎は騒がしかった。大きく溜め息をつきながら、タクシーが走っていそうな大通りを目指して、エイジは彼の体を引き摺っていった。

「あと、俺は昨日の準決勝を撮ってないのを後悔してる。だから今日の決勝は絶対に撮る」

「あー、はいはいっ、わかったよ。いくらでも撮れよ」

空に向かって叫んだら、前方の交差点を見覚えのある軽《けい》バンが右折してきた。ブルーグリーンに赤という南国カラーは、トロピックの社用車だ。

運転席に南原が、助手席に柚季がいて、後部座席から智亜が手を振っていた。なんで、と言いかけたエイジに、丈太郎が「店に入る前に連絡した」と呻きながら告げる。

「うわあ、与野さん、想像以上にズタボロで……」

後部座席のドアを開けたら、南原が頬を引き攣《つ》らせた。高校生二人は驚きを通り越してドン引きしている。智亜なんて「車に吹っ飛ばされてなんで歩けてるの……」とシートの上で大きく後退《あとずさ》りした。

「南原さん、有明行こう、有明」

丈太郎と共に後部座席に乗り込み、ドアを閉めた。決して広くはない軽バンの後部座席は、智亜、エイジ、丈太郎が並ぶといっぱいいっぱいだった。

それでも、この感じ、久しぶりだ。

「え、有明でいいの？　与野さん、病院に連れ戻さなくていいの？」

「このおじさん、連れ戻したってまた脱走して有明に行っちゃうよ。なら潔《いさぎよ》く連れていこう。大丈夫、元高校球児だから、ちょっとやそっとじゃ死なないよ」

指さした丈太郎は静かだった。エイジの肩に寄りかかったと思ったら、「ごめん、着いたら起こして。起きなかったら置いていっていいから」と目を閉じてしまう。

「ちょっと与野さん、今のあなたの『起きなかったら～』は洒落《しゃれ》にならないからっ」

困惑しながらも南原はハンドルを切った。カーナビはしっかり有明方面を示している。

丈太郎は無反応だった。眠っているのか、気絶しているのか。

「いやあ、でも、よかったねえ。与野さん、意識がちゃんと戻って」

ルームミラー越しに後部座席に並ぶエイジ達を見て、南原が何度も首を縦に振る。助手席で柚季が全く同じようにしていた。

「そうだ、エイジ君」

赤坂駅前を抜けて外堀《そとぼり》通りへ入ったところで、智亜が膝に抱えていたリュックのファスナーを開けた。

「はい、これ」

差し出されたのは、あの日、病院でゴミ箱に投げ入れたはずの金メダルだった。首かけリボンに滲んだ丈太郎の血も、あの日のままだ。

「どうして」

受け取った金メダルはずしりと重かった。間違いなく、東京オリンピックの金メダルの重みだ。

「あのときのエイジ君、泣きそうな顔してたから。エレベーターに乗る直前に心配で振り返ったら、ゴミ箱に金メダル放り込んでるんだもん。慌てて救出したんだよ」

ゴミ箱をひっくり返してメダルを探す智亜の背中がありありと浮かんだ。無意識にメダルを握り締めていた。

「エイジ君に返したらまた捨てちゃうんじゃないかと思ってさ、ずっと持ってたんだよね」

もう大丈夫かなと思って。シートに背中を預けて、智亜は機嫌よく笑った。

黄金色に輝くメダルを、そっと顔の高さに掲《かか》げる。車の振動に緩やかに揺れ、歌うようにくるりと回った。

「ありがとうな、トモ」

言葉にしてやっと、金メダルが返ってきたことを嬉しいと思った。なら捨てるなよ、と呆《あき》れる自分がいる。本当は大事なくせに、大事になってしまったくせに、怖《お》じ気づいてヤケを起こして手放そうとするなよ。

「さあ、決勝も頑張るかあ」

首かけリボンを広げて、こちらにもたれたままピクリとも動かない丈太郎の首にメダルをかけた。丈太郎は起きなかった。かすかな寝息に合わせて肩が上下していた。

病院から脱走しようと相変わらず黒ずくめな男の胸で、金メダルは満月みたいに静かに輝いている。

頭に包帯を巻いたズタボロのカメラマンが入ってきて若干《じゃっかん》ざわついていたメディアゾーンも、決勝が始まると静かになった。

あれほど霞《かす》んでいた視界は、ファインダーを覗いたらクリアになった。いい天気だった。有明の東京アーバンスポーツフィールドのストリートコースには緩やかな陽が差し、東京湾から冷たい風が吹いている。

昨日の準決勝はニュースで見るよりずっと白熱していたらしい。会場の熱量が違う。今日はもっとすごいものが見られるに違いないという期待が、競技開始前から渦巻いていた。

その期待に「おや?」という水を差したのは、昨日の熱戦の立役者である大和エイジに他ならなかった。

「昨日で燃え尽きちゃったのかねえ」

隣にいたカメラマンがそんな独り言をこぼした。

昨日のランで91・32を叩き出したエイジは、一本目のランを85・46で終えた。四十五秒をフルに使いはしたが、大技が決まり切らず点数が伸びなかった。

二本目で挽回《ばんかい》するかと思いきや、スタートを切って十秒とたたず雲行きが怪しくなった。

十段のステアから飛び出したバックサイド180キックフリップは鮮やかだった。息を呑むほどの高いジャンプに、軽やかなデッキの回転、重力を無視したかのような飛距離。ガンガン飛んで、ガンガン回す。大和エイジのスケーティングの魅力が詰まったスタートに、観客は沸いた。

着地だって見事だった。勢いを殺すことなく、次のセクションにスムーズな流れで繋いでいった。

でも、スピードに乗りすぎて次のダウンレールでは体とデッキの回転が噛み合わなかった。なんとかキックフリップバックサイドボードスライドを決めたが、昨日はできたビッグスピンアウトを追加できなかった。

準決勝のランに近い構成なのに、要所要所に粗《あら》が出る。加点になるはずの部分を落とす。

カメラ越しにエイジを見ているとよくわかる。あいつ、昨日は綿密《めんみつ》に点数を計算しながら滑っていたはずなのに、今日はリラックスしすぎている。「あ、今ならアレできそう」という顔で予定にないトリックを組み込み、加速しすぎたと思ったら「じゃあ違うトリックにしよ」と言わんばかりに構成を変える。悪い意味で行き当たりばったりだった。

滑走順ラストの姫川真周が、コースの端で猛烈に不機嫌な顔をしながらそれを眺めている。

ラスト八秒でハンドレールに挑み、昨日も成功させたノーリーバックサイド２７０ボードスライドからのフリップアウトをメイクしたが、点数は87・82だった。

真周はその後、二本目のランで91・13という高得点を叩き出した。真周相手に3ポイント以上の差がついていた。

準決勝に熱を入れすぎて体力が尽きた。集中力が切れた。そう思う人間が多そうだが、丈太郎は無言のままシャッターを切った。渋谷で真剣に遊ぶお前のままもう一度オリンピックに行ってみろと言ったのは、他ならぬ俺だった。

＊

「え、何？　なんで一晩でそうなるわけっ？」

ベストトリックの一本目を見事にすっ転んで0点を叩き出し、プラットフォームの隅でひと息ついたら、一本目で94・15の高得点を出した真周がスケートボードを抱えたまま吹っ飛んできた。

「なんで怒ってんだよ」

「怒るわ！　昨日の殺気はどこに行ったんだよ！　すっかりローマ予選のときみたいなヘラヘラに戻りやがって！」

今日の真周は口が悪い。よほどお怒りらしい。

「別にいいだろ、パリ金が勝ってるんだから。俺のこと叩き潰したかったんだろ」

「真剣にやってるあんたを叩き潰すってことだよ。負けて地団駄《じだんだ》踏んでもらわないと勝った気分になれないだろ」

「昨日の俺に勝ったんだから満足なんじゃないの？」

「決勝で全力の大和エイジに勝って、表彰台であんたより高い位置でトロフィーもらわないと意味ないの！」

あーはいはい、と適当に相槌《あいづち》を打ち、あっち行ってくれと手で払う。ふんふんとツインテールを揺らしながら真周はやっと離れてくれた。

「……とはいえ、そろそろ一回メイクしとかないと、テンション上がんないんだよな」

準決勝を下位通過した選手達が二本目のベストトリックに挑んでいる。コンクリート製のコースが白く光るのを見つめながら、エイジは大きく伸びをした。

集中してないわけじゃない。疲労困憊《こんぱい》なわけでもない。あんなことがあった直後なのに、胸の内は不思議と凪《な》いでいる。

それでも、ランが精彩《せいさい》を欠いていた自覚はある。自分でも、もうちょっとなんとかなったんじゃないかと今になって思う。

しょうがないじゃないか。会場に着いた瞬間に……いや、丈太郎の首に金メダルをかけた瞬間に、昨日まで確かにあった殺気に満ち満ちた牙を抜かれてしまったのだから。

二本目のベストトリックの順番が回ってきた。キャップを目深《まぶか》に被り、スタート位置についた。

先ほど盛大に転倒したハンドレールと階段を睨みつけて、デッキにゆらりと足をのせた。

スタートを切る。バンクを下る。ピンと緊張した風圧が心地よかった。

息を吸って、膝を折る。デッキが足の裏に吸いつく感覚を噛み締めながら、ノーリーを繰り出す。体を捻《ひね》る。耳の奥に熱っぽい風の音が響いた。

体が軽い。二百七十度の回転はなんてことなかった。吸い寄せられるようにデッキのノーズはハンドレールに接地し、軽やかに滑り落ちる。

レールを離れた直後、デッキを蹴る。昨日は追加できなかったキックフリップを追加して、着地した。

ノーリーバックサイド270ノーズスライドフリップアウトと、客席の誰かがトリック名を叫んだ。点数はまだ表示されないが、とりあえず「乗れたぁ〜」とボードにのったまま大きく息をついた。

大型ビジョンに点数が出た。「93・67」という表示に、もう少し伸びてもよかったんじゃないかと観客が首を傾げるのがわかったが、不思議と納得してしまった。

トリックの難易度だけで点数は決まらない。完成度やスケール感も関わってくるから、難しい技をメイクできたからって自動的に高得点にはならない。今のは……ちょっと着地が綺麗じゃなかった。

ランの得点とベストトリック一本の得点を足すと、181・49。エイジは現在四位につけていた。一位はベストトリック一本目を成功させた真周の185・28だ。

表彰台を狙える位置にいるし、このままいけばランキングポイントも手に入る。オリンピック出場に必要な「国内選手でトップ3に入る」というのも、この調子なら多分達成できる。

なんて考えたとき、緩やかな風が吹いた。キャップのツバが揺れた。

メディアゾーンにいる与野丈太郎の姿が目に入った。今のトリック、近くで撮っておいてほしかったたな。きっと、向こうも同じことを考えている。

目を閉じた。失敗したくない、と思った。失敗してもきっと多くの人が「ナイスチャレンジ」と労《ねぎら》って拍手してくれる。それでも、失敗したくない。

腹の底が強ばる。他人の想いが足枷《あしかせ》になっていく。ラン二本とベストトリック二本に挑んだ体が徐々に疲労を訴え始め、手足が余計に重たくなる。

気持ち悪い。鳥肌が立った右腕を、エイジはそっと撫でた。

きっと、そのうち慣れる。恐怖も気持ち悪さも、いずれ楽しさが飲み込んでいく。俺にとってのスケートボードとはそういうものだと、俺自身がよく知っている。

「――やるかあ」

ボードを抱えた。空は昨日と同じく青い。だが不思議と、忌々《いまいま》しいとは思わなかった。

＊

宙を舞ったエイジは、勢いよくコンクリートの上を転がった。受け身だけだったら百点満点が出そうな、完成度の高い受け身だった。

会場のざわつきが大きくなる中、丈太郎はカメラを覗き込んだまま微動だにしなかった。というか、周囲をきょろきょろ見回す体力がなかった。地面に片膝をついてファインダーを覗く。それ以外のことをしている余裕がない。

地面にひっくり返ったまま、エイジは天を仰ぎ見た。転倒の際に脱げたキャップが傍《かたわ》らで風に揺れた。

全五本で競うベストトリックの四本目を、大和エイジは失敗した。

まだ、二本目で挑んだノーリーバックサイド270ノーズスライドフリップアウトしか成功していない。ランから一本、ベストトリックから二本という、勝敗を競うための要件が揃えられないまま、五本目に入ることになってしまった。

これはまずいのでは。湿った空気が会場に漂い出す。今日はダメかもなあ……なんて呟きが客席から聞こえてきた。顔も名前もわからないその声に、胸の内が引き摺られる。

分《ぶ》が悪すぎる。決勝に挑んだ八人のスケーターのうち、ベストトリックを二本メイクできていないのはエイジだけだった。

「……どうする」

絞り出した瞬間、エイジが勢いよく身を起こした。

素早くスケボーとキャップを拾ったと思ったら——真っ直ぐ、こちらに歩いてきた。

レンズ越しに、エイジがメディアゾーンに大股で近づいてくる。眉間に皺を寄せて、不満そうに口をへの字に曲げて。

「へ?」

カメラから顔を上げたら、エイジが目の前にいた。コースとメディアゾーンを区切るフェンスにドンと両手をついたと思ったら、丈太郎の胸ぐらを摑んだ。

「おじさん、今、俺がこのまま五本目も失敗すると思っただろ」

わかってるからな？　こちらを睨んだと思ったら、乱暴に丈太郎の服を放す。

「よーく見てろ。ここは、俺の場所だ」

丈太郎の顔を力強く指さして、エイジは離れていった。軽やかにコースを走り抜け、プラットフォームに戻っていく。

周囲のカメラマンがジロジロとこちらを見るのもお構いなしに、丈太郎はカメラを構えた。

仏頂面《ぶっちょうづら》の真周がボードを抱えて現れる。彼はベストトリックをここまで三本成功させていた。抜群の安定感で決勝を進めている。

ハンドレール上を、真周のスカイブルーのツインテールが舞う。その様子を丈太郎は連写でカメラに収めた。

美しい試技《しぎ》だった。昨日も成功させたノーリーヒールフリップフロントサイドノーズブラントスライドを、華麗に着地して成功させる。高得点間違いなしと会場にいる全員が察したに違いない。

得点は94・67だった。客席から拍手が湧いたが、真周だけは不満げに頰を膨《ふく》らませていた。95点台を出して後続を突き放したかった。そんな横顔だ。

丈太郎は無意識に唇を嚙んだ。そうしないと息が震えてしまいそうだった。

肩甲骨《けんこうこつ》のあたりが強ばっている。エイジの「ここは、俺の場所だ」の一言から、ずっと。これは撮り逃すことは許されない。

他の選手のトリックを写真に収めながら、ひたすら待った。渾身《こんしん》のトリックが次々と披露されているのに、何を撮っても〈予感〉は消えない。

コース上に煌《きら》びやかな金髪が現れた瞬間、丈太郎は大きく息を吸った。エイジは被っていたキャップを地面に脱ぎ捨てた。

風にそよぐ金色の前髪を掻き上げると、そのまま、ぬるりとスタートする。

真昼の有明が、真夜中の渋谷になる。

0点に終わったベストトリックの一本目、三本目、四本目。彼が何に挑んでいるのか、丈太郎を含め会場にいる大勢の人が理解していた。

大和エイジの得意技・バックサイド180キックフリップにさらに回転を加えた技――バックサイド270キックフリップだ。

トンと無機質な音を立てて、エイジは跳ぶ。丈太郎はシャッターを切った。デッキは縦横に一回転、エイジの体は二百七十度、大きく鋭く回転する。

重力を無視した高らかな跳躍に、会場中が息を吞んだ。このままどこまでも飛んでいくつもりなんじゃないか。そんな美しい飛翔だった。

デッキのノーズが、軽やかに金属製のレールに吸いつく。音もなくデッキは滑走し、エイジの金髪がなびいた。

歯を食いしばっていたエイジが、ゆっくり口を開く。腹の底から何かを吐き出すように、一言叫んだ。

カンという気持ちのいい音が会場に響き渡る。エイジの体が再び浮き上がる。鮮やかに横回転するデッキの上で、エイジが身を翻す。

乗れ――丈太郎がそう祈る隙すら与えず、着地した。

バックサイド270キックフリップ、バックサイドノーズスライド、ビッグスピンアウト。

あまりに長いトリックの名を、喉の奥で反芻《はんすう》する。

賑やかだったはずの会場から音が消えた。無音の中、エイジはボードにのったまま空を仰いで大きく息を吸った。

自然と丈太郎も同じようにしていた。肺が空気で満たされる。どんと会場が揺れる感覚がした。一拍遅れて、歓声で本当に会場が揺れた。

ファインダーを覗き込んだまま、丈太郎はエイジを見ていた。まだ全員の試技は終わってない。一位の姫川真周が控えているのに、拍手が鳴り止まない。

「お前の場所だ」

堪《たま》らず呟いた。ここは東京オリンピックでお前が金メダルを獲った場所で、今日、やはりお前の場所になった。消えない何かを残した場所になった。

気が早いとわかっているのに、ロサンゼルスが見えてしまった。アメリカ西海岸の強い日差し、カラッとした風。そこをスケートボードで駆け抜ける金髪の青年の姿が、見えてしまった。

腰に両手をやったエイジが会場を見回す。そのまま、こちらに視線を寄こした。

レンズ越しに、「見たか」と笑いかけてくる。ニヤリと笑った口元が、確かにそう動いた。

何も言わず、丈太郎は彼に向かって親指を突き立てた。

98・55だなんて、すごい点数が会場内に表示された。

*

「都知事というのは忙しいものなんですよ。たった十五分時間を作るのも骨が折れましてね」

赤坂の料亭「白鷺」の庭園で、百瀬晃英はうんざりした様子で肩を竦めた。庭木を照らす照明が、暗がりの中で彼の顔をはっきりと照らす。

慎重に慎重に彼から距離を取ったまま、丈太郎は「でしょうね」と頷いた。

今年の二月に行われた東京都知事選挙で、百瀬晃英は現職に僅差《きんさ》で競《せ》り勝って当選した。選挙期間中に知事側近の不祥事が発覚したのも追い風になり、史上初の「現職が負ける都知事選」になった。

「それで、ご多忙《たぼう》の都知事様が一介のスポーツカメラマンに何のご用ですか」

「与野さんには改めて謝罪をしなければとずっと思っていたんですよ」

相変わらずエイジそっくりの目で丈太郎を一瞥した百瀬は、深々とこちらに頭を下げた。ぎえっ、と声を上げて丈太郎は一歩後退《あとずさ》ってしまった。

「父が、大変申し訳ないことを」

「ええ、ええ。そりゃあもう確かに大変な目に遭いましたけども、今はピンピンしてますんで」

東京予選からあっという間に二ヶ月がたった。決勝戦を終えて病院に連れ戻されたら、医師、看護師、元妻、そして義母、まさかの実の娘からも大説教を食らったのだが、おかげさまで梅の花が咲く頃には仕事を再開できるくらいにはなっていた。

丈太郎を襲撃した男達は、百瀬ではなくその父で外務大臣の百瀬晃造の差し金《がね》だった。百瀬の秘書である久住から「晃英のスキャンダルを握ったカメラマンがいる」という密告を受けた百瀬晃造は、息子を救うために丈太郎を〈消そう〉としたらしい。〈消そう〉とはつまりどういうことなのかは考えないようにしている。

仲間からトシキ、トシキと呼ばれていた茶髪の男が襲撃犯の中にいた理由、他の男達がどういう経緯で百瀬晃造の手先として丈太郎の前に現れたのか、想像するだけで虫酸《むしず》が走る。

「あなたと違って、随分と息子想いのお父様ですね」

あの日、この場所で百瀬に向かって投げつけた皮肉が、自然と口をついて出てしまう。

「息子想い？　違いますよ。家族も親族も、すべて政治の道具と考えているだけです。それも、自分の利権を守るための〈政治〉です。お友達の不正を見逃し、罪はなかったことにし、弱みを握った人間を顎で使う」

「自分の後援会長の息子を無罪放免にしてやった一方で、そのお友達を俺を襲撃する捨て駒にしたみたいに？」

「そうですね。息子の私の行動を逐一《ちくいち》監視するために、自分の右腕だった秘書を送り込んでくるくらいですから、困った老人です」

庭園の片隅で待機しているのは、見たことのない若手の秘書だった。百瀬曰《いわ》く、久住という秘書は都知事選のあとに「父に丁重《ていちょう》にお返しした」という。

「だから、あなたは自分の父親を追い落としたわけですか」

都知事選の直後、週刊現実にとあるスクープが出た。百瀬晃造が後援会長の息子の犯罪をもみ消す口利きをしたという証言を発端《ほったん》に、彼の過去の〈政治〉が次々明るみに出た。

その情報を週刊現実に——というか、丈太郎を通じて麻倉冴恵に持ち込んだのは、目の前にいる都知事に他ならなかった。

「ええ、おかげで就任早々、大逆風ですよ。ただでさえ僅差での当選だったから苦労しているっていうのに」

百瀬晃造はスクープが出た一ヶ月後に外務大臣を辞任した。もちろんそれだけで終わるわけがなく、四月に入ってもワイドショーを賑わせ続けている。冴恵曰く「これは余裕で逮捕まで行くでしょ」とのことだ。

「下手したら、あなたに隠し子がいるってこともばれちゃうんじゃないですか」

「あの件に関しては、父は私に『お前にはちゃんとした相手を用意するから別れろ』と命じただけなので、明るみに出ないことを祈るばかりです。もし出てしまったら、与野さんに頭を下げて大和君との仲睦《なかむつ》まじいツーショットでも撮って親子関係の良好さをアピールするしかありませんね」

丈太郎がカメラバッグと一緒に抱えるスケートボードを見下ろし、百瀬はふふっと鼻を鳴らして笑った。

「なんだかんだ、あんたは父親によく似てるよ」

「私もそう思います」

エイジそっくりの顔で、エイジが絶対にやらないようなビジネススマイルで百瀬は頷いた。

「でも、私は父のような政治をやるのは真《ま》っ平《ぴら》ごめんだと思ってるんですよ」

それでは、と一礼し、百瀬は縁側《えんがわ》から店の中へと入っていった。秘書も丈太郎に会釈《えしやく》してそれに続く。そんな義理もないんだがと思いつつ、一応丈太郎も百瀬に向かって一礼してから庭園を抜けて店を出た。

地下鉄で表参道《おもてさんどう》へ向かった。乗り換えをすれば渋谷まで一駅なのだが、あえて歩くことにした。

およそ三年前、仕事を干された状態でとぼとぼ歩いていた青山通りをしばらく行けば、渋谷の高層ビルが近づいてくる。夜の渋谷は今日も煌《きら》びやかで、眺めているだけで騒がしい。

スマホが鳴った。智亜からメッセージが届いていた。

〈セキュリティより面倒なのが来た！〉

そんな文面と共に、宇田川町のタイ料理店「プーケットナイト」の場所を示す地図が送られてくる。

足早にプーケットナイトに向かうと〈セキュリティより面倒なの〉の正体に我慢できず噴き出してしまった。

プーケットナイト前の路地は階段になっている。踊り場を挟んで九段ずつの緩やかな階段で手すりを挟むようにして向かい合っていたのは、エイジと真周だった。

「なるほど、そういうことか」

肩を落とした丈太郎に、側《そば》の車止めに座っていた智亜が「そういうことかじゃないよ！」とうんざり顔で腰を上げた。

「いきなり来て、次のオリンピック予選で勝負だなんだってうるさいの。東京予選で負けたのが悔しくてしょうがないんだろうね！」

わざとらしく大声で言った智亜に、すぐさま真周がこちらを睨む。

「予選の一試合を落としたくらいで〈負け〉とか言わないでくれる？　あと何回予選があると思ってんのっ？」

二月の東京予選は、ベストトリックの五本目で98・55という超高得点を叩き出した大和エイジが優勝した。二位の真周が279・95だったのに対し、0・09差の280・04で競り勝った。

「いいか、大和エイジ。予選はまだ始まったばかりなんだから、気を抜くなよ！　このあとの予選も、オリンピック本番も、ボクが一位でお前が二位！　わかったっ？」

きゃんきゃんと子犬みたいに叫ぶ真周に、エイジが片耳を塞《ふさ》いで大きく肩を竦める。

「なんで俺が二位なのは確定なんだよ」

「ボクがお前を叩き潰すのはもちろんだけど、それはそれとてボク以外の誰かに負けるな」

ふん！　と鼻を鳴らし、真周は踵《きびす》を返した。丈太郎と智亜を押しのけるようにして歩いていったと思ったら、何か捨て台詞《ぜりふ》が必要と思ったのか、勢いよくこちらを振り返って「あばよ！」と叫んだ。

「あばよって……俺ですら懐かしいぞ」

丈太郎の呟きに、エイジが「おじさんが言うならよほどだな」と失笑する。肩を怒らせて歩く真周の背中は、あっという間に夜の渋谷の雑踏に消えた。

「あー、やっとセキュリティより厄介なのが去った」

エイジは足下にあったボードを手にした。「トモ、お願い」と階段の下を顎でしゃくる。

真周がきゃんきゃんと吠えていたおかげか、プーケットナイト前の路地は人通りが少なくなっている。

「りょーかい」

スポッターの出番だと機嫌よく階段を下りていく智亜を見送り、丈太郎は自分のボードにそっと右足を乗せた。ウィールの回転を確かめながら、カメラバッグからカメラを引っ張り出す。

バッグの中で、東京オリンピックの金メダルが機嫌よく光っていた。

「なあ、もう二ヶ月になるんだから、いい加減にアレ撮らせろよ」

「そう簡単にほいほいメイクできたら苦労しないっての」

どうやら本人も気にしていたらしく、エイジは顰《しか》めっ面《つら》でそっぽを向いてしまった。

東京予選決勝のベストトリック五本目で決めた大技、バックサイド270キックフリップバックサイドノーズスライドビッグスピンアウト——大会が終わったあと、このトリックには別名がついた。

エイジの名前と、彼が金メダルを獲ったときと同じ会場でメイクされたことから、SNSやスポーツニュースの中でいつの間にか「ゴールデン・エイジ」という名で呼ばれるようになっていたのだ。

しかし、肝心《かんじん》のエイジが、自分の名前がついたこのトリックをあれ以降一度も成功できていない。

「一パーセントだったんだよ」

深々と溜め息をつきながら、エイジはスケートボードに飛び乗った。緩やかに加速する彼の背中に、丈太郎はカメラを構えたままピタリとついていった。

「じゃあ、その一パーセントがまた見られるまでしつこく撮ってやるよ」

——次は、フィルマーとして。

丈太郎の言葉にエイジは応えなかった。代わりに、目の前の階段の手すりに向かって勢いよく跳んだ。

大きく息を吸って、丈太郎もためらいなく跳んだ。ふと、このプーケットナイト前の階段が、フィルマーとして初めて彼を撮った場所だったことを思い出した。

そうだ。そうだった。

不安定な浮遊感の中、揺らめく金髪が最も美しく格好よく写る画角に、カメラの位置をキープする。

タイ料理店の真っ赤なネオン看板がエイジの金髪に反射し、彼の鼻筋を赤い光が走る。ニヤリと笑って、エイジは身を翻した。

階段に走るエイジの影が、二百七十度旋回する。風を切る音が聞こえるようなバックサイド270キックフリップだった。

デッキのノーズが階段の手すりを捉えた瞬間、エイジに釣られて丈太郎も笑った。

（おわり）

〈著者略歴〉
額賀　澪（ぬかが　みお）
1990年、茨城県生まれ。日本大学芸術学部卒業。2015年、「ウインドノーツ」（刊行時に『屋上のウインドノーツ』と改題）で第22回松本清張賞、同年、『ヒトリコ』で第16回小学館文庫小説賞を受賞する。
著書に、『ラベンダーとソプラノ』『さよならクリームソーダ』『拝啓、本が売れません』『弊社は買収されました！』『世界の美しさを思い知れ』『風は山から吹いている』『風に恋う』『競歩王』『鳥人王』『沖晴くんの涙を殺して』『夜と跳ぶ』『サリエリはクラスメイトを二度殺す』、「タスキメシ」「転職の魔王様」シリーズなど。

装丁／目次・章扉デザイン――川谷康久（川谷デザイン）
装画――スガタ

夜と跳ぶ　Re:東京ゴールデン・エイジ

2025年1月8日　第1版第1刷発行

著　者　額賀　澪
発行者　永田貴之
発行所　株式会社ＰＨＰ研究所

東京本部　〒135-8137　江東区豊洲5-6-52
文化事業部　☎03-3520-9620（編集）
普及部　☎03-3520-9630（販売）
京都本部　〒601-8411　京都市南区西九条北ノ内町11

PHP INTERFACE　https://www.php.co.jp/

組　版　株式会社PHPエディターズ・グループ
印刷所　大日本印刷株式会社
製本所

ISBN978-4-569-85823-4

ＰＨＰの本

夜と跳ぶ

額賀澪 著

撮れるもんなら、撮ってみろ――。崖っぷちカメラマンとスケートボードの初代五輪金メダリストが繰り広げる、傑作スポーツ青春小説！